Glücklichsein ist nicht der
Zustand des Ankommens,
sondern der, wie man reist.

Margaret Lee Runbeck

Insel-Bibliothek

Diese Märchen sind die
schönsten, die ich gelesen habe.
Mich haben sie sehr [illegible].

Ganz liebe Grüße an Dich
Frank

H. V.

OSCAR WILDE
DIE ERZÄHLUNGEN UND MÄRCHEN

Mit Illustrationen von
Heinrich Vogeler

Insel Verlag

Aus dem Englischen übersetzt
von Felix Paul Greve und Franz Blei

Insel Verlag Frankfurt am Main 1980

INHALT

DER JUNGE KÖNIG

K.V.

Es war die Nacht vor seinem Krönungstage, und der junge König saß allein in seinem schönen Zimmer. Seine Höflinge hatten alle Urlaub von ihm genommen, indem sie nach dem zeremoniösen Gebrauch der Zeit den Kopf bis zum Boden neigten, und hatten sich in den großen Saal des Palastes begeben, um von dem Oberzeremonienmeister einige letzte Anweisungen zu erhalten; denn einige von ihnen hatten noch ein ganz natürliches Benehmen, und ich brauche nicht erst zu sagen, daß das bei Hofe großen Anstoß erregt.

Der Knabe – denn er war noch ein Knabe, mit seinen sechzehn Jahren – war nicht betrübt, daß sie gingen, und hatte sich mit einem tiefen Seufzer der Befreiung auf die weichen Kissen seines gestickten Lagers zurückgeworfen; er lag da mit flammenden Augen und offenem Munde wie ein brauner Faun des Waldes oder ein junges Tier der Wildnis, das die Jäger gefangen haben. Und wirklich hatten ihn auch die Jäger gefunden. Sie waren fast durch Zufall auf ihn gestoßen, als er barfuß, die Flöte in der Hand, der Herde des armen Ziegenhirten nachzog, der ihn aufgezogen und als dessen Sohn er sich bis dahin immer angesehen hatte. Das Kind der einzigen Tochter des alten Königs aus einer heimlichen Ehe mit einem, der an Rang weit unter ihr stand – einem Fremden, sagten einige, der durch den wunderbaren Zauber seines Flötenspiels die junge Prinzessin bezaubert hatte, daß sie ihn lieben mußte; während andere einen Künstler aus Rimini nannten, dem die Prinzessin viel, vielleicht zu viel Ehre erwiesen hatte und der plötzlich aus der Stadt verschwunden war, ohne seine Arbeit in der Kathedrale vollendet zu haben –, war er, kaum eine Woche alt, von der Seite seiner

schlafenden Mutter gerissen und einem gemeinen Bauern und seiner Frau anvertraut worden, die keine eigenen Kinder hatten und in einem entlegenen Teile des Waldes wohnten, mehr als einen Tagesritt von der Stadt entfernt. Der Gram oder die Pest, wie der Hofarzt feststellte, oder, wie einige behaupteten, ein schnelles italienisches Gift, in einem Becher gewürzten Weines gereicht, tötete schon eine Stunde nach ihrem Erwachen das weiße Mädchen, das ihn geboren hatte; und als der treue Bote, der das Kind über dem Sattelbogen trug, von seinem müden Pferde stieg und an die Tür der Hütte des Hirten pochte, da senkte man den Leichnam der Prinzessin in ein offenes Grab, das man jenseits der Tore der Stadt auf einem verlassenen Kirchhof gegraben hatte – in ein Grab, darin, wie man sagte, schon ein anderer Leichnam lag, der Leichnam eines jungen Mannes von wunderbarer und fremdartiger Schönheit, dem die Hände mit geknüpften Stricken auf den Rücken gebunden waren und dessen Brust viele rote Wunden aufwies.
Das war wenigstens die Erzählung, die man sich zuflüsterte. Sicher war, daß der König auf seinem Totenbette, vielleicht von Reue ob seiner großen Sünde gepeinigt, vielleicht auch nur in dem Wunsch, daß das Königtum bei seiner Linie bleiben möge, nach dem Knaben hatte schicken lassen und ihn in Gegenwart des Rates als seinen Erben anerkannt hatte.
Und es scheint, daß er vom ersten Augenblick seiner Anerkennung an Zeichen jener seltsamen Leidenschaft für die Schönheit zeigte, die so großen Einfluß auf sein Leben gewinnen sollte. Die ihn durch die Flucht von Zimmern begleiteten, welche für ihn bestimmt war, sprachen oft von dem Schrei des Vergnügens, der ihm von den Lippen brach, als er die feinen Gewänder und reichen Juwelen sah, die man für ihn bereitet hatte, und von der beinahe wilden Freude, mit der er sein rohes Lederwams und seinen rauhen Schaffellmantel von sich warf. Freilich, bisweilen vermißte er die schöne Freiheit seines

Waldlebens, und er war immer bereit, sich über die langweiligen Hofzeremonien aufzuregen, aber der herrliche Palast – ›La Joyeuse‹ nannte man ihn –, dessen Herr er nun war, schien ihm eine neue Welt zu sein, die eigens zu seiner Lust geschaffen war; und sobald er der Ratsversammlung oder dem Audienzzimmer entfliehen konnte, lief er die große Treppe hinunter, wo Löwen aus vergoldeter Bronze standen und deren Stufen aus glänzendem Porphyr waren, und wanderte von Zimmer zu Zimmer, von Gang zu Gang wie einer, der in der Schönheit einen Balsam für den Schmerz suchte, eine Art Genesung aus Krankheit.

Auf diesen Entdeckungsreisen, wie er sie zu nennen pflegte – und tatsächlich waren es für ihn wirkliche Reisen durch ein Land der Wunder – ließ er sich oft von den schlanken, blondhaarigen Hofpagen mit ihren flatternden Mänteln und den heiteren, schwebenden Bändern begleiten; aber öfter blieb er allein, denn er fühlte mit raschem Erraten, daß sich die Geheimnisse der Kunst am besten im geheimen erkennen lassen und daß die Schönheit, wie die Weisheit den liebt, der sie in der Einsamkeit verehrt.

Manche seltsame Geschichten erzählte man sich zu dieser Zeit von ihm. Man sagte, ein behäbiger Bürgermeister, der gekommen war, um eine glühende oratorische Begrüßung im Namen der Bürger der Stadt an ihn zu richten, habe ihn gesehen, wie er in wirklicher Anbetung vor einem großen Gemälde kniete, das gerade aus Venedig gekommen war und die Anbetung einiger neuer Götter darzustellen schien. Bei einer anderen Gelegenheit hatte man ihn mehrere Stunden lang vermißt und erst nach langem Suchen, in dem kleinen Zimmer eines der nördlichen Türmchen entdeckt, als er gleich einem, der in Verzückung ist, auf eine griechische Gemme starrte, in die die Gestalt des Adonis geschnitten war. Man hatte ihn gesehen, so ging das Gerücht, wie er seine warmen Lippen auf die Marmorstirn einer antiken Statue preßte, die bei Gelegenheit des Baues einer steinernen Brücke im Flußbett gefunden worden war und eine Inschrift mit dem Namen des bithynischen Sklaven Hadrians trug. Er hatte eine ganze Nacht damit verbracht, die Wirkung des Mondlichts auf ein silbernes Standbild des Endymion zu beobachten.

Jedenfalls hatten alle seltenen und kostbaren Stoffe einen großen Zauber für ihn, und in dem drängenden Wunsche, sie sich zu verschaffen, hatte er viele Kaufleute ausgesandt, die einen, um von dem rauhen Fischervolk der Meere des Nordens Bernstein zu erhandeln, andere nach Ägypten, um jene seltsam grünen Türkise zu suchen, die man nur in den Gräbern der Könige findet und die magische Kräfte besitzen sollen, andere nach Persien, um seidene Teppiche und gemalte Tongefäße, und wieder andere nach Indien, um Gaze zu kaufen und getöntes Elfenbein, Mondsteine und Armbänder aus Nephriten, Sandelholz und blaue Emaillen und Schals aus feiner Wolle.

Aber am meisten hatte ihn das Gewand beschäftigt, das er bei seiner Krönung tragen sollte, das Gewand aus gewebtem Gold, die rubinbesetzte Krone und das Zepter mit den Reihen und Ringen von Perlen. Ja, daran dachte er heute abend, als er auf seinem kostbaren Lager lag und das große Tannenscheit ansah, das sich im offenen Kamin verzehrte. Die Zeichnungen, die von der Hand des berühmtesten Künstlers der Zeit herrührten, waren ihm vor vielen Monaten vorgelegt worden, und er hatte Befehl gegeben, daß die Handwerker Tag und Nacht arbeiten sollten, um sie auszuführen, und daß man die ganze Welt durchsuchte, um Juwelen zu finden, die ihrer Arbeit würdig wären. Er sah sich in Gedanken am Hochaltar der Kathedrale stehen, angetan mit dem Prunkgewande, und ein Lächeln spielte um seine Knabenlippen und weilte dort und entflammte in seinen dunklen Waldaugen einen strahlenden Glanz.

Nach einiger Zeit stand er auf, lehnte sich gegen die geschnitzte

Blendung des Kamins und sah sich in dem matt erleuchteten Zimmer um. Die Wände waren mit reichen Gobelins behängt, die den Triumph der Schönheit darstellten. Ein großer Schrank, mit Achat und Lapislazuli eingelegt, füllte eine Ecke, und dem Fenster gegenüber stand ein seltsam geformter Fächerschrank mit Feldern aus Lack und Goldstaub und Goldmosaik, und darauf standen zarte Becher aus venezianischem Glas und eine Trinkschale aus dunkeladrigem Onyx. Bleiche Mohnblumen waren auf die Decke des Bettes gestickt, als wären sie den müden Händen des Schlafes entfallen, und hohe geriefelte Stäbe aus Elfenbein trugen den samtenen Baldachin, aus dem, wie weißer Schaum, große Büschel von Straußenfedern zum bleichen Silber der kassettierten Decke sprangen. Ein lachender Narcissus aus grüner Bronze hielt einen glänzenden Spiegel über dem Kopf. Auf dem Tische stand eine flache amethystene Schale.

Draußen konnte er die gewaltige Kuppel der Kathedrale sehen, die wie eine Seifenblase über die schattigen Häuser schien, und die müden Posten, die auf der nebligen Terrasse am Fluß auf und nieder schritten. Fern, in einem Garten, sang eine Nachtigall. Ein leichter Jasminduft drang durch das offene Fenster. Er strich sich die braunen Locken von der Stirn zurück, nahm eine Laute und ließ die Finger über die Saiten gleiten. Seine schweren Augenlider senkten sich, und eine seltsame Mattigkeit kam über ihn. Niemals hatte er so klar oder mit so gesteigerter Freude den Zauber und das Geheimnis des Schönen empfunden.

Als es von Turme Mitternacht schlug, berührte er eine Glocke. Seine Pagen traten ein und entkleideten ihn unter vielen Zeremonien und gossen ihm Rosenwasser auf seine Hände und streuten ihm Blumen auf sein Kissen. Wenige Minuten, nachdem sie gegangen waren, fiel er in Schlaf.

Und als er schlief, träumte er einen Traum, und dieses war sein Traum: Es war ihm, als stünde er in einer langen, niedrigen

Dachstube, unter dem Schwirren und Rasseln vieler Webstühle. Das magere Tageslicht drang durch die vergitterten Fenster und zeigte ihm die hageren Gestalten der Weber, die über die Rahmen gebeugt waren. Bleiche, kränkliche Kinder hockten auf den mächtigen Querbalken. Und wenn die Webschiffchen durch den Einschlag fuhren, hoben sie das schwere Richtscheit auf, und wenn die Schiffchen innehielten, ließen sie das Richtscheit fallen und schoben die Fäden zusammen. Ihre Gesichter waren eingefallen vom Hungern, und ihre dünnen Hände zitterten und bebten. Einige dürre Frauen saßen an einem Tisch und nähten. Ein furchtbarer Geruch erfüllte den Raum. Die Luft war stickig und schwer, und die Wände tropften und liefen vor Feuchtigkeit. Der junge König ging zu einem der Weber und trat an ihn heran und sah ihm zu.

Der Weber aber sah böse zu ihm auf und sagte:

»Was siehst du mir zu? Bist du ein Späher, der von unserem Herrn über uns gesetzt ist?«

»Wer ist dein Herr?« fragte der junge König.

»Unser Herr!« rief der Weber bitter. »Er ist ein Mensch wie ich. Es gibt nur einen Unterschied zwischen uns – er trägt schöne Kleider, und ich geh in Lumpen; und ich bin schwach vor Hunger, während er an Übersättigung leidet.«

»Das Land ist frei,« sagte der junge König, »und du bist niemandes Sklave.«

»Im Kriege«, antwortete der Weber, »machen die Starken die Schwachen zu Sklaven, und im Frieden machen die Reichen die Armen zu Sklaven. Wir müssen arbeiten, um zu leben, und sie geben uns so kläglichen Lohn, daß wir sterben. Wir arbeiten für sie den ganzen Tag, und sie häufen das Gold in ihren Schränken, aber unsere Kinder welken vor ihrer Zeit dahin, und die Gesichter derer, die wir lieben, werden hart und böse. Wir treten die Trauben aus, und ein anderer trinkt den Wein. Wir säen das Korn, und unser eigener Speicher bleibt leer. Wir

tragen Ketten, wenn sie auch niemand sieht; und wir sind Sklaven, wenn auch die Menschen uns frei nennen.«
»Ist das wirklich so?« fragte der König.
»Es ist wirklich so«, antwortete der Weber, »bei den Jungen sowohl wie bei den Alten, bei den Frauen wie bei den Männern, bei den kleinen Kindern wie bei denen, die die Jahre beugen. Die Kaufleute treten uns nieder, und wir müssen tun, was sie uns heißen. Der Priester reitet vorüber und zählt die Perlen seines Rosenkranzes, aber kein Mensch kümmert sich um uns. Durch unsere sonnenlosen Gassen schleicht die Armut mit hungrigen Augen, und die Sünde mit ihrem verquollenen Antlitz folgt dicht hinter ihr. Das Elend weckt uns am Morgen, und die Schande sitzt bei uns zur Nacht. Aber was geht dich das an? Du bist keiner von uns. Dein Gesicht ist zu glücklich.«
Und er wandte sich mürrisch fort und warf das Schiffchen durch den Webstuhl; und der junge König sah, daß es mit einem goldenen Faden gefädelt war.
Und eine große Angst befiel ihn, und er fragte den Weber:
»Was für ein Gewand ist das, das du da webst?«
»Es ist das Gewand für die Krönung des jungen Königs«, antwortete er; »was geht das dich an?«
Und der junge König stieß einen lauten Schrei aus und erwachte; und siehe! er war in seinem eigenen Zimmer, und durch das Fenster sah er den großen, honigfarbenen Mond in den dämmrigen Lüften hängen.
Und er schlief wieder ein und träumte, und dies war sein Traum: Es war ihm, als läge er auf dem Deck einer großen Galeere, die von hundert Sklaven gerudert wurde. Auf einem Teppich zu seiner Seite saß der Herr der Galeere. Er war schwarz wie Ebenholz, und sein Turban war aus roter Seide. Große Ohrgehänge aus Silber zogen die dicken Läppchen seiner Ohren nieder, und in den Händen hielt er zwei elfenbeinerne Waagschalen.

Die Sklaven waren nackt bis auf einen zerlumpten Schurz um die Lenden, und jeder war an seinen Nachbar angekettet. Die heiße Sonne traf sie mit voller Schärfe, und die Neger liefen im Gang auf und ab und peitschten sie mit Peitschen aus Leder. Sie streckten ihre dürren Arme aus und zogen die schweren Ruder durchs Wasser. Der Salzschaum flog vor dem Bug hoch auf.

Schließlich erreichten sie eine kleine Bucht und fingen an zu sondieren. Ein leichter Wind wehte von der Küste und bedeckte Deck und Segel mit einem feinen roten Staub. Drei Araber kamen auf wilden Eseln geritten und warfen Speere nach ihnen. Der Herr der Galeere nahm einen bemalten Bogen zur Hand und schoß ihrer einen in die Kehle. Er fiel mit schwerem Fall in die Brandung, und seine Gefährten ritten davon. Eine Frau in einem gelben Schleier folgte langsam auf einem Kamel und sah sich von Zeit zu Zeit nach dem Leichnam um.

Sobald sie Anker geworfen hatten und das Segel eingeholt war, stiegen die Neger in den Raum hinunter und holten eine lange Strickleiter herauf, die mit Bleigewichten schwer behängt war. Der Herr der Galeere befestigte die Enden an zwei eisernen Haken und warf sie über Bord. Dann ergriffen die Neger den jüngsten der Sklaven, schlugen ihm seine Fesseln herunter, füllten ihm Nasenlöcher und Ohren mit Wachs und banden ihm einen schweren Stein um seine Hüften. Müde stieg er die Leiter hinunter und verschwand im Meer. Einige Blasen stiegen auf, wo er versank. Einige der anderen Sklaven sahen neugierig über Bord. Vorn im Bug der Galeere saß ein Haifischbeschwörer und schlug monoton seine Trommel.

Nach einiger Zeit kam der Taucher aus dem Wasser empor und klammerte sich keuchend an die Leiter. Er hielt eine Perle in der rechten Hand. Die Neger entrissen sie ihm und stießen ihn zurück. Die Sklaven schliefen über ihren Rudern ein.

Wieder und wieder kam er herauf, und jedesmal brachte er eine

herrliche Perle mit. Der Herr der Galeere wog sie und steckte sie in einen kleinen Beutel aus grünem Leder.
Der junge König versuchte zu reden, aber ihm war, als klebte ihm die Zunge am Gaumen, und seine Lippen gehorchten ihm nicht. Die Neger schwatzten miteinander und fingen an, sich um eine Schnur glänzender Perlen zu streiten. Zwei Kraniche kreisten beständig um das Schiff.
Da kam der Taucher zum letzten Male herauf, und die Perle, die er mitbrachte, war schöner als all die Perlen des Ormuzd, denn sie war an Gestalt gleich dem vollen Mond und weißer als der Morgenstern. Aber sein Gesicht war seltsam bleich, und als er auf das Deck fiel, quoll ihm das Blut aus Nase und Ohren. Er bebte noch eine Zeitlang, und dann wurde er still. Die Neger zuckten die Schultern und warfen den Leichnam über Bord.
Und der Herr der Galeere lachte, und er reckte den Arm aus und nahm die Perle, und als er sie sah, preßte er sie an seine Stirn und verneigte sich.
»Sie soll«, sagte er, »für das Zepter des jungen Königs sein«, und er gab den Negern ein Zeichen, die Anker aufzuziehen.
Als der junge König das hörte, stieß er einen lauten Schrei aus und erwachte, und als er zum Fenster hinausblickte, sah er, wie die Dämmerung mit langen, grauen Fingern nach den erbleichenden Sternen griff.
Und er schlief wieder ein und träumte, und dies war sein Traum: Ihm war, als wandere er durch einen dunklen Wald, in dem seltsame Früchte hingen und herrliche, giftige Blumen. Die Nattern zischten nach ihm, als er vorüberging, und die farbenstrahlenden Papageien flogen kreischend von Ast zu Ast. Riesige Schildkröten lagen schlafend auf dem heißen Schlamm. Und die Bäume waren voll von Affen und Pfauen.
Weiter und weiter ging er, bis er zum Rande des Waldes kam; und da sah er eine ungeheure Menge von Menschen, die im Bette eines vertrockneten Flusses arbeiteten. Sie schwärmten

auf den Felsen wie Ameisen. Sie gruben tiefe Löcher in den Boden und stiegen hinab. Einige von ihnen spalteten den Fels mit großen Spitzhämmern; andere wühlten im Sande. Sie rissen den Kaktus an seinen Wurzeln heraus und zertraten die scharlachnen Blüten. Sie eilten umher und riefen einander zu, und niemand war müßig.

Aus dem Düster einer Höhle sahen ihnen der Tod und die Habsucht zu, und der Tod sagte: »Ich bin müde; gib mir den dritten Teil von ihnen und laß mich gehen.«

Aber die Habsucht schüttelte den Kopf.

»Sie sind meine Diener«, antwortete sie.

Und der Tod sagte zu ihr: »Was hälst du in der Hand?«

»Ich habe drei Getreidekörner«, antwortete sie; »was geht das dich an?«

»Gib mir eins davon,« rief der Tod, »damit ich es in meinen Garten pflanze; nur eins davon, und ich will gehen.«

»Ich will dir gar nichts geben«, sagte die Habsucht, und sie verbarg ihre Hand in einer Falte ihres Kleides.

Und der Tod lachte, nahm eine Schale und tauchte sie in einen Wasserpfuhl, und aus der Schale stieg das Wechselfieber auf. Es ging durch die große Menschenmenge, und der dritte Teil von ihnen lag tot. Ein kalter Nebel folgte ihm, und die Wasserschlangen liefen ihm zur Seite.

Und als die Habsucht sah, daß der dritte Teil der Menge tot war, schlug sie sich die Brust und weinte. Sie schlug sich auf den unfruchtbaren Busen und schrie laut.

»Du hast den dritten Teil meiner Diener erschlagen«, rief sie, »gehe fort. Es herrscht Krieg in den Bergen der Tatarei, und die Könige beider Parteien rufen nach dir. Die Afghanen haben den schwarzen Stier erschlagen und gehen in die Schlacht. Sie haben mit ihren Speeren auf ihre Schilde geschlagen und ihre eisernen Helme aufgesetzt. Was ist dir mein Tal, daß du in ihm verweilen solltest? Gehe von dannen und kehre nie zurück.«

»Ja«, antwortete der Tod, »aber bevor du mir nicht eins der Getreidekörner gegeben hast, gehe ich nicht.«
Doch die Habsucht schüttelte den Kopf.
»Ich will dir gar nichts geben«, murmelte sie.
Und der Tod lachte und hob einen schwarzen Stein auf und warf ihn in den Wald, und aus einem Dickicht wilden Schierlings kam das Sumpffieber in einem Kleid aus Flammen. Und es ging durch die Menge und berührte sie, und jeder, den es berührte, starb. Das Gras welkte unter seinen Füßen, wo es ging. Und die Habsucht schauderte, und sie streute sich Asche aufs Haupt.
»Du bist grausam«, rief sie, »du bist grausam. In den ummauerten Städten Indiens herrscht eine Hungersnot, und die Zisternen sind vertrocknet in Samarkand. In den ummauerten Städten Ägyptens herrscht Hungersnot, und aus der Wüste sind die Heuschrecken gekommen. Der Nil hat seine Ufer nicht überströmt, und die Priester haben Iris und Osiris verflucht. Geh zu denen, die dich brauchen, und laß mir meine Diener.«
»Ja«, antwortete der Tod, »aber bevor du mir nicht eins der Getreidekörner gegeben hast, gehe ich nicht.«
»Ich will dir gar nichts geben«, sagte die Habsucht.
Und der Tod lachte wieder und pfiff durch die Finger, und ein Weib kam durch die Luft geflogen. ›Pest‹ stand auf ihrer Stirn geschrieben, und eine Schar von hageren Geiern umflatterte sie. Sie bedeckte das Tal mit ihren Flügeln, und niemand blieb am Leben.
Und die Habsucht floh schreiend durch den Wald, und der Tod sprang auf sein rotes Roß und ritt davon, und sein Roß war schneller als der Wind.
Und aus dem Schlamm auf dem Grunde des Tales krochen Drachen und scheußliche Tiere mit Schuppen, und die Schakale kamen den Sand entlanggelaufen und zogen die Luft in ihre Nüstern ein.

Und der junge König weinte und fragte: »Wer waren diese Männer, und was suchten sie?«
»Rubinen für eines Königs Krone«, antwortete einer, der hinter ihm stand.
Und der junge König schrak zusammen und wandte sich um und erblickte einen Mann, der wie ein Pilger gekleidet war und einen silbernen Spiegel in seiner Hand hielt.
Er erbleichte und fragte: »Für welches Königs Krone?«
Und der Pilger antwortete:
»Sieh in den Spiegel, so wirst du ihn sehen.«
Und er sah in den Spiegel, und da er sein eigenes Antlitz sah, stieß er einen lauten Schrei aus und erwachte, und das helle Sonnenlicht strömte ins Zimmer herein, und von den Bäumen im Garten sangen die Vögel.
Und der Kanzler und die hohen Beamten des Staates traten ein und huldigten ihm, und die Pagen brachten ihm das Gewand aus gewebtem Golde und legten die Krone und das Zepter vor ihn hin. Und der junge König sah beide an, und sie waren herrlich. Sie waren herrlicher als irgend etwas, was er bisher gesehen hatte. Aber er dachte an seine Träume und sagte zu seinen Großen:
»Nehmt diese Dinge fort; denn ich will sie nicht tragen.«
Und die Höflinge waren entsetzt, und einige unter ihnen lachten, denn sie glaubten, er scherzte.
Aber er sprach noch einmal streng zu ihnen und sagte:
»Nehmt diese Dinge fort und verbergt sie vor mir. Ob es auch der Tag meiner Krönung ist, ich will sie nicht tragen. Denn auf dem Webstuhl der Sorge und mit den weißen Händen des Schmerzes ist dies mein Gewand gewoben. Blut ist im Herzen des Rubins, und im Herzen der Perle ist der Tod.« Und er erzählte ihnen seine drei Träume.
Und als die Höflinge die Träume hörten, sahen sie einander an und flüsterten:

»Sicher, er ist wahnsinnig, denn was ist ein Traum mehr als ein Traum, und ein Gesicht mehr als ein Gesicht? Sie sind nichts Wirkliches, daß man sich um sie kümmere. Und was haben wir zu tun mit dem Leben derer, die für uns arbeiten? Soll ein Mann kein Brot mehr essen, bis er den Säer sah, und keinen Wein mehr trinken, bis er mit dem Winzer sprach?«
Und der Kanzler sprach zu dem jungen König und sagte:
»Mein Gebieter, ich bitte dich, laß diese deine schwarzen Gedanken fahren und lege dieses schöne Gewand an und setzte die Krone auf dein Haupt. Denn wie soll das Volk wissen, daß du König bist, wenn du nicht eines Königs Kleidung trägst?«
Und der junge König sah ihn an.
»Ist es so, wirklich?« fragte er. »Werden sie mich nicht als König kennen, wenn ich nicht eines Königs Kleidung trage?«
»Sie werden dich nicht erkennen, Gebieter«, rief der Kanzler.
»Ich hatte geglaubt, es habe Männer gegeben, die königlich waren«, antwortete er, »aber es mag wohl sein, wie du sagst. Und doch will ich dies Gewand nicht tragen, noch will ich mit dieser Krone mich krönen lassen; sondern wie ich kam zum Palast, so will ich ihn wieder verlassen.«
Und er hieß sie alle hinausgehen bis auf einen Pagen, den er bei sich behielt, einen Knaben, der ein Jahr jünger war als er selbst. Ihn behielt er zu seiner Bedienung bei sich; und als er sich im klaren Wasser gebadet hatte, öffnete er eine große, steinalte Truhe und nahm das rohe Lederwams und den rauhen Schaffellmantel heraus, die er getragen hatte, als er auf dem Hügelhang die zottigen Ziegen des Hirten hütete. Die legte er an, und in die Hand nahm er seinen ungestalten Hirtenstab.
Und der kleine Page öffnete die großen blauen Augen in Verwunderung und sprach lächelnd:
»Mein Gebieter, ich sehe dein Gewand und dein Zepter, aber wo ist deine Krone?«
Und der junge König pflückte einen Zweig von einem wilden

Strauch, der über den Balkon kletterte, und bog ihn und machte einen Kranz daraus und setzte ihn sich aufs Haupt.
»Das soll meine Krone sein«, antwortete er.
Und so angetan ging er aus seinem Zimmer in den großen Saal, wo die Edlen auf ihn warteten.
Und die Edlen spotteten, und einige riefen ihm zu:
»Mein Gebieter, das Volk wartet auf seinen König, und du zeigst ihm einen Bettler«, und andere waren zornig und sprachen:
»Er bringt Schande über unseren Staat, und er ist nicht würdig, unser Herr zu sein.«
Aber er antwortete ihnen nicht ein Wort, sondern schritt hinaus und ging die glänzende Porphytreppe hinunter und hinaus durch die bronzenen Tore und stieg auf sein Roß und ritt zur Kathedrale, indes der kleine Page neben ihm herlief.
Und das Volk lachte und sagte:
»Da reitet der Narr des Königs vorbei«, und sie verhöhnten ihn.
Er aber zog die Zügel an und sagte:
»Nein, denn ich bin der König.« Und er erzählte ihnen seine drei Träume.
Und ein Mann trat aus der Menge hervor und sprach voll Bitterkeit zu ihm und sagte:
»Herr, weißt du nicht, daß sich am Luxus der Reichen das Leben der Armen nährt? Von eurem Pomp werden wir gesättigt, und eure Laster geben uns Brot. Für einen harten Herrn zu arbeiten, ist bitter, aber bitterer ist es, keinen Herrn zu haben, für den man arbeiten kann. Meinst du, die Raben werden uns Nahrung bringen? Und welche Heilung hast du für diese Dinge? Willst du dem Käufer sagen: Du sollst für so viel kaufen, und dem Händler: Du sollst um diesen Preis verkaufen? Ich glaube nicht. Also kehre um in deinen Palast und lege deinen Purpur an und dein feines Leinen. Was hast du mit uns zu tun und mit dem, was wir dulden?«

»Sind nicht die Reichen und die Armen Brüder?« fragte der junge König.
»Wohl«, antwortete der Mann, »und der Name des reichen Bruders ist Kain.«
Und die Augen des jungen Königs füllten sich mit Tränen, und er ritt weiter unter dem Murren des Volkes, und den kleinen Pagen ergriff die Furcht, und er verließ ihn.
Und als er das Portal der Kathedrale erreichte, warfen die Soldaten ihre Hellebarden vor und sagten:
»Was hast du hier zu suchen? Durch diese Tür tritt niemand ein außer dem König.«
Und sein Gesicht rötete sich vor Zorn, und er sprach zu ihnen: »Ich bin der König«, und er stieß ihre Hellebarden beiseite und ging hinein.
Und als der alte Bischof ihn in seinem Hirtenkleide kommen sah, stand er verwundert von seinem Throne auf und sprach:
»Mein Sohn, ist das eines Königs Gewandung? Und mit welcher Krone soll ich dich krönen und welches Zepter in deine Hände legen? Wahrlich, dies sollte für dich ein Tag der Freude sein und nicht der Erniedrigung.«
»Soll die Freude tragen, was der Gram geschaffen hat?« sagte der junge König. Und er erzählte ihm seine drei Träume.
Und als der Bischof sie gehört hatte, zog er die Stirn in Falten und sprach:
»Mein Sohn, ich bin ein alter Mann und bin im Winter meiner Tage, und ich weiß, daß viele schlimme Dinge in der weiten Welt geschehen. Die wilden Räuber kommen herab von den Bergen und schleppen die kleinen Kinder hinweg und verkaufen sie an die Mohren. Die Löwen liegen und harren der Karawanen und stürzen sich auf die Kamele. Der wilde Eber entwurzelt das Korn im Tal, und die Füchse benagen den Wein auf den Hügeln. Die Piraten verwüsten die Küste der See und verbrennen die Schiffe der Fischer und nehmen ihnen die Netze.

In den Salzsümpfen leben die Aussätzigen und wohnen in Häusern aus geflochtenem Rohr, und niemand darf ihnen nahe kommen. Die Bettler ziehen durch die Städte und essen ihr Brot mit den Hunden. Kannst du verhindern, daß es so ist? Willst du den Aussätzigen zu deinem Bettgenossen machen und den Bettler zu dir an die Tafel setzen? Soll der Löwe tun, was du befiehlst, und der wilde Eber dir gehorchen? Ist nicht Er, der das Elend schuf, weiser als du? Deshalb rühme ich dich nicht um das, was du getan hast, sondern ich gebiete dir, in den Palast zurückzureiten und dein Gesicht froh zu machen und das Gewand anzulegen, das einem König geziehmt; und mit der goldenen Krone will ich dich krönen und das Perlenzepter in die Hand dir legen. Und an deine Träume denke nicht mehr. Die Last dieser Welt ist zu groß für einen Menschen, um sie zu tragen, und das Leid der Welt zu schwer für ein Herz, um es zu dulden.«

»Sagst du das in diesem Hause?« sprach der junge König und schritt an dem Bischof vorbei und stieg die Stufen des Altars hinauf und stand vor dem Bildnis Christi.

Er stand vor dem Bildnis Christi, und zu seiner Rechten und zu seiner Linken standen die herrlichen Goldgefäße, der Kelch mit dem gelben Wein und die Phiole mit dem heiligen Öl. Er kniete vor dem Bildnis Christi, und die großen Kerzen brannten hell neben dem juwelenbesetzten Schrein, und der Dampf des Weihrauchs wirbelte in dünnen, blauen Wölkchen durch die Kuppel. Er neigte das Haupt im Gebet, und die Priester in ihren steifen Chorgewändern schlichen vom Altar fort.

Und plötzlich kam von draußen, von der Straße her ein wilder Tumult, und herein drangen die Edlen mit gezogenen Schwertern und schwankenden Federn und Schildern aus blankem Stahl.

»Wo ist dieser Träumeträumer?« riefen sie. »Wo ist dieser König, der gekleidet ist wie ein Bettler? – dieser Knabe, der Schande

über unseren Staat bringt? Wahrlich, wir wollen ihn erschlagen, denn er ist unwürdig, über uns zu herrschen.«
Und der junge König neigte wieder das Haupt und betete, und als er sein Gebet geendet hatte, stand er auf und wandte sich um und sah voll Trauer auf sie herab.
Und siehe! durch die gemalten Fenster kam das Sonnenlicht und umströmte ihn; und die Strahlen der Sonne woben um ihn ein gewebtes Gewand, das herrlicher war als das Gewand, das ihm zur Lust geschaffen wurde. Der tote Stab blühte auf und trug Lilien, weißer als Perlen. Der trockene Dorn blühte und trug Rosen, die roter waren als Rubinen. Weißer als schöne Perlen waren die Lilien, und ihre Stiele waren aus glänzendem Silber. Roter als Rubinen waren die Rosen, und ihre Blätter waren aus getriebenem Golde. Er stand da im Gewand eines Königs, und die Flügel des juwelenbesetzten Schreines flogen auf, und von dem Kristall der glänzenden Monstranz strahlte ein herrliches mystisches Licht. Er stand da im Gewand eines Königs, und die Glorie Gottes erfüllte den Raum, und die Heiligen in den geschnitzten Nischen schienen sich zu bewegen. In dem stolzen Gewand eines Königs stand er vor ihnen da, und die Orgel strömte ihre Melodien aus, und die Fanfarenbläser bliesen die Fanfaren, und die Sängerknaben sangen.
Und das Volk fiel in Scheu auf die Knie, und die Edlen stießen ihr Schwert in die Scheide und huldigten ihm, und des Bischofs Antlitz wurde bleich, und seine Hände zitterten.
»Ein Größerer, als ich bin, hat dich gekrönt«, rief er und kniete vor ihm nieder.
Und der junge König trat hernieder von dem Hochaltar und ging heim, mitten durch das Volk. Aber niemand wagte, ihm ins Gesicht zu sehen, denn es war wie das Gesicht eines Engels.

DER GEBURTSTAG DER INFANTIN

Es war der Geburtstag der Infantin. Sie war gerade zwölf Jahre alt, und die Sonne schien strahlend in den Garten des Palastes.

Obgleich sie eine wirkliche Prinzessin war und Infantin von Spanien, hatte sie doch jedes Jahr nur einen Geburtstag, gerade wie die Kinder von ganz armen Leuten. Daher war es natürlich für das ganze Land von großer Bedeutung, daß sie bei dieser Gelegenheit einen wirklich schönen Tag haben sollte. Und fürwahr, es war wirklich ein schöner Tag. Die großen, gestreiften Tulpen standen starr aufgerichtet auf ihren Stengeln, langen Reihen von Soldaten gleich, und sie sahen herausfordernd durch den Garten auf die Rosen und sagten: »Wir sind jetzt genauso schön wie ihr.« Die purpurnen Schmetterlinge flatterten umher, mit goldenem Staub auf den Flügeln, und besuchten alle Blumen nach der Reihe; die kleinen Eidechsen krochen aus den Rissen der Mauer und lagen in der weißen Glut und sonnten sich; und die Granaten sprangen auf und platzten in der Hitze und zeigten ihre blutenden, roten Herzen. Selbst die bleichen, gelben Zitronen, die in solcher Fülle von den Gittern hingen und an den dunklen Bogengängen entlang, schienen reichere Farbe aus dem wundervollen Sonnenlicht zu saugen, und die Magnolienbäume öffneten ihre großen, kugelrunden Blüten gefalteten Elfenbeins und füllten die Luft mit schwerem, süßem Duft.

Die kleine Prinzessin selbst ging mit ihren Gespielinnen die Terrasse auf und nieder und spielte Versteck um die steinernen Vasen und die alten, moosbewachsenen Statuen. An gewöhnlichen Tagen durfte sie nur mit Kindern ihres Ranges spielen, und also mußte sie immer allein spielen; aber ihr Geburtstag

war eine Ausnahme, und der König hatte Befehl gegeben, daß sie von ihren jungen Freunden und Freundinnen einladen sollte, wen sie wollte, um sich mit ihnen zu vergnügen. Es lag eine stattliche Grazie über diesen schlanken spanischen Kindern, wie sie herumhuschten, die Knaben mit ihren großfedrigen Hüten und den kurzen flatternden Mänteln, die Mädchen, die die Schleppen ihrer langen Brokatgewänder trugen und ihre Augen mit großen Fächern aus Schwarz und Silber gegen die Sonne schützten. Aber die Infantin war die anmutigste von allen, und sie war am geschmackvollsten angezogen, wenn auch nach der beschwerlichen Mode der Zeit. Ihr Kleid war aus grauer Seide, der Saum und die weiten Puffärmel schwer mit Silber bestickt und das steife Mieder mit Reihen schöner Perlen besetzt. Zwei winzige Schuhe mit großen, rosigen Schleifen sahen unter ihrem Kleide hervor, wenn sie ging. Rosa und perlenfarben war ihr großer Gazefächer, und in ihrem Haar, das wie eine Aureole aus blassem Golde steif um ihr bleiches kleines Gesichtchen stand, trug sie eine herrliche weiße Rose.
Von einem Fenster des Palastes aus sah ihnen der melancholische König zu. Hinter ihm stand sein Bruder, Don Pedro von Aragon, den er haßte; und sein Beichtvater, der Großinquisitor von Granada, saß ihm zur Seite. Trauriger noch als gewöhnlich war der König, denn als er auf die Infantin herniedersah, die sich mit kindlichem Ernst gegen die sich versammelnden Höflinge verneigte oder hinter ihrem Fächer über die grimmige Herzogin von Albuquerque lachte, die sie immer begleitete, da dachte er an ihre Mutter, die junge Königin, die – so schien es ihm – erst vor kurzer Zeit aus dem heiteren Frankreich gekommen und in dem düsteren Glanz des spanischen Hofes dahingewelkt war; denn sie starb sechs Monate nach der Geburt ihres Kindes, ehe sie noch die Mandelbäume des Gartens zum zweitenmal hatte blühen sehen und die zweite Jahresfrucht von dem alten, ächzenden Feigenbaum gepflückt hatte, der im Mittel-

punkt des jetzt grasbewachsenen Hofes stand. So groß war seine Liebe zu ihr gewesen, daß er sie nicht einmal im Grabe vor sich hatte verbergen lassen. Sie wurde von einem maurischen Arzt einbalsamiert, dem man für diesen Dienst sein Leben schenkte, das, so sagte man, schon wegen Ketzerei und des Verdachtes zauberischer Künste dem Heiligen Amt verfallen war; und ihre Leiche lag noch auf der gestickten Bahre in der schwarzen Marmorkapelle des Palastes, genau wie die Mönche sie an jenem stürmischen Märztag vor beinahe zwölf Jahren hineingetragen hatten. Einmal in jedem Monat ging der König, in einen dunklen Mantel eingeschlagen und eine umhüllte Laterne in der Hand, hinein und kniete an ihrer Seite und rief: Mi Reina! Mi Reina! Und bisweilen durchbrach er die Form der Etikette, die in Spanien jede Handlung des Lebens beherrscht und selbst dem Gram eines Königs Grenzen setzt, und faßte die bleichen, beringten Hände in der wilden Qual des Schmerzes und versuchte durch seine wahnsinnigen Küsse das kalte, bemalte Gesicht zu beleben. Heute war ihm, als sähe er sie wieder, wie er sie zuerst gesehen hatte, im Schlosse zu Fontainebleau, als er fünfzehn Jahre alt war und sie noch jünger. Sie waren damals von dem päpstlichen Nuntius vor dem französischen König und dem ganzen Hof förmlich verlobt worden, und er war in den Eskorial zurückgekehrt und hatte eine Locke gelben Haares mitgebracht und das Gedächtnis zweier Kinderlippen, die sich niederbeugten, um seine Hand zu küssen, als er in seinen Wagen stieg. Später war dann die Hochzeit gefolgt, die eilig in Burgos vollzogen wurde, einer kleinen Stadt an der Grenze der beiden Länder, und der großartige öffentliche Einzug in Madrid mit der gewöhnlichen Feier der Hochmesse in der Kirche La Atocha und mit einem ungewöhnlich feierlichen Autodafé, bei dem fast dreihundert Ketzer, unter denen viele Engländer waren, dem weltlichen Arm zur Verbrennung überantwortet waren.

Wahrlich, er hatte sie wahnsinnig geliebt und, so glaubten viele, zum Verderb seines Landes, das damals um den Besitz der Herrschaft über die Neue Welt mit England im Kriege lag. Er hatte kaum je geduldet, daß sie ihm aus den Augen kam, um ihretwillen hatte er – so schien es wenigstens – alle ernsten Staatsgeschäfte vergessen; und mit jener furchtbaren Blindheit, die die Leidenschaft über ihre Diener bringt, hatte er nicht bemerkt, daß die großartigen Zeremonien, durch die er sie zu erheitern suchte, die seltsame Krankheit nur verstärkten, unter der sie litt. Als sie starb, war er eine Zeitlang wie einer, der seiner Vernunft beraubt ist. Ja, ohne Zweifel hätte er förmlich abgedankt und sich in das große Trappistenkloster bei Granada zurückgezogen, dessen Priorstitel er schon trug, hätte er sich nicht davor gefürchtet, die kleine Infantin in der Gewalt seines Bruders zu lassen, dessen Grausamkeit selbst in Spanien Anstoß erregte und den viele im Verdacht hatten, er habe durch ein Paar vergiftete Handschuhe den Tod der Königin veranlaßt, als sie zu Besuch auf seinem Schlosse in Aragon weilte. Selbst nach Ablauf der dreijährigen Frist öffentlicher Trauer, die er durch königliches Edikt im ganzen Umkreis seiner Herrschaft angeordnet hatte, erlaubte er seinen Ministern nie, von einer neuen Verbindung zu reden; und als der Kaiser selbst zu ihm gesandt hatte, um ihm die Hand seiner Nichte, der lieblichen Erzherzogin von Böhmen, zur Ehe anzubieten, da hatte er den Gesandten befohlen, ihrem Herrn zu sagen, der König von Spanien sei mit der Trauer vermählt, und wenn sie auch eine kalte Braut sei – er liebe sie mehr als die Schönheit; diese Antwort hatte seiner Krone die reichen Provinzen der Niederlande gekostet; denn bald nachher empörten sie sich auf Antrieb des Kaisers gegen ihn, unter der Führung einiger Fanatiker der reformierten Kirche.

Ihm war, als käme ihm heute das ganze Leben seiner Ehe mit seinen wilden, feuerfarbenen Freuden und der furchtbaren Qual seines plötzlichen Endens zurück, während er die Infantin auf der Terrasse spielen sah. Sie hatte all den zierlichen Übermut der Königin in ihrem Benehmen, dieselbe eigensinnige Art, den Kopf zu werfen, denselben stolzen, geschwungenen, schönen Mund, dasselbe wundervolle Lächeln – *vrai sourire de France* –, wenn sie dann und wann zum Fenster aufsah oder den stattlichen spanischen Herren ihre kleine Hand zum Kusse hinhielt. Aber das laute Lachen der Kinder war seinen Ohren schmerzhaft, und das helle, erbarmungslose Sonnenlicht spottete seines Grams, und es war, als färbe ein dumpfer Duft fremdartiger Myrrhen – wie sie zum Einbalsamieren gebraucht werden, oder war es nur Einbildung? – die klare Morgenluft. Er barg sein Gesicht in den Händen, und als die Infantin wieder hinaufsah, waren die Vorhänge zugezogen, und der König hatte sich entfernt.

Sie machte eine kleine Geste der Enttäuschung und zog ihre Schultern hoch. Wahrlich, er hätte bei ihr bleiben können an ihrem Geburtstag. Was lag an den dummen Staatsgeschäften? Oder war er in jene dunkle Kapelle gegangen, wo immer die Kerzen brannten und wo sie niemals eintreten durfte? Wie töricht von ihm, da die Sonne so hell schien und jeder so glücklich war! Außerdem versäumte er nun das Stierkampfspiel, zu dem schon die Trompete rief, um gar nicht von dem Puppenspiel zu reden und von den anderen herrlichen Dingen. Ihr Onkel und der Großinquisitor waren verständiger. Sie waren auf die Terrasse herausgekommen und machten ihr hübsch Komplimente. Sie warf also den Kopf zurück, nahm Don Pedro bei der Hand und ging langsam die Stufen hinunter zu einem langen Zelt aus purpurner Seide, das man am hinteren Ende des Gartens errichtet hatte, und die anderen Kinder folgten in strenger Rangordnung: die die längsten Namen hatten, gingen zuerst.

Eine Prozession edler Knaben, phantastisch als Toreadors gekleidet, kam ihr entgegen, und der junge Graf von Terra-Nueva, ein wundervoll hübscher Knabe von ungefähr vier-

zehn Jahren, entblößte seinen Kopf mit aller Anmut eines Hidalgo und Granden von Spanien und führte sie feierlich hinein zu einem Stuhl aus Gold und Elfenbein, der auf einem erhobenen Podium über der Arena stand. Die Kinder verteilten sich ringsumher, bewegten ihre großen Fächer und flüsterten miteinander, und Don Pedro und der Großinquisitor standen lachend am Eingang. Selbst die Herzogin – die Kamera-Major nannte man sie –, eine dünne Dame mit harten Zügen und einer gelben Krause, sah nicht ganz so übellaunig aus wie gewöhnlich, und etwas wie ein frostiges Lächeln glitt über ihr runzliges Gesicht, und ihre dünnen, blutlosen Lippen zuckten.
Es war wirklich ein wundervoller Stierkampf, und die Infantin meinte, er wäre viel schöner als der wirkliche Stierkampf, in den man sie zu Sevilla geführt hatte, als der Herzog von Parma ihren Vater besuchte. Einige der Knaben ritten auf reichgeschmückten Steckenpferden umher und schwangen lange Wurfspieße mit lustigen Streifen bunter Bänder daran: andere waren zu Fuß und schwangen ihre scharlachnen Tücher vor dem Stier und sprangen leichtfüßig über die Barriere, wenn er sie angriff; und der Stier selbst war ganz wie ein wirklicher Stier, obgleich er nur aus geflochtenen Weiden und gespannter Haut gemacht war und bisweilen hartnäckig auf seinen Hinterbeinen um die ganze Arena lief, was sich ein wirklicher Stier nicht im Traume einfallen läßt. Und er kämpfte wundervoll, und die Kinder wurden so aufgeregt, daß sie auf die Bänke stiegen und ihre Spitzentücher schwenkten und laut bravo Toro! riefen, bravo Toro! genauso verständnisvoll, als wären sie erwachsene Leute. Zuletzt aber, nach einem langen Kampf, in dem einige der Steckenpferde ganz durch und durch gestoßen und ihre Reiter hinabgeschleudert wurden, brachte der junge Graf von Terra-Nueva den Stier auf die Knie, und nachdem er von der Infantin die Erlaubnis erhalten hatte, ihm den coup de grâce zu geben, tauchte er sein hölzernes Schwert dem Tier mit solcher Gewalt

in den Nacken, daß der Kopf gerade herunterfiel und das lachende Gesicht des kleinen Monsieur de Lorraine, des Sohnes des französischen Gesandten in Madrid, sichtbar werden ließ.
Dann wurde die Arena unter großem Applaus geräumt, und die toten Steckenpferde wurden feierlich von zwei maurischen Pagen in gelb-schwarzen Livreen hinausgeschleppt; und nach einem kurzen Zwischenspiel, währenddessen ein französischer Seiltänzer sich auf dem straffen Seil sehen ließ, erschienen einige italienische Drahtpuppen in der halbklassischen Tragödie ›Sophonisbe‹ auf der Bühne eines kleinen Theaters, das zu dem Zweck erbaut worden war. Sie spielten so gut, und ihre Gesten waren so natürlich, daß am Schluß des Spieles die Augen der Infantin ganz von Tränen verdunkelt waren. Einige von den Kindern weinten wirklich, und man mußte sie mit Süßigkeiten trösten, und selbst der Großinquisitor war so bewegt, daß er Don Pedro gegenüber die Bemerkung nicht unterdrücken konnte, es sei doch unerträglich, daß einfache Puppen aus Holz und farbigem Wachs, die man mechanisch mit Drähten bewegte, so unglücklich sein und von so furchtbarem Unglück betroffen werden könnten.
Dann kam ein afrikanischer Gaukler, der einen großen, flachen Korb, bedeckt mit einem roten Tuch, hereintrug. Er stellte ihn mitten in die Arena, nahm aus seinem Turban eine seltsame Rohrflöte und blies darauf. Nach wenigen Sekunden fing das Tuch an, sich zu bewegen, und wie er die Flöte schriller und schriller blies, steckten zwei grüngoldene Schlangen ihre Klumpenköpfe heraus und erhoben sich langsam und wiegten sich hin und her mit der Melodie, so wie eine Pflanze im Wasser schwankt. Die Kinder aber fürchteten sich vor ihren fleckigen Hauben und den schnellen züngelnden Zungen und waren viel zufriedener, als der Gaukler einen kleinen Orangenbaum aus dem Sande wachsen ließ, der hübsche weiße Blüten und nachher Bündel von wirklichen Früchten trug; und als er den

Fächer der kleinen Tochter der Marquise de las Torres nahm und ihn in einen blauen Vogel verwandelte, der im ganzen Zelt umherflog und sang, da kannte ihr Staunen und ihre Freude keine Grenzen mehr. Auch das feierliche Menuett, das die Tänzerknaben der Kirche von Nuestra Señora Del Pilar aufführten, war reizend. Die Infantin hatte diese wundervolle Zeremonie noch nicht gesehen, obgleich sie jedes Jahr im Mai vor dem Hochaltar der Jungfrau stattfindet, und obendrein ihr zu Ehren; aber keiner aus der königlichen Familie von Spanien hatte die Kathedrale von Saragossa wieder betreten, seit ein wahnsinniger Priester – viele glaubten auch, er sei von Elisabeth von England bestochen gewesen – versucht hatte, dem Prinzen von Asturien eine vergiftete Oblate zu reichen. So wußte sie nur vom Hörensagen von ›Unserer Frauen Tanz‹, wie man ihn nannte, und wirklich war es ein schönes Schauspiel. Die Knaben trugen altmodische Hofkleidung aus weißem Samt, und ihre seltsamen dreieckigen Hüte waren mit Silber gefranst, und darüber schwebten große Büschel von Straußenfedern, und die blendende Weiße ihrer Kostüme wurde, wenn sie sich im Sonnenlicht bewegten, noch gehoben durch ihre schwarzbraunen Gesichter und ihr langes, dunkles Haar. Alle waren bezaubert von der ernsten Würde, mit der sie sich durch die verschlungenen Figuren des Tanzes bewegten, und von der erlesenen Anmut ihrer langsamen Gesten und ihrer stolzen Verbeugungen, und als sie ihre Aufführung beendet hatten und ihre großen, federbesetzten Hüte vor der Infantin senkten, da nahm sie ihre Huldigungen mit viel Höflichkeit entgegen und tat ein Gelübde, daß sie dem Altar Unserer Herrin von Pilar eine große Wachskerze stiften wolle, zum Dank für das Vergnügen, das sie ihr gewährt habe.

Dann kam eine Truppe von hübschen Ägyptern – so nannte man damals die Zigeuner – in die Arena; sie setzten sich mit gekreuzten Beinen im Kreise und begannen leise auf ihren

Zithern zu spielen; und sie bewegten ihre Körper zur Melodie und summten, fast unvernehmbar, ein leises, träumerisches Lied. Als sie Don Pedro erblickten, sahen sie finster drein, und einige von ihnen fürchteten sich; denn erst vor einigen Wochen hatte er auf dem Marktplatz von Sevilla zwei aus ihrem Trupp wegen Hexerei hängen lassen; aber die schöne Infantin bezauberte sie, als sie sich rückwärts lehnte und mit ihren großen blauen Augen über ihren Fächer sah, und sie fühlten, daß, wer so lieblich war, gegen niemanden jemals grausam sein könnte. So spielten sie weiter, sehr sanft, und berührten nur eben mit ihren langen, spitzen Nägeln die Saiten, und ihre Köpfe begannen zu nicken, als wollten sie einschlafen. Plötzlich aber sprangen sie mit einem so schrillen Schrei auf die Füße, daß die Kinder zusammenfuhren und Don Pedros Hand nach dem Achatknopf seines Dolches griff, und dann wirbelten sie toll in der Arena umher und schlugen ihre Tamburine und sangen in ihrer fremdartigen gutturalen Sprache ein wildes Liebeslied. Auf ein zweites Zeichen aber warfen sie sich alle wieder zu Boden und lagen da, ganz still, und der einförmige Laut der Zithern war das einzige, was die Stille unterbrach. Nachdem sie das mehrere Male wiederholt hatten, verschwanden sie auf einen Augenblick und kehrten mit einem braunen, zottigen Bär an einer Kette zurück und trugen auf ihren Schultern kleine Berberaffen. Der Bär stand mit äußerstem Ernst auf dem Kopf, und die Affen machten allerlei lustige Kunststücke mit zwei Zigeunerknaben, die ihre Herren zu sein schienen, und fochten mit kleinen Schwertern und feuerten kleine Kanonen ab und machten ein regelrechtes Exerzieren durch, genau wie des Königs eigene Leibwache. Kurz, die Zigeuner hatten großen Erfolg. Aber der lustigste Teil der ganzen Morgenunterhaltung war ohne Zweifel der Tanz des kleinen Zwerges. Als er in die Arena stolperte und auf seinen krummen Beinen humpelte und seinen großen, ungestalten Kopf von einer Seite zur anderen neigte, da stießen die Kinder laute Schreie des Entzückens aus, und die Infantin selbst lachte so sehr, daß sich die Kamera gezwungen sah, sie daran zu erinnern, daß, wenn es auch viele Fälle gäbe, wo in Spanien die Tochter eines Königs vor ihresgleichen geweint habe, so sei es doch unerhört, daß eine Prinzessin aus königlichem Blute so lustig sei vor denen, die an Rang niedriger ständen als sie. Der Zwerg aber war wirklich ganz unwiderstehlich, und selbst am spanischen Hofe, der von jeher wegen seiner raffinierten Leidenschaft für das Furchtbare bekannt war, hatte man noch nie ein so phantastisches kleines Ungeheuer gesehen. Es war auch sein erstes Auftreten. Man hatte ihn erst am Tage zuvor entdeckt, als er wild im Walde umherlief und zwei Granden in einem entlegenen Teil des Korkeichenforstes jagten, der um die Stadt läuft. Und sie hatten ihn in den Palast gebracht als eine Überraschung für die Infantin, da sein Vater, ein armer Köhler, nur zu einverstanden war, wenn man ihn von einem so häßlichen und unbrauchbaren Kinde befreien wollte. Vielleicht war das Lustigste an ihm seine vollkommene Unkenntnis der eigenen grotesken Erscheinung. Wirklich schien er ganz glücklich zu sein und voll der besten Laune. Wenn die Kinder lachten, lachte er ebenso frei und so frisch wie irgendeins von ihnen, und am Schlusse jedes Tanzes machte er jedem eine der komischen Verbeugungen und lachte und nickte ihnen zu, gerade als sei er einer von ihnen und nicht ein kleines ungestaltes Ding, das die Natur in einer humoristischen Laune gebildet hatte, damit andere seiner spotteten. Und die Infantin bezauberte ihn vollends. Er konnte die Augen nicht von ihr wenden und schien nur für sie zu tanzen; und am Schluß der Vorstellung erinnerte sie sich, wie sie gesehen hatte, daß die großen Damen des Hofes dem berühmten italienischen Tenor Coffarelli, den der Papst aus seiner eigenen Kapelle nach Madrid geschickt hatte, um des Königs Melancholie durch die Lieblichkeit seiner Stimme zu heilen, Buketts zuwarfen, und da nahm sie die weiße Rose aus dem Haar und warf sie ihm teils aus Scherz, teils um die Kamera zu ärgern, mit ihrem lieblichsten Lächeln durch die Arena zu; er aber nahm alles ganz ernst und drückte die Blume an seine roten Lippen und legte die Hand aufs Herz; er grinste von Ohr zu Ohr, und seine kleinen glänzenden Augen sprühten vor Freude.

Das warf den Ernst der Infantin so sehr um, daß sie noch immer lachte, nachdem der kleine Zwerg längst aus der Arena gelaufen war, und daß sie ihrem Onkel den Wunsch aussprach, man solle den Tanz wiederholen. Die Kamera aber widersprach mit der Begründung, die Sonne sei zu heiß; es sei besser, wenn Ihre Hoheit sofort in den Palast zurückkehrte, wo schon ein wundervolles Mahl für sie bereitet sei und ein wirklicher Geburtstagskuchen mit ihren eigenen Initialen, die ganz aus farbigem Zucker hergestellt seien, und über dem eine hübsche kleine silberne Fahne von einem Maste wehe. Daher erhob sich die Infantin mit vieler Würde, und nachdem sie Befehl gegeben hatte, der kleine Zwerg sollte nach der Siesta noch einmal für sie tanzen, und dem jungen Grafen von Terra-Nueva ihren Dank für den reizenden Empfang übermittelt hatte, ging sie zurück in ihre Gemächer, und die Kinder folgten in derselben Reihenfolge, in der sie gekommen waren.

Als nun der kleine Zwerg hörte, daß er noch einmal vor der Infantin tanzen sollte, und auf ihren eigenen, ausdrücklichen Befehl, da war er so stolz, daß er in den Garten hinauslief und die weiße Rose in überströmender Freude küßte und die plumpsten und unbeholfensten Gesten des Entzückens machte. Die Blumen waren ganz entrüstet, daß er es wagte, in ihr schönes Heim zu dringen, und als sie sahen, wie er die Wege auf und nieder sprang und seine Arme auf so lächerliche Weise über dem Kopfe schwang, konnten sie ihre Gefühle nicht mehr bezwingen.

»Er ist wirklich zu häßlich, als daß man ihm erlauben könnte, irgendwo zu spielen, wo wir sind«, riefen die Tulpen.

»Er sollte Mohnsaft trinken und auf tausend Jahre schlafen gehen«, sagten die großen Scharlachlilien, und sie erhitzten sich und wurden ganz zornig.
»Er ist ein wahres Scheusal!« rief der Kaktus. »Er ist ja ganz verbogen und verstümmelt, und sein Kopf steht in gar keinem Verhältnis zu seinen Beinen. Wahrhaftig, mir läuft eine Gänsehaut über den ganzen Körper, und wenn er mir nahe kommt, werde ich ihn mit meinen Dornen stechen.«
»Und er hat wahrhaftig eine meiner besten Blüten«, rief der weiße Rosenbaum. »Ich habe sie heute morgen selbst der Infantin gegeben als Geburtstagsgeschenk, und er hat sie ihr gestohlen.« Und er rief, so laut er konnte: »Dieb! Dieb! Dieb!«
Selbst die roten Geranien, die sich für gewöhlich gar kein Ansehen gaben und von denen bekannt war, daß sie selber viele arme Verwandte hatten, empörten sich vor Abscheu, als sie ihn sahen, und als die Veilchen bescheiden bemerkten, er sei zwar furchtbar häßlich, aber es sei doch nicht seine Schuld, entgegneten sie mit viel Vernunft, das sei gerade sein Hauptfehler, und es sei kein Grund, einen Menschen zu bewundern, weil er unheilbar sei; und wirklich empfanden selbst einige Veilchen, daß die Häßlichkeit des kleinen Zwergs fast aufdringlich sei und daß er viel mehr Geschmack verraten würde, wenn er traurig aussähe oder mindestens nachdenklich, anstatt lustig herumzuhüpfen und sich in so groteske und alberne Stellungen zu werfen.
Und die alte Sonnenuhr, die eine sehr ausgesprochene Persönlichkeit war und einst keinem Geringeren als dem Kaiser Karl V. selber die Stunden angezeigt hatte, die Sonnenuhr war so entsetzt über die Erscheinung des kleinen Zwergs, daß sie mit ihrem langen Schattenfinger fast zwei volle Minuten anzuzeigen vergessen hatte; und schließlich konnte sie sich nicht enthalten, zu dem großen, milchweißen Pfau, der sich auf der Balustrade sonnte, zu sagen, es wisse doch jeder, daß die Kinder

von Königen Könige wären, und die Kinder von Köhlern Köhler, und es sei absurd zu behaupten, es wäre nicht so; mit dieser Feststellung war der Pfau sehr einverstanden, und er kreischte: »Gewiß, gewiß!« mit einer so lauten und scharfen Stimme, daß die Goldfische, die im Bassin des kühlen, plätschernden Brunnens wohnten, ihre Köpfe zum Wasser hinausstreckten und die großen steinernen Tritonen fragten, was in aller Welt es gäbe.

Aber die Vögel liebten ihn. Sie hatten ihn oft im Walde gesehen, wenn er wie ein Elb über die wirbelnden Blätter tanzte oder in irgendeinem alten, hohlen Eichbaum hockte und seine Nüsse mit den Eichhörnchen teilte. Sie kümmerten sich nicht im geringsten um seine Häßlichkeit. Ja, selbst die Nachtigall, die des Abends so lieblich in den Orangenhainen sang, daß sich bisweilen der Mond herniederneigte, um ihr zu lauschen, sah doch nach nichts Besonderem aus; und außerdem – er war gut zu ihnen gewesen, und während jenes furchtbar harten Winters, als es gar keine Beeren mehr auf den Bäumen gab und als der Boden hart war wie Eisen und die Wölfe bis an die Tore der Stadt gekommen waren, um Nahrung zu suchen, da hatte er sie nie vergessen, sondern ihnen immer Krumen von seiner kleinen Schwarzbrotrinde gegeben und immer mit ihnen geteilt, wenn sein Frühstück auch noch so ärmlich gewesen war.

Daher flogen sie immer um ihn herum, berührten seine Backen im Fluge leicht mit ihren Flügeln und schwätzten miteinander; und der kleine Zwerg war so froh, daß er sich nicht enthalten konnte, ihnen die herrliche weiße Rose zu zeigen und ihnen zu erzählen, daß die Infantin selbst sie ihm gegeben habe, weil sie ihn liebte.

Sie verstanden kein Wort von dem, was er sagte, aber das tat nichts, denn sie neigten den Kopf zur Seite und sahen klug aus; und das ist ebensogut wie etwas verstehen, und viel leichter:

Die Eidechsen faßten auch eine große Vorliebe für ihn, und als

er müde war umherzulaufen und sich ins Gras warf, um zu ruhen, da spielten und balgten sie sich auf ihm herum und versuchten, ihn so gut, wie sie konnten, zu unterhalten.
»Nicht jeder kann so schön sein wie eine Eidechse«, riefen sie, »das wäre zuviel verlangt. Und wenn es auch absurd klingt – im Grunde ist er gar nicht so häßlich; natürlich muß man die Augen zumachen und ihn nicht ansehen.« Die Eidechsen waren sehr philosophisch veranlagt und saßen oft Stunden und stundenlang zusammen und dachten, wenn sie sonst nichts zu tun hatten oder das Wetter zu regnerisch war, um auszugehen.
Die Blumen aber waren entsetzt über ihr Benehmen und über das Benehmen der Vögel.
»Das zeigt wieder«, sagten sie, »wie entsittlichend dieses ewige Hin- und Herfliegen und Rennen wirkt. Wohlerzogene bleiben immer auf der gleichen Stelle, so wie wir. Niemals hat man uns die Wege auf und nieder hüpfen sehen oder im Gras wie toll hinter den Wasserjungfern hergaloppieren. Wenn wir einen Luftwechsel nötig haben, dann schicken wir nach dem Gärtner, und er bringt uns in ein anderes Bett. So ziemt es sich, und so sollte es sein. Aber Vögel und Eidechsen haben keinen Sinn für Ruhe. Die Vögel haben ja nicht einmal eine ständige Adresse. Sie sind die reinen Vagabunden, wie die Zigeuner, und man sollte sie danach behandeln.«
So hoben sie ihre Nasen in die Luft und sahen sehr hochmütig drein und waren sehr froh, als sie nach einiger Zeit sahen, wie der kleine Zwerg sich vom Gras aufraffte und über die Terrasse auf den Palast zuging.
»Man sollte ihn wahrhaftig für den Rest seines irdischen Lebens einsperren«, sagten sie. »Seht doch den buckligen Rücken und seine krummen Säbelbeine«, und sie begannen zu kichern.
Aber der kleine Zwerg wußte nichts von alldem. Ihm gefielen die Vögel und Eidechsen sehr, und er dachte, die Blumen seien die herrlichsten Dinge in der ganzen Welt, ausgenommen

natürlich die Infantin; aber dann hatte sie ihm ja die weiße Rose gegeben, und sie liebte ihn; das machte einen großen Unterschied. Wie wünschte er, daß er mit ihr gegangen wäre! Sie würde ihn zu ihrer rechten Hand gestellt haben, und er wäre nie von ihrer Seite gewichen, sondern hätte sie zu seiner Gespielin gemacht und sie alle möglichen wundervollen Kunststücke gelehrt. Denn wenn er auch nie zuvor in einem Palast gewesen war, so wußte er doch viele besondere Dinge. Er konnte aus Binsen kleine Käfige bauen, in denen die Grashüpfer singen, und konnte aus langgliedrigem Bambus die Flöte schneiden, die Pan zu hören liebt. Er kannte den Schrei jedes Vogels und konnte den Star aus den Kronen der Bäume rufen und den Reiher von dem See. Er kannte die Spur jedes Tieres und konnte den Hasen an den leichten Eindrücken seiner Füße verfolgen und den Eber an den zertretenen Blättern. Alle Tänze des Windes kannte er: den tollen Tanz im roten Gewand mit dem Herbst, den leichten Tanz in blauen Sandalen über dem Korn, den Tanz mit weißen Schneekränzen im Winter und den Blütentanz durch die Gärten im Frühling. Er wußte, wo die Waldtauben ihre Nester bauten, und einmal, als ein Vogelsteller die Elternvögel weggefangen hatte, da hatte er die Jungen selber aufgezogen und hatte ihnen einen Taubenschlag in der Höhle einer zersplitterten Ulme gebaut. Sie waren ganz zahm und fraßen jeden Morgen aus seiner Hand. Sie würden ihr gefallen, und auch die Kaninchen, die in den langen Farnen umherhüpften, und die Holzhäher mit ihren stahlharten Federn und schwarzen Schnäbeln, und die Igel, die sich zu stachligen Kugeln aufrollen konnten, und die großen, klugen Schildkröten, die langsam umherkrochen und die Köpfe schüttelten und an den jungen Blättern nagten. Ja gewiß, sie mußte mitkommen in den Wald und mit ihm spielen. Er würde ihr sein eigenes kleines Bett geben und neben dem Fenster bis zur Dämmerung wachen, um aufzupassen, daß ihr das wilde gehörnte Volk keinen Harm antat und daß die hageren Wölfe der Hütte nicht zu nahe kamen. Und mit der Dämmerung würde er an die Läden klopfen und sie wecken, und sie würden hinausgehen und den ganzen Tag lang zusammen tanzen. Wahrhaftig, es war nicht einsam im Walde. Bisweilen ritt ein Bischof vorbei, auf einem weißen Maultier, und las in einem gemalten Buch. Bisweilen kamen auch in grünen Samtmützen und Jacken aus gegerbtem Wildleder die Falkeniere vorüber, mit verkappten Falken auf der Faust. Zur Winterszeit kamen die Traubentreter mit purpurnen Händen und Füßen, bekränzt mit glänzendem Efeu, und trugen tropfende Schläuche voll Wein; und die Köhler saßen um ihre Kohlenpfannen zur Nacht und sahen zu, wie die trockenen Scheite langsam im Feuer verkohlten, und brieten Kastanien in der Asche, und die Räuber kamen aus ihren Höhlen und scherzten mit ihnen. Einmal hatte er auch eine schöne Prozession gesehen, die sich den langen, staubigen Weg nach Toledo hinaufwand. Die Mönche gingen voran und sangen lieblich und trugen bunte Fahnen und Kreuze aus Gold, und in ihrer Mitte gingen drei barfüßige Männer, in seltsamen gelben Gewändern, die ganz mit wundervollen Figuren bemalt waren, und sie trugen brennende Kerzen in ihren Händen. Oh, es gab viel im Walde zu sehen, und wenn sie müde war, würde er ihr eine weiche Moosbank suchen oder sie auf den Armen tragen, denn er war sehr stark, wenn er auch wußte, daß er nicht groß war. Er würde ihr ein Halsband aus Zaunbeeren machen; das würde geradeso hübsch sein wie die weißen Beeren, die sie auf ihrem Kleide trug; und wenn sie ihrer müde war, konnte sie sie fortwerfen, und er würde ihr andere suchen. Er würde ihr Eichelschalen bringen und Tausende von Anemonen und kleine Glühwürmer als Sterne in dem bleichen Gold ihres Haars.

Aber wo war sie? Er fragte die weiße Rose, und sie antwortete ihm nicht. Der ganze Palast schien zu schlafen, und selbst, wo die Läden nicht geschlossen waren, waren schwere Vorhänge vor die Fenster gezogen, um die Glut auszuschließen. Er ging ganz herum, um eine Stelle zu finden, wo er eintreten könnte, und schließlich sah er eine kleine verborgene Tür, die offenstand. Er schlüpfte hinein und sah sich in einer glänzenden Halle, glänzender, fürchtete er, als der Wald; es war so viel mehr vergoldet überall, und selbst der Boden war aus großen farbigen Steinen, die nach Art von geometrischen Figuren zusammengefügt waren. Aber die kleine Infantin war nicht da, nur einige herrliche weiße Statuen, die von ihren Jaspispiedestalen auf ihn niedersahen, mit traurigen, leeren Augen und seltsam lächelnden Lippen.

Am Ende des Saales hing ein reichgestickter Vorhang aus schwerem Samt, der mit Sonnen und Sternen, des Königs liebsten Symbolen, besät war und gestickt auf der Farbe, die er am liebsten hatte. Vielleicht war sie dahinter verborgen? Er wollte es jedenfalls versuchen.

Er stahl sich also leise hinüber und zog ihn beiseite. Nein; es war nur ein anderes Zimmer, wie er meinte, als das, aus dem er kam. Die Wände waren mit vielgestaltigen grünen Arrazzi von handgemachter Teppicharbeit behangen, die eine Jagd darstellten; sie stammten von einigen flämischen Künstlern, die mehr als sieben Jahre zu ihrer Vollendung gebraucht hatten. Das war einmal das Zimmer des *Jean le Fou* gewesen, wie man ihn nannte, jenes wahnsinnigen Königs, der die Jagd so liebte, daß er oft in seinen Delirien versucht hatte, die großen bäumenden Rosse zu besteigen und den Hirsch herunterzureißen, auf den die großen Rüden sprangen, daß er sein Jagdhorn blies und mit seinem Dolch nach dem bleichen fliehenden Wilde stach. Jetzt benutzte man es als Ratssaal, und auf dem Tisch in der Mitte lagen die roten Portefeuilles der Minister, die die goldenen Tulpen von Spanien eingepreßt trugen, und das Wappen und die Embleme des Hauses Habsburg.

Der kleine Zwerg sah in Verwunderung um sich und fürchtete sich weiterzugehen. Die seltsamen schweigenden Reiter, die so geschwind durch die langen Lichtungen ritten, ohne das geringste Geräusch zu machen – sie schienen ihm wie jene furchtbaren Phantome, von denen er die Köhler hatte reden hören, die Comprachos, die nur bei Nacht jagen, und, wenn sie einem Menschen begegnen, ihn in eine Hirschkuh verwandeln und sie jagen. Aber er dachte an die schöne Infantin und faßte Mut. Sie allein wollte er finden und ihr sagen, daß auch er sie liebe. Vielleicht war sie im nächsten Zimmer.
Er lief über die weichen maurischen Teppiche und öffnete die Tür. Nein! dort war sie auch nicht. Das Zimmer war ganz leer. Es war ein Thronzimmer, das zum Empfang fremder Gesandten benutzt wurde, wenn der König – was lange nicht mehr der Fall gewesen – bereit war, ihnen eine persönliche Audienz zu gewähren; dasselbe Zimmer, in dem vor vielen Jahren die Abgesandten Englands erschienen waren, um den Vertrag über die Heirat ihrer Königin – damals eine der katholischsten Fürstinnen Europas – mit des Kaisers ältestem Sohne abzuschließen. Die Tapeten waren aus vergoldetem cordovanischen Leder, und ein schwerer vergoldeter Leuchter mit Armen für dreihundert Wachslichter hing von der schwarz-weißen Decke hernieder. Unter einem großen Thronhimmel aus Goldtuch, auf dem die Löwen und Türme von Kastilien in Perlen gestickt waren, stand der Thron selbst, mit einem reichen Tuch aus schwarzem Samt verhangen, das besetzt war mit silbernen Tulpen und mit Silber und Perlen befranst. Auf der zweiten Stufe des Thrones stand der Knieschemel der Infantin mit einem Kissen aus silbergewirktem Tuch, und noch etwas tiefer und außer dem Bereich des Thronhimmels stand der Sessel für den päpstlichen Nuntius, der allein das Recht hatte, in des Königs Gegenwart bei allen öffentlichen Zeremonien zu sitzen, und dessen Kardinalshut mit seinen verschlungenen scharlach-

nen Troddeln auf einem purpurnen Tuburett davorlag. An der Wand gegenüber dem Throne hing ein lebensgroßes Porträt Karls V. im Jagdgewand, mit einer großen Dogge ihm zur Seite; und ein Bildnis Philipps II., der die Huldigung der Niederlande entgegennimmt, nahm die Mitte der anderen Wand ein. Zwischen den Fenstern stand ein Geheimschrank aus schwarzem Ebenholz, mit Elfenbeinplatten eingelegt, auf denen die Gestalten des Totentanzes von Holbein eingeschnitten waren – einige sagten, von der Hand jenes berühmten Meisters selbst. Aber der kleine Zwerg kümmerte sich nicht um all diese Pracht. Er hätte seine Rose nicht um alle Perlen des Thronhimmels fortgegeben, und nicht einmal ein Blatt seiner Rose um den ganzen Thron selbst. Er wollte nur die Infantin sehen, ehe sie in das Zelt hinausging, und er wollte sie bitten, mit ihm fortzugehen, wenn er seinen Tanz geendet hätte. Hier, im Palast, war die Luft eng und schwer, aber im Wald blies ein frischer Wind, und das Sonnenlicht trennte mit schweifenden Goldhänden die zitternden Blätter. Auch Blumen waren im Walde; nicht so kostbare vielleicht wie die Blumen im Garten, aber dafür von um so süßerem Duft; Hyazinthen im Vorfrühling, die mit wogendem Purpur die kühlen Schluchten und die grasbewachsenen Hügel überfluteten; gelbe Primeln, die in kleinen Büscheln um die verwitterten Wurzeln der Eichen wuchsen; buntes Schellkraut und blauer Ehrenpreis und lila und goldene Iris. An den Haselstauden hingen graue Kätzchen, und der Fingerhut neigte sich unter dem Gewicht seiner gesprenkelten Blüten, in denen die Bienen heimisch waren. Die Kastanie hatte ihre Türme von weißen Sternen und der Hagedorn seine bleichen Monde der Schönheit. Ja; gewiß: sie würde kommen, wenn er sie nur finden könnte. Sie würde mit ihm kommen in den schönen Wald, und den ganzen Tag lang würde er für sie tanzen, um sie zu erfreuen. Ein Lächeln entflammte seine Augen bei dem Gedanken, und er ging in das nächste Zimmer.

Von allen Zimmern war dieses das glänzendste und das schönste. Die Wände waren mit rosenfarbigem Damast bespannt, der mit Vögeln gemustert war und bedeckt mit zierlichen, silbernen Blüten; die Einrichtung war aus massivem Silber, mit blühenden Girlanden behangen und schwebenden Amoretten; vor den zwei großen Kaminen standen mächtige Schirme, die mit Papageien und Pfauen bestickt waren, und der Boden, aus meergrünem Onyx, schien sich weit in die Ferne zu ziehen. Und er war nicht allein. Unter dem Schatten der Tür, am fernen Ende des Zimmers, erblickte er eine kleine Gestalt, die ihn ansah. Sein Herz zitterte, ein Freudenschrei brach von seinen Lippen, und er trat hinaus in das Sonnenlicht. Als er es tat, trat auch die Gestalt heraus, und er sah sie nun deutlich.
Die Infantin! Oh, es war ein Scheusal, das groteskeste Scheusal, das er je gesehen hatte. Nicht richtig gestaltet wie alle anderen Menschen, sondern bucklig und krummbeinig, mit großem, hängendem Kopf und einer Mähne von schwarzem Haar. Der kleine Zwerg runzelte die Stirn, und das Scheusal runzelte auch die Stirn. Er lachte, und es lachte mit ihm und stemmte die Hände in die Seite, gerade wie er. Er machte ihm eine höhnische Verbeugung, und es gab ihm die tiefe Reverenz zurück. Er ging darauf zu, und es kam ihm entgegen und machte jeden Schritt nach, den er tat, und es stand still, wenn er still stand. Er jubelte vor Vergnügen und lief vorwärts und streckte seine Hand aus, und die Hand des Scheusals berührte seine, und sie war kalt wie Eis. Ihm wurde angst, und er streckte seine Hand zur Seite, und die Hand des Scheusals folgte ihr flink. Er versuchte weiterzugehen, aber etwas Glattes und Hartes hielt ihn zurück. Das Gesicht des Scheusals war nun dicht neben seinem, und es schien voll Angst zu sein. Er strich sich das Haar aus den Augen. Es ahmte ihm nach. Er schlug nach ihm aus, und es gab Schlag für Schlag zurück. Er schnitt ihm Gesichter, und es schnitt ihm scheußliche Fratzen. Er fuhr zurück, und es entfernte sich.

Was war es? Er dachte einen Augenblick nach und sah sich dann rings im Saale um. Es war seltsam, aber alles schien in dieser unsichtbaren Wand von klarem Wasser sein Ebenbild zu haben. Ja, Bild für Bild wiederholte sich, und Sessel für Sessel. Der schlafende Faun, der bei dem Alkoven neben der Tür lag, hatte seinen schlummernden Zwillingsbruder, und die Silbervenus im Sonnenlicht streckte den Arm aus nach einer Venus, so schön wie sie.

War es das Echo? Er hatte einmal im Tale nach ihm gerufen, und es war Wort für Wort zurückgetönt. Konnte es das Auge täuschen wie das Ohr? Konnte es eine Welt des Scheins schaffen, die der wirklichen Welt ganz gleich war? Konnten die Schatten der Dinge Farbe haben und Leben und Bewegung? War es möglich, daß –?

Er fuhr zusammen. Er nahm die herrliche weiße Rose von seiner Brust und wandte sich um und küßte sie. Das Scheusal hatte auch eine Rose, Blatt für Blatt ihr gleich! Es küßte sie mit gleichen Küssen und drückte sie ans Herz mit schrecklichen Gebärden.

Als ihm die Wahrheit aufdämmerte, stieß er einen lauten Schrei der Verzweiflung aus und fiel schluchzend zu Boden. Er also war ungestalt und bucklig, scheußlich anzusehen und grotesk. Er selbst war das Scheusal, und über ihn hatten die Kinder gelacht und die kleine Prinzessin, die, wie er geglaubt hatte, ihn liebte – auch sie hatte nur über seine Häßlichkeit gespottet und sich über seine krummen Glieder lustig gemacht. Warum hatte man ihn nicht im Walde gelassen, wo es keinen Spiegel gab, um ihm zu sagen, wie ekelhaft er war? Warum hatte ihn nicht sein Vater getötet, anstatt ihn in seiner Schande zu verkaufen? Die heißen Tränen liefen ihm die Backen herunter, und er riß die weiße Rose in Stücke. Das kriechende Scheusal tat das gleiche und warf die blassen Blätter in die Luft. Es kroch am Boden, und wenn er es ansah, beobachtete es ihn mit schmerzverzerrtem Gesicht. Er wandte sich ab, um es nicht zu sehen, und bedeckte seine Augen mit den Händen. Er kroch wie ein verwundetes Tier in den Schatten, und dort blieb er stöhnend liegen.

Und in diesem Augenblick kam die Infantin selbst mit ihren Gespielen durch die offene Balkontür herein, und als sie den häßlichen kleinen Zwerg am Boden liegen sahen und auf phantastische und übertriebene Art mit seinen geballten Händen um sich schlagen, da brachen sie in lautes, glückliches Lachen aus und umringten und beobachteten ihn.

»Sein Tanzen war lustig«, sagte die Infantin; »aber sein Spiel ist noch lustiger. Er ist beinah so gut wie Drahtpuppen, nur längst nicht so natürlich.« Und sie fächelte mit ihrem großen Fächer und klatschte Beifall.

Aber der kleine Zwerg sah nicht ein einziges Mal auf, und sein Schluchzen wurde schwächer und schwächer, und plötzlich rang er merkwürdig nach Luft und griff sich in die Seite. Und dann fiel er zurück und lag ganz still.

»Das ist großartig«, sagte die Infantin nach einer Pause; »aber jetzt sollst du für mich tanzen.«

»Ja«, riefen die Kinder, »du mußt aufstehen und tanzen, denn du bist ebenso klug wie die Berberaffen und viel lächerlicher.«

Aber der kleine Zwerg antwortete nicht.

Und die Infantin stampfte mit dem Fuß und rief ihren Onkel, der mit dem Kanzler auf der Terrasse stand und einige Depeschen las, die gerade aus Mexiko gekommen waren, wo man kürzlich das Heilige Amt eingerichtet hatte.

»Mein lustiger kleiner Zwerg ist mürrisch«, rief sie, »du mußt ihn aufwecken und ihm sagen, daß er für mich tanzen soll.«

Sie lächelten einander zu und kamen herein, und Don Pedro beugte sich nieder und schlug den Zwerg mit seinem gestickten Handschuh auf die Backe.

»Du sollst tanzen«, rief er. »Kleines Scheusal, du sollst tanzen. Die Infantin von Spanien und den beiden Indien will amüsiert sein.«

Aber der kleine Zwerg rührte sich nicht.
»Man sollte nach dem Peitschenmeister schicken«, sagte Don Pedro müde und ging wieder auf die Terrasse hinaus. Aber der Kanzler machte ein ernstes Gesicht und kniete neben dem kleinen Zwerg nieder und legte die Hand auf sein Herz. Und nach ein paar Augenblicken zuckte er mit den Schultern, stand auf, machte der Infantin eine tiefe Verbeugung und sagte:
»Mi bella Princesa, Ihr komischer kleiner Zwerg wird nie mehr tanzen. Es ist schade; denn er ist so häßlich, daß er dem König hätte ein Lächeln entlocken können.«
»Aber warum wird er nicht mehr tanzen?« fragte die Infantin lachend.
»Weil ihm das Herz gebrochen ist«, antwortete der Kanzler.
Und die Infantin zog die Stirn in Falten, und ihre niedlichen, rosenblättrigen Lippen warfen sich in hübscher Verachtung auf. »In Zukunft laßt die, die mit mir zu spielen kommen, keine Herzen haben«, rief sie und lief in den Garten hinaus.

DER FISCHER UND SEINE SEELE

JEDEN Abend fuhr der Fischer hinaus auf das Meer und warf seine Netze ins Wasser.

Wenn der Wind vom Lande blies, fing er nichts oder höchstens ein wenig, denn es war ein bitterer, schwarzflügliger Wind, und rauhe Wellen bäumten sich ihm entgegen. Wenn aber der Wind zur Küste wehte, dann kamen die Fische aus der Tiefe herein und schwammen in die Maschen seiner Netze, und er trug sie auf den Markt und verkaufte sie. Jeden Abend fuhr er hinaus auf das Meer, und eines Abends war das Netz so schwer, daß er es kaum ins Boot ziehen konnte. Und er lachte und sprach zu sich: »Wahrlich, ich habe entweder alle Fische gefangen, die schwimmen, oder ich habe ein finsteres Ungeheuer geangelt, das für die Menschen ein Wunder sein wird, oder etwas Grauenhaftes, nach dem die große Königin verlangen wird«; und er nahm alle Kraft zusammen und zog an den rauhen Tauen, bis auf seinen Armen, wie Linien aus blauem Email auf einem Bronzegefäß, die Adern auflagen. Er zog an den dünnen Tauen, und näher und näher kamen die Reihen von flachen Korkstücken, und das Netz kam endlich ganz zur Oberfläche des Wassers. Aber kein Fisch war darin, und auch kein Ungeheuer, noch etwas Grauenhaftes, sondern nur ein kleines Meermädchen, das in festem Schlaf lag.

Ihr Haar war ein feuchtes, Goldenes Vlies, und jedes einzelne Haar wie ein Faden aus feinem Golde in einer glänzenden Schale. Ihr Leib war wie weißer Elfenbein, und ihr Schwanz war aus Silber und Perlen. Aus Silber und Perlen war ihr Schwanz, und die grünen Algen der See schlangen sich darum; und wie Seemuscheln waren ihre Ohren, und ihre Lippen waren wie Meer-

korallen. Die kalten Wogen spritzten über ihre kalten Brüste, und das Salz glitzerte auf ihren Augenlidern.
So schön war sie, daß der junge Fischer, als er sie sah, von Staunen erfüllt war, und er streckte die Hand aus und zog das Netz dicht an sich, und er lehnte sich über das Boot und nahm sie in seine Arme. Und als er sie berührte, stieß sie einen Schrei aus wie eine erschreckte Möwe und sah ihn entsetzt mit ihren Malven- und Amethystaugen an und wand sich, um ihm zu entkommen. Er aber hielt sie fest an sich gedrückt und wollte sie nicht fortlassen. Und als sie sah, daß sie sich ihm auf keine Weise entwinden konnte, begann sie zu weinen und sagte:
»Ich bitte dich, laß mich gehen, denn ich bin die einzige Tochter eines Königs, und mein Vater ist alt und allein.«
Aber der junge Fischer antwortete:
»Ich will dich nicht gehen lassen, wenn du mir nicht das Versprechen gibst, sooft ich dich rufe, heraufzukommen und mir zu singen, denn die Fische freut es, dem Sange des Meervolks zu lauschen, und so werden meine Netze sich füllen.«
»Willst du mich in Wahrheit gehen lassen, wenn ich dir das verspreche?« rief das Meermädchen.
»Ich will dich in Wahrheit gehen lassen«, sagte der junge Fischer.
Da gab sie ihm das Versprechen, das er verlangte, und schwor es beim Eide des Meervolks. Und er löste die Arme von ihr, und sie sank hinab in das Wasser und zitterte vor fremder Furcht.
Jeden Abend ging der junge Fischer hinaus aufs Meer und rief dem Meermädchen, und sie stieg empor aus dem Wasser und sang vor ihm. Und rings um sie schwammen die Delphine, und die wilden Möwen kreisten um ihren Kopf.
Und sie sang ein herrliches Lied. Denn sie sang vom Meervolk. das seine Herden von Höhle zu Höhle treibt und die kleinen Kälber auf der Schulter trägt; von den Tritonen, die lange grüne Bärte haben und behaarte Brüste und die durch gewundene

Muscheln blasen, wenn der König vorüberzieht; von dem Palast des Königs, der ganz aus Bernstein ist, mit einem Dach aus klarem Smaragd und Böden aus strahlenden Perlen; und von den Gärten des Meeres, wo die großen geflochtenen Korallenfächer den ganzen Tag lang wogen und wallen und die Fische umherschießen gleich silbernen Vögeln und die Anemonen sich an die Felsen klammern und die Nelken im gewellten gelben Sande wurzeln. Sie sang von den großen Walen, die von den Meeren des Nordens herniederkommen und scharfe Eiszapfen in ihren Kiemen hängen haben; von den Sirenen, die von so wunderbaren Dingen singen, daß die Kaufleute ihre Ohren mit Wachs verstopfen müssen, damit sie sie nicht hören und in das Wasser springen und ertrinken; von den gesunkenen Galeeren mit großen Masten, wie die erfrorenen Seefahrer sich an die Taue klammern und die Makrelen durch die offenen Ladelöcher ein- und ausschwimmen; von den kleinen Entenmuscheln, die große Reisen machen und sich in die Kiele der Schiffe bohren und um die ganze weite Welt fahren; und vom Tintenfisch, der an den Wänden der Klippen lebt und seine langen schwarzen Arme ausstreckt und Nacht machen kann, wann er will. Sie sang von Nautilus, der ein eigenes Boot hat, das aus einem Opal geschnitzt ist und durch ein silbernens Segel gesteuert wird; von den glücklichen Meermännern, die auf Harfen spielen und die Ungeheuer in den Schlaf zaubern; von den kleinen Kindern, die die glatten Meerschweinchen fangen und auf ihrem Rücken reiten; von den Meermädchen, die im weißen Schaume liegen und ihre Arme nach den Seefahrern strecken; und von den Seelöwen mit ihren gebogenen Fangzähnen, und den Seepferden mit ihren fliegenden Mähnen. Und wenn sie sang, kamen all die Thunfische aus der Tiefe herbei, um ihr zu lauschen, und der junge Fischer warf seine Netze um sie und fing sie, und andere traf er mit dem Speer. Und wenn sein Boot gut geladen war, dann sank das Meermädchen hinab in das Meer und lächelte ihm zu. Aber niemals kam sie ihm nahe, so daß er sie hätte berühren können. Oftmals rief er sie und bat sie, aber sie wollte nicht; und wenn er versuchte, sie zu fassen, tauchte sie ins Wasser, wie wohl ein Seehund taucht, und er sah sie an dem Tage nicht wieder. Und jeden Tag wurde der Klang ihrer Stimme seinen Ohren lieblicher. So lieblich war ihre Stimme, daß er seiner Netze vergaß und seiner List und sich um sein Handwerk nicht mehr kümmerte. Mit roten Flossen und mit Augen aus buckligem Gold zogen die Thunfische in Scharen vorbei; er aber achtete ihrer nicht. Sein Speer lag unbenutzt an seiner Seite, und seine Körbe aus geflochtenen Weiden blieben leer. Mit geöffneten Lippen und Augen, die vor Staunen dunkel wurden, saß er in seinem Boot und lauschte, und er lauschte, bis die Meeresnebel um ihn krochen und der wandernde Mond seine braunen Glieder mit Silber färbte. Und eines Abends rief er sie und sprach:

»Kleines Meermädchen, kleines Meermädchen, ich liebe dich. Nimm mich zum Bräutigam, denn ich liebe dich.«

Aber das Meermädchen schüttelte den Kopf.

»Du hast eine menschliche Seele«, antwortete sie, »wenn du nur deine Seele fortsenden wolltest, dann könnte ich dich lieben.«

Und der junge Fischer sprach zu sich selber: »Was nützt mir meine Seele? Ich kann sie nicht sehen. Ich kann die nicht fassen. Ich kenne sie nicht. Wahrlich, ich will sie fortsenden, und große Freude wird meiner harren.« Und ein Freudenschrei brach von seinen Lippen, und er stand auf im bemalten Boot und streckte die Arme aus nach dem Meermädchen.

»Ich will meine Seele fortsenden«, rief er, »und du sollst meine Braut sein, und ich will dein Bräutigam sein, und in der Tiefe des Meeres wollen wir zusammen wohnen, und alles, wovon du gesungen hast, sollst du mir zeigen, und alles, was du verlangst, will ich tun, und unser Leben soll nie getrennt sein.«

Und das kleine Meermädchen lachte vor Vergnügen und verbarg das Gesicht in den Händen.
»Aber wie soll ich meine Seele von mir schicken?« rief der junge Fischer. »Sage mir, wie ich es tun kann, und siehe, es soll geschehen.«
»Ach! ich weiß es nicht«, sagte das kleine Meermädchen, »das Meervolk hat keine Seelen.« Und sie sank hinab in die Tiefe und sah ihn sehnsuchtsvoll an.
Und früh am nächsten Morgen, ehe die Sonne um die Spanne einer Manneshand über dem Hügel war, ging der junge Fischer zum Hause des Priesters und pochte dreimal an die Tür.
Der Novize blickte durch die kleine Tür hinaus, und als er sah, wer es war, zog er den Riegel zurück und sprach: »Tritt ein.«
Und der junge Fischer trat ein und kniete auf den duftigen Binsen des Bodens nieder und rief den Priester an, der aus dem heiligen Buche las, und sprach zu ihm:
»Vater, ich liebe eine vom Meervolk, und meine Seele hindert mich, mein Verlangen zu erfüllen. Sage mir, wie ich meine Seele von mir schicken kann, denn wahrlich, ich brauche sie nicht. Welchen Wert hat meine Seele für mich? Ich kann sie nicht sehen. Ich kann sie nicht fassen. Ich kenne sie nicht.«
Und der Priester schlug sich die Brust und sprach:
»Weh, weh, du bist wahnsinnig, oder du hast von verderblichen Kräutern gegessen, denn die Seele ist der edelste Teil des Menschen und wird uns von Gott gegeben, daß wir sie edel gebrauchen sollen. Es gibt nichts Kostbareres als die menschliche Seele, und nichts Irdischeres kann sie aufwiegen. Sie ist alles Gold wert, das in der Erde ist, und sie ist wertvoller als die Rubine der Könige. Deshalb, mein Sohn, denke nicht mehr daran, denn es ist eine Sünde, für die es keine Vergebung gibt. Und das Meervolk! das ist verloren, und die sich mit ihm einlassen, sind auch verloren. Es ist wie die Tiere des Feldes, die nicht das Gute vom Bösen trennen, und für sie ist der Herr nicht

gestorben.« Die Augen des jungen Fischers füllten sich mit Tränen, als er die bitteren Worte des Priesters hörte, und er stand von den Knien auf und sprach:

»Vater, die Faune leben im Wald und sind froh, und auf den Felsen sitzen die Meermänner mit ihren Harfen aus rotem Golde. Laß mich sein, wie sie sind, ich bitte dich, denn ihre Tage sind wie die Tage der Blumen. Und meine Seele! Was nützt mir meine Seele, wenn sie zwischen mir steht und dem, was ich liebe?«

»Die Liebe des Leibes ist verächtlich«, rief der Priester und zog die Stirn in Falten, »und verächtlich und böse sind auch die heidnischen Wesen, die Gott durch seine Welt wandern läßt. Verflucht seien die Faune des Waldes, und verflucht seien die Sänger des Meeres! Ich habe sie zur Nacht gehört, und sie versuchten, mich von meinen Gebeten zu locken. Sie klopfen ans Fenster und lachen. Sie flüstern mir in die Ohren das Märchen von ihren verderblichen Freunden. Sie versuchen mich mit Versuchungen, und wenn ich beten will, schneiden sie mir Fratzen. Sie sind verloren, sage ich dir, sie sind verloren. Für sie gibt es weder Himmel noch Hölle, und nicht hier, nicht dort sollen sie Gottes Namen preisen.«

»Vater«, rief der junge Fischer, »du weißt nicht, was du sagst. Einst fing ich in meinem Netze die Tochter eines Königs. Sie ist schöner als der Morgenstern und weißer als der Mond. Für ihren Leib will ich meine Seele geben, und um ihrer Liebe willen fahre der Himmel dahin. Sage mir, um was ich dich frage, und lasse mich in Frieden ziehen.«

»Fort! Fort!« rief der Priester. »Deine Buhle ist verloren, und du sollst mit ihr verloren sein!« Und er gab ihm keinen Segen, sondern trieb ihn von seiner Tür.

Und der junge Fischer ging hinab auf den Markt; und er ging langsam und senkte den Kopf wie einer, der Trauer hat.

Und als die Kaufleute ihn kommen sahen, begannen sie untereinander zu flüstern, und einer von ihnen kam ihm entgegen und rief ihn beim Namen und sprach:

»Was hast du zu verkaufen?«

»Ich will dir meine Seele verkaufen«, antwortete er, »ich bitte dich, kaufe sie mir ab, denn ich bin ihrer müde. Was nützt mir meine Seele? Ich kann sie nicht sehen. Ich kann sie nicht fassen. Ich kenne sie nicht.«

Aber die Kaufleute verspotteten ihn und sprachen:

»Was nützt eines Menschen Seele uns? Sie ist kein Stück geprägten Silbers wert. Verkaufe uns deinen Leib als Sklave, und wir wollen dich in Meerespurpur kleiden und einen Ring auf deinen Finger tun und dich zum Liebling der großen Königin machen. Aber rede nicht von deiner Seele: für uns ist sie nichts, und sie hat keinen Wert für unser Geschäft.«

Und der junge Fischer sprach zu sich: »Wie seltsam das ist! Der Priester sagt mir, die Seele sei alles Gold der Erde wert, und die Kaufleute sagen, sie sei kein Stück geprägten Silbers wert.« Und er ging fort von dem Markt und ging hinab zur Küste des Meeres und begann darüber zu sinnen, was er tun sollte.

Und mittags fiel ihm ein, wie ihm einer seiner Genossen, der ein Meerfenchelsucher war, von einer jungen Hexe gesprochen hatte, die in einer Höhle am Ende der Bucht wohnte und großes Wissen in vielen Dingen hatte. Und er machte sich auf und lief zu ihr, so begierig war er, seine Seele los zu sein, und eine Wolke von Staub folgte ihm, als er auf dem Sand um die Küste eilte. An dem Jucken ihrer Hand erkannte die Hexe, daß er kam, und sie lachte und ließ ihr rotes Haar herunter. Und mit dem roten Haar, das um sie fiel, stand sie am Eingang der Höhle, und in ihrer Hand hielt sie einen Zweig wilden Schierlings, der blühte.

»Was wünschest du? Was wünschest du?« rief sie, als er keuchend den Abhang heraufkam und sich vor ihr neigte. »Fische fürs Netz, wenn der Wind garstig ist? Ich habe eine kleine

Rohrpfeife, und wenn ich darauf blase, kommen die Meeräschen in die Bucht gesegelt. Aber sie hat ihren Preis, schöner Knabe, sie hat ihren Preis. Was wünschest du? Was wünschest du? Einen Sturm, daß die Schiffe scheitern und die Kisten reicher Kaufleute an die Küste spülen? Ich habe mehr Stürme als der Wind, denn ich diene einem, der stärker ist als der Wind, und mit einem Sieb und einem Eimer Wasser kann ich die großen Galeeren zum Grunde des Meeres senden. Aber ich habe meinen Preis, schöner Knabe, ich habe meinen Preis. Was wünschest du? Was wünschest du? Ich weiß eine Blume, die im Tal wächst, niemand kennt sie außer mir. Sie hat purpurne Blätter und einen Stern im Herzen, und ihr Saft ist weiß wie Milch. Wenn du mit dieser Blume die harten Lippen der Königin berührst, dann folgt sie dir über die ganze Welt. Aus dem Bette des Königs würde sie aufstehen und über die ganze Welt dir folgen. Aber sie hat ihren Preis, schöner Knabe, sie hat ihren Preis. Was wünschest du? Was wünschest du? Ich kann eine Kröte im Mörser zerstoßen und ein Brühe draus machen und die Brühe mit der Hand eines Toten rühren. Spritze sie auf deinen Feind, wenn er schläft, und er wird sich in eine schwarze Viper verwandeln, und seine eigene Mutter wird ihn erschlagen. Mit einem Rade kann ich den Mond vom Himmel ziehen und in einem Kristall den Tod dir zeigen. Was wünschest du? Was wünschest du? Sage mir deinen Wunsch, und ich will ihn erfüllen, und du sollst mir seinen Preis zahlen, schöner Knabe, du sollst mir seinen Preis zahlen!«

»Mein Wunsch steht nur nach einem kleinen Dinge«, sagte der junge Fischer, »aber der Priester ist zornig auf mich geworden und hat mich davongejagt. Mein Wunsch steht nur nach einem kleinen Dinge, aber die Kaufleute haben mich verhöhnt und es mir abgeschlagen. Darum bin ich zu dir gekommen, obgleich die Menschen dich böse nennen, und was auch dein Preis sei, ich will ihn bezahlen.«

»Was willst du?« fragte die Hexe und trat ihm näher.
»Ich will meine Seele von mir senden«, antwortete der junge Fischer.
Die Hexe erbleichte und schauderte und verbarg ihr Gesicht in ihrem blauen Mantel.
»Schöner Knabe, schöner Knabe«, murmelte sie, »das zu tun, ist furchtbar.«
Er warf seine braunen Locken zurück und lachte.
»Meine Seele ist mir ein Nichts«, antwortete er. »Ich kann sie nicht sehen. Ich kann sie nicht fassen. Ich kenne sie nicht.«
»Was willst du mir geben, wenn ich dirs sage?« fragte die Hexe und sah auf ihn nieder mit ihren schönen Augen.
»Fünf Stücke Goldes«, antwortete er, »und meine Netze und mein geflochtenes Haus, darinnen ich wohne, und das bemalte Boot, in dem ich fahre. Nun sage mir, wie ich meine Seele loswerde, und ich will dir alles geben, was ich besitze.«
Sie lachte spöttisch über ihn und traf ihn mit dem Zweig des Schierlings.
»Ich kann die Blätter des Herbstes in Gold verwandeln«, sagte sie, »und kann die bleichen Strahlen des Mondes zu Silber weben, wenn ich will. Der, dem ich diene, ist reicher als alle Könige der Welt und beherrscht alle ihre Länder.«
»Was also soll ich dir geben«, rief er, »wenn dein Preis weder Gold noch Silber ist?«
Die Hexe strich sich übers Haar mit ihrer dünnen, weißen Hand. »Du mußt mit mir tanzen, schöner Knabe«, murmelte sie, und sie lächelte ihm zu, als sie sprach.
»Weiter nichts?« rief der junge Fischer verwundert und sprang auf die Füße.
»Weiter nichts«, antwortete sie und lächelte ihm wieder zu.
»So wollen wir an geheimem Orte tanzen, wenn die Sonne untergeht«, sagte er, »und wenn wir getanzt haben, wirst du mir sagen, was mich zu wissen verlangt.«

Sie schüttelte den Kopf.
»Wenn der Mond voll ist, wenn der Mond voll ist«, murmelte sie. Dann spähte sie ringsumher und lauschte. Ein blauer Vogel erhob sich kreischend aus seinem Nest und kreiste über den Dünen, und drei fleckige Vögel raschelten durch das harte, graue Gras und pfiffen sich zu. Und sonst war kein Laut, außer dem Laut der Wogen, die unten über die glatten Kiesel rollten. Da streckte sie ihre Hand aus, zog ihn dicht an sich und legte ihm ihre dünnen Lippen dicht ans Ohr.
»Heute nacht mußt du mit mir zum Grat des Gebirges kommen«, flüsterte sie, »es ist ein Sabbat, und Er wird dasein.«
Der junge Fischer fuhr zusammen und sah sie an, und sie zeigte ihre weißen Zähne und lachte.
»Wer ist Er, von dem du sprichst?« fragte er.
»Das ist gleich«, antwortete sie. »Komm heute nacht und stehe unter den Zweigen der Weißbuche und warte, bis ich komme. Wenn ein schwarzer Hund auf dich zuläuft, schlage ihn mit einer Wünschelrute, und er wird fortgehen. Wenn eine Eule zu dir spricht, antworte nicht. Wenn der Mond voll ist, werde ich bei dir sein, und wir wollen auf dem Grase tanzen.«
»Aber willst du schwören, mir zu sagen, wie ich meine Seele von mir senden kann?« fragte er.
Sie ging in das Sonnenlicht hinaus, und der Wind kräuselte ihr rotes Haar.
»Bei den Hufen der Geiß schwöre ich es«, antwortete sie.
»Du bist die beste der Hexen«, rief der junge Fischer, »und ich will wahrlich heute nacht mit dir tanzen auf dem Grat des Gebirges. Ich wollte zwar, du hättest Gold oder Silber von mir verlangt. Aber wie auch dein Preis ist, du sollst ihn haben, denn es ist wenig.«
Und er senkte die Mütze vor ihr und neigte den Kopf tief und lief zurück in die Stadt, von großer Freude erfüllt.
Und die Hexe sah ihm nach, als er sich entfernte, und als er

ihr aus den Augen war, ging sie zurück in die Höhle und nahm einen Spiegel aus einer Lade von geschnitztem Zedernholz und setzte ihn auf ein Gestell und verbrannte auf Kohlen Eisenkraut davor und sah durch den Wirbel des Rauches. Und nach einer Weile ballte sie zornig die Hände.

»Er hätte mein sein sollen«, murmelte sie. »Ich bin so schön wie sie.«

Und am Abend, als der Mond sich erhoben hatte, stieg der junge Fischer zum Grat des Gebirges empor und stellte sich unter die Zweige der Weißbuche. Wie ein Schild blanken Silbers lag der runde Meerbusen zu seinen Füßen, und die Schatten der Fischerboote bewegten sich in der kleinen Bucht. Eine große Eule mit gelben, schwefeligen Augen rief ihn bei seinem Namen, aber er antwortete nicht. Ein schwarzer Hund lief auf ihn zu und knurrte. Er schlug ihn mit einer Weidenrute, und der Hund lief winselnd fort.

Um Mitternacht kamen die Hexen wie Fledermäuse durch die Luft geflogen. »Fuu!« riefen sie, als sie den Boden berührten, »hier ist einer, den wir nicht kennen.« Und sie schnüffelten herum und schwätzten miteinander und machten sich Zeichen. Und als letzte kam die junge Hexe, und ihr rotes Haar flatterte im Winde. Sie trug ein Kleid aus Goldgewebe, auf dem Pfauenaugen gestickt waren, und auf dem Kopf eine kleine Mütze aus grünem Samt.

»Wo ist er, wo ist er?« schrien die Hexen, als sie sie sahen; aber sie lachte nur und lief zu der Weißbuche und nahm den Fischer bei der Hand und führte ihn ins Mondlicht hinaus und begann zu tanzen.

Herum und herum wirbelten sie, und die junge Hexe sprang so hoch, daß er die scharlachnen Hacken ihrer Schuhe sehen konnte. Dann kam quer durch die Tanzenden der Laut eines galoppierenden Pferdes, aber man sah kein Pferd, und er fürchtete sich.

»Schneller«, rief die Hexe, und sie warf ihm die Arme um den Nacken, und ihr Atem war heiß auf seinem Gesicht. »Schneller, schneller!« rief sie, und die Erde schien ihm unter den Füßen zu wirbeln, und sein Gehirn trübte sich, und eine große Angst befiel ihn, als ob ihn ein böses Wesen ansähe, und zuletzt sah er, daß unter dem Schatten eines Felsens eine Gestalt stand, die zuvor nicht da war.

Es war ein Mann in einem Gewand aus schwarzem Samt, nach spanischer Mode geschnitten. Sein Gesicht war seltsam bleich, aber seine Lippen waren wie eine stolze rote Blume. Er schien müde und lehnte sich zurück, indem er achtlos mit dem Knauf seines Dolches spielte. Im Grase neben ihm lagen ein federgeschmückter Hut und ein Paar Reithandschuhe, die mit goldenen Schnüren besetzt und in Form eines seltsamen Symbols mit Perlen benäht waren. Ein kurzer, mit Zobelpelz gefütterter Mantel hing ihm von der Schulter, und seine feinen, weißen Hände waren mit Ringen besetzt. Schwere Augenlider senkten sich über seine Augen. Der junge Fischer sah ihn an wie einer, den ein Zauber umspinnt. Schließlich trafen sich ihre Augen, und wo er auch tanzte, schien es ihm, als ruhten die Augen des Mannes auf ihm. Er hörte die Hexe lachen und faßte sie um den Leib und wirbelte wie toll herum.

Plötzlich bellte ein Hund im Walde, und die Tanzenden hielten inne und gingen paarweise hin und knieten nieder und küßten dem Manne die Hand. Als sie es taten, berührte ein leichtes Lächeln seine stolzen Lippen, wie eines Vogels Flügel das Wasser berührt und lachen macht. Aber es war Verachtung darin. Er sah beständig den jungen Fischer an.

»Komm, laß uns anbeten«, flüsterte die Hexe, und sie führte ihn hin, und ein großes Verlangen, zu tun, wie sie hieß, ergriff ihn, und er folgte ihr. Aber als er nahe kam, machte er, ohne daß er es wußte warum, auf seiner Brust das Zeichen des Kreuzes und nannte den heiligen Namen.

Und kaum hatte er das getan, da kreischten die Hexen wie Falken und flogen davon, und das bleiche Gesicht, das ihn ansah, zuckte in einem Krampf des Schmerzes. Der Mann ging zu einem kleinen Gehölz hinüber und pfiff. Ein kleines spanisches Pferd mit silbernem Schmuck kam ihm entgegengelaufen. Als er in den Sattel sprang, wandte er sich um und sah traurig auf den jungen Fischer. Und die Hexe mit dem roten Haar versuchte auch fortzufliegen, aber der Fischer faßte sie am Handgelenk und hielt sie zurück.

»Laß mich los,« rief sie, »und laß mich gehen. Denn du hast genannt, was nicht genannt werden sollte, und das Zeichen gemacht, das man nicht ansehen darf.«

»Nein,« antwortete er, »ich will dich nicht lassen, bis du mir das Geheimnis gesagt hast.«

»Welches Geheimnis?« fragte die Hexe und rang mit ihm wie eine wilde Katze und biß sich die schaumbedeckten Lippen.

»Du weißt es«, antwortete er.

Ihre grasgrünen Augen wurden dunkel von Tränen, und sie sagte zum Fischer: »Verlange alles andere, nur das nicht.«

Er lachte und faßte sie nur um so enger.

Und als sie sah, daß sie sich nicht frei machen konnte, flüsterte sie: »Ich bin so schön wie die Töchter des Meeres und so reizvoll wie die, die in den blauen Wassern wohnen«, und sie schmiegte sich an ihn und legte ihr Gesicht an seines.

Er aber stieß sie stirnrunzelnd zurück und sprach zu ihr: »Wenn du das Versprechen nicht hältst, das du mir gabst, dann erschlage ich dich als eine falsche Hexe.«

Sie wurde grau wie eine Blume des Judasbaumes und schauderte. »Sei es denn«, murmelte sie. »Es ist deine Seele, nicht meine. Tue mit ihr, was du willst.« Und sie nahm aus ihrem Gürtel ein kleines Messer, das einen Griff aus grüner Vipernhaut hatte, und gab es ihm.

»Wozu soll mir das dienen?« fragte er sie verwundert.

Sie schwieg einige Augenblicke, und ein Blick des Schreckens ging über ihr Gesicht. Dann strich sie ihr Haar aus der Stirn, und seltsam lächelnd sprach sie zu ihm:

»Was die Menschen den Schatten des Leibes nennen, das ist nicht der Schatten des Leibes, sondern der Leib der Seele. Stelle dich an die Meeresküste, mit deinem Rücken dem Monde zu, und schneide rings um deine Füße den Schatten ab, der deiner Seele Leib ist, und heiße deine Seele dich verlassen; so wird sie es tun.« Der junge Fischer zitterte.

»Ist das wahr?« murmelte er.

»Es ist wahr, und ich wollte, ich hätte es dir nicht gesagt«, rief sie und umklammerte weinend seine Knie.

Er schob sie von sich und ließ sie im üppigen Grase und ging zum Rand des Gebirges und steckte das Messer in seinen Gürtel und begann hinabzuklettern.

Und die Seele, die in ihm war, rief ihn an und sprach: »Siehe, ich bin bei dir gewesen all diese Jahre lang und habe dir gedient. Schicke mich nicht jetzt von dir. Denn was habe ich dir Böses getan?«

Und der junge Fischer lachte.

»Du hast mir nichts Böses getan, aber ich brauche dich nicht«, antwortete er. »Die Welt ist weit, und der Himmel ist da, und die Hölle, und jenes dunkle Zwielichthaus, das zwischen beiden liegt. Gehe, wohin du willst, aber störe mich nicht, denn meine Geliebte ruft nach mir.«

Und seine Seele flehte ihn jammernd an, aber er hörte nicht darauf, sondern sprang von Klippe zu Klippe, denn sein Fuß war sicher wie der einer wilden Geiß, und schließlich kam er zum ebenen Grunde und zur gelben Küste der See.

Mit bronzenen Gliedern und festem Fleisch, wie eine Statue, die ein Grieche goß, so stand er auf dem Sande, den Rücken zum Mond, und aus dem Schaum erhoben sich weiße Arme und winkten ihm, und aus den Wellen stiegen dunkle Gestalten und huldigten ihm, und hinter ihm hing der Mond in honigfarbener Luft. Und seine Seele sprach zu ihm:

»Wenn du mich wirklich von dir treiben willst, schicke mich nicht fort ohne dein Herz. Die Welt ist grausam, gib mir dein Herz mit auf den Weg.«

Er aber warf den Kopf zurück und lächelte.

»Womit sollte ich meine Geliebte lieben, wenn ich mein Herz dir gäbe?« rief er.

»Nein, habe Erbarmen mit mir,« sagte die Seele, »gib mir dein Herz, denn die Welt ist so grausam, und ich fürchte mich.«

»Mein Herz gehört meiner Liebe,« antwortete er, »deshalb zögere nicht und mache dich fort.«

»Soll ich nicht auch lieben?« fragte die Seele.

»Mache dich fort, denn ich brauche dich nicht«, rief der junge Fischer; und er nahm das kleine Messer mit dem Griff aus grüner Vipernhaut und schnitt den Schatten rings um die Füße ab, und er stand auf und stand vor ihm; und er sah ihn an, und er war wie er selbst.

Er trat zurück und steckte das Messer in seinen Gürtel, und ein Gefühl von Angst und Scheu kam über ihn.

»Mache dich fort«, murmelte er, »und laß mich dein Gesicht nie wieder sehen.«

»Nein, wir müssen uns wieder treffen«, sagte die Seele. Ihre Stimme war leise und flötengleich, und ihre Lippen bewegten sich kaum, wenn sie sprach.

»Wie sollten wir uns treffen?« rief der junge Fischer. »Du wirst mir nicht in die Tiefe des Meeres folgen.«

»Einmal in jedem Jahr will ich hierherkommen und nach dir rufen«, sagte die Seele. »Es kann sein, daß du mich brauchen wirst.«

»Wie sollte ich dich brauchen?« rief der junge Fischer, »aber es sei, wie du willst.«

Und er tauchte ins Wasser hinab, und die Tritonen bliesen ihre

Hörner, und das kleine Meermädchen kam herauf, ihm entgegen, und schlang ihm die Arme um den Hals und küßte ihn auf den Mund.
Und die Seele stand am einsamen Strand und sah ihnen zu. Und als sie hinab in das Meer gesunken waren, ging sie weinend über die Sümpfe davon.
Und als ein Jahr vorüber war, kam die Seele zur Küste des Meeres herunter und rief nach dem jungen Fischer, und er stieg aus der Tiefe herauf und sagte:
»Warum rufst du nach mir?«
Und die Seele antwortete:
»Komm näher, daß ich mit dir reden kann, denn ich habe wundervolle Dinge gesehen.«
Und er kam näher und setzte sich im flachen Wasser und lehnte den Kopf auf die Hand und lauschte.
Und die Seele sprach zu ihm:
»Als ich dich verlassen hatte, wandte ich mich gen Osten und wanderte. Vom Osten kommt alles, was weise ist. Sechs Tage wanderte ich, und am Morgen des siebenten Tages kam ich zu einem Hügel, der im Lande der Tataren liegt. Ich setzte mich nieder im Schatten eines Tamariskenbaumes, um mich vor der Sonne zu schützen. Das Land war trocken und von der Hitze verbrannt. Die Menschen gingen hin und her in der Ebene wie Fliegen, die auf einer Scheibe blanken Kupfers kriechen.
Als es Mittag wurde, erhob sich vom flachen Rande des Landes eine Wolke roten Staubes. Als die Tataren es sahen, spannten sie ihre bemalten Bogen und sprangen auf ihre kleinen Pferde und ritten ihr entgegen. Die Weiber flohen schreiend zu den Wagen und verbargen sich hinter den Vorhängen aus Fellen.
Im Zwielicht kamen die Tataren zurück, aber fünf von ihnen fehlten, und von denen, die zurückkamen, waren nicht wenige verwundet. Sie spannten ihre Pferde an die Wagen und fuhren eilig davon. Drei Schakale kamen aus einer Höhle

und sahen ihnen nach. Dann sogen sie die Luft durch ihre Nüstern ein und trabten in der entgegengesetzten Richtung davon.
Als der Mond aufging, sah ich ein Lagerfeuer in der Ebene brennen und ging darauf zu. Eine Schar von Kaufleuten saß rings darum auf Teppichen. Ihre Kamele waren hinter ihnen an Pfähle gebunden, und die Neger, die ihre Diener waren, errichteten Zelte aus gegerbten Fellen auf dem Sande und machten eine hohe Mauer aus Stachelbirnen.
Als ich ihnen nahe kam, stand der Führer der Kaufleute auf und zog sein Schwert und fragte, was ich wollte.
Ich antwortete, ich sei ein Fürst in meinem Lande, und ich sei den Tataren entflohen, die versucht hätten, mich zu ihrem Sklaven zu machen. Der Häuptling lächelte und zeigte mir fünf Köpfe, die auf lange Bambusrohre gesteckt waren.
Dann fragte er mich, wer der Prophet Gottes sei, und ich antwortete ihm, es sei Mohammed.
Als er den Namen des falschen Propheten hörte, verneigte er sich, nahm mich bei der Hand und setzte mich neben sich. Ein Neger brachte mir Pferdemilch in einer hölzernen Schale und ein Stück gebratenen Lammfleisches.
Bei Tagesanbruch machten wir uns auf. Ich ritt auf einem rothaarigen Kamel zur Seite des Häuptlings, und ein Läufer lief vor uns und trug einen Speer. Bewaffnete waren auf beiden Seiten, und die Maultiere folgten mit den Waren. Es waren vierzig Kamele in der Karawane, und der Maultiere waren zweimal vierzig an der Zahl.
Wir kamen vom Lande der Tataren in das Land derer, die dem Monde fluchen. Wir sahen die Gryphen ihr Gold auf den weißen Felsen bewachen und die schuppigen Drachen in ihren Höhlen schlafen. Als wir über die Gebirge kamen, hielten wir den Atem an, daß der Schnee nicht auf uns fiele, und jeder Mann band einen Schleier aus Gaze vor seine Augen. Als wir

durch die Täler kamen, schossen die Pygmäen mit Pfeilen nach uns aus hohlen Bäumen, und zur Nacht hörten wir die Wilden ihre Trommeln schlagen. Als wir zum Turm der Affen kamen, setzten wir ihnen Früchte vor, und sie taten uns nichts zuleide. Als wir zum Turm der Schlangen kamen, gaben wir ihnen warme Milch in warmen Schalen, und sie ließen uns vorüberziehen. Dreimal kamen wir auf unserer Reise zu den Ufern des Oxos. Wir gingen auf hölzernen Flößen mit großen Blasen luftgefüllter Felle hinüber. Die Flußpferde wüteten gegen uns und wollten uns töten. Als die Kamele sie sahen, zitterten sie. Die Könige jeder Stadt erhoben Zölle von uns, ließen uns aber nicht ihre Tore betreten. Sie warfen uns Brot über die Mauern, kleine Maiskuchen, die in Honig gebacken waren, und Kuchen aus feinem Mehl, die mit Datteln gefüllt waren. Für hundert Körbe gaben wir eine Bernsteinperle.
Wenn die Bewohner der Dörfer uns kommen sahen, vergifteten sie die Brunnen und flohen auf die Hügel. Wir kämpften mit den Magaden, die alt geboren werden und von Jahr zu Jahr jünger werden und sterben, wenn sie kleine Kinder sind; und mit den Lakten, die Söhne von Tigern zu sein behaupten und sich schwarz und gelb bemalen; und mit den Auranten, die ihre Toten in den Wipfeln der Bäume begraben und selber in dunklen Höhlen wohnen, damit die Sonne, die ihr Gott ist, sie nicht erschlage; und mit den Krimniern, die ein Krokodil anbeten und es mit Butter und lebendem Geflügel nähren; und mit den Agazomben, die Hundsgesichte haben; und mit den Sibern, die pferdefüßig sind und schneller laufen als Pferde. Ein Drittel von unserm Trupp starb im Kampf, und ein Drittel starb aus Mangel. Der Rest murrte gegen mich und sagte, ich hätte ihnen Unglück gebracht. Ich nahm eine Otter unter einem Stein hervor und ließ sie mich beißen. Und als sie sahen, daß ich nicht krank wurde, befiel sie Furcht.
Im vierten Monat erreichten wir die Stadt Illet. Es war Nacht,

als wir an den Hain kamen, der vor den Mauern ist. Die Luft war schwül, denn der Mond stand im Skorpion. Wir nahmen die reifen Granatäpfel von den Bäumen, brachen sie und tranken ihren süßen Saft. Dann legten wir uns auf unsere Teppiche nieder und warteten auf die Dämmerung.
Und mit der Dämmerung standen wir auf und klopften an das Tor der Stadt. Es war aus roter Bronze gemacht, und Meerungeheuer und geflügelte Drachen waren hineingegossen. Die Wachen sahen von den Wällen nieder und fragten nach unserm Begehr. Der Dolmetsch der Karawane antwortete, wir kämen von der Syrischen Insel mit vieler Ware. Sie nahmen Geiseln und sagten, sie wollten uns mittags das Tor öffnen, und hießen uns bis dahin warten.
Als es Mittag war, öffneten sie das Tor, und als wir einzogen, kam das Volk in Scharen aus den Häusern, uns anzusehen, und ein Ausrufer ging durch die ganze Stadt und blies auf einer Muschel. Wir standen auf dem Marktplatz, und die Neger banden die Ballen bunter Tücher auf und öffneten die geschnitzten Kisten aus Sykomoren. Und als sie fertig waren, brachten die Kaufleute ihre fremdländischen Waren hervor: das gewachste Leinen Ägyptens und das bemalte Leinen aus dem Lande der Äthiopen; die Purpurschwämme von Tyrus und die blauen Tapeten von Sidon, die Schalen aus kühlem Elfenbein und die feinen Gefäße aus Glas und die seltsamen Gefäße aus Ton. Von dem Dach eines Hauses beobachtete uns eine Schar von Frauen. Eine von ihnen trug eine Maske von vergoldetem Leder.
Und am ersten Tage kamen die Priester und tauschten mit uns, und am zweiten Tage kamen die Vornehmen, und am dritten Tage kamen die Handwerker und die Sklaven. Und so ist es Sitte mit allen Kaufleuten, solange sie in der Stadt verweilen.
Und wir blieben einen Monat lang, und als der Mond abnahm, wurde ich müde und ging fort durch die Straßen der Stadt und kam zu dem Garten ihres Gottes. Die Priester in ihren gelben

Gewändern bewegten sich schweigend durch die grünen Bäume, und auf einem Unterbau aus schwarzem Marmor stand das rosenrote Haus, in dem der Gott seine Wohnung hatte. Seine Türen waren mit gestäubtem Lack bedeckt, und Stiere und Pfauen waren darauf in getriebenem, glänzendem Golde. Das geziegelte Dach war aus meergrünem Porzellan, und die hervorspringenden Dachtraufen waren mit kleinen Glocken behangen. Wenn die weißen Tauben vorüberflogen, trafen sie die Glocken mit ihren Schwingen und ließen sie klingeln.

Vor dem Tempel war ein Bassin klaren Wassers, das mit geädertem Onyx gepflastert war. Ich legte mich neben ihm nieder, und mit meinen bleichen Fingern berührte ich die breiten Blätter. Einer der Priester kam zu mir und trat hinter mich. Er hatte Sandalen an den Füßen, eine aus weicher Schlangenhaut und die andere aus Vogelfedern. Auf seinem Kopf war eine Mütze aus schwarzem Filz; sie war mit silbernen Monden geschmückt. Sieben Gelbs waren in sein Gewand verwebt, und sein gelocktes Haar war mit Antimon durchstreut.

Nach einer Weile sprach er zu mir und fragte nach meinem Begehr.

Ich sagte ihm, ich begehrte den Gott zu sehen.

»Der Gott ist auf der Jagd«, sagte der Priester und sah mich scharf mit kleinen, schiefen Augen an.

»Sage mir, in welchem Walde, und ich will mit ihm reiten«, antwortete ich.

Er kämmte mit seinen langen, spitzen Nägeln die weichen Fransen seines Kleides aus. »Der Gott schläft«, murmelte er.

»Sage mir, auf welchem Lager, und ich will bei ihm wachen«, antwortete ich.

»Der Gott ist beim Mahle«, rief er.

»Wenn der Wein süß ist, will ich mit ihm trinken, und ist er sauer, so will ich auch mit ihm trinken«, war meine Antwort.

Er neigte verwundert den Kopf, nahm mich bei der Hand und führte mich in den Tempel.

Und im ersten Gemach sah ich ein Idol auf einem Jaspisthrone sitzen, der mit großen Perlen aus dem Osten eingefaßt war. Es war aus Ebenholz geschnitzt, und seine Gestalt war die Gestalt eines Mannes. Auf seiner Stirn war ein Rubin, und dickes Öl tropfte aus seinem Haar auf seine Schenkel. Seine Füße waren rot von dem Blute eines neu getöteten Lammes, und seine Lenden umgürtet mit einem kupfernen Gürtel, der mit sieben Beryllen besetzt war.

Und ich fragte den Priester: »Ist das der Gott?« und er antwortete mir: »Dies ist der Gott.«

»Zeige mir den Gott,« rief ich, »oder ich werde dich wahrlich erschlagen.« Und ich berührte seine Hand, und sie wurde welk. Und der Priester flehte und sprach: »Möge mein Herr seinen Diener heilen, und ich will ihm den Gott zeigen.«

Da blies ich mit meinem Atem auf seine Hand, und sie ward wieder ganz; und er zitterte und führte mich in das zweite Gemach, und ich sah ein Idol auf einem Nephritenlotos stehen, der mit großen Smaragden behangen war. Es war aus Elfenbein geschnitzt, und seine Gestalt war doppelt so groß wie die Gestalt eines Mannes. Auf seiner Stirn war ein Chrysolith und seine Brüste waren mit Myrrhen und Zimt bestrichen. In einer Hand hielt es ein krummes Nephritenzepter und in der anderen einen runden Kristall. Es trug Stiefel aus Erz, und um seinen dicken Hals lag ein Kranz von Skleniten.

Und ich sagte zu dem Priester: »Ist dies der Gott?« und er antwortete mir: »Dies ist der Gott.«

»Zeige mir den Gott,« rief ich, »oder ich werde dich wahrlich erschlagen.« Und ich berührte seine Augen, und sie wurden blind. Und der Priester flehte mich an und sprach: »Möge mein Herr seinen Diener heilen, und ich will ihm den Gott zeigen.«

Da blies ich mit meinem Atem auf seine Augen, und das Sehen kam ihnen zurück; und er zitterte wieder und führte mich in das dritte Gemach, und siehe! dort war kein Idol und auch kein Bildnis irgendwelcher Art, sondern nur ein Spiegel aus rundem Metall auf einem Altar aus Stein.
Und ich sprach zu dem Priester: »Wo ist der Gott?«
Und er antwortete mir: »Wir haben keinen Gott außer diesem Spiegel, den du siehst, denn das ist der Spiegel der Weisheit. Und er spiegelt alle Dinge, die im Himmel und auf der Erde sind, nur das Gesicht dessen nicht, der hineinsieht. Das spiegelt er nicht, so daß, der hineinsieht, weise sein kann. Es gibt viele andere Spiegel, aber es sind die Spiegel der Meinungen. Dieser allein ist der Spiegel der Weisheit. Und die diesen Spiegel besitzen, wissen alles, und nichts ist ihnen verborgen. Und die ihn nicht besitzen, haben auch nicht die Weisheit. Deshalb ist er der Gott, und wir beten ihn an.«
Und ich sah in den Spiegel, und es war, wie er gesagt hatte.
Und ich tat eine seltsame Tat, aber was ich tat, ist gleichgültig, denn in einem Tal, das nur eines Tages Reise von hier entfernt ist, habe ich den Spiegel der Weisheit verborgen. Laß mich nur wieder in dich hinein und dir dienen, so sollst du weiser sein als alle Weisen, und alle Weisheit soll dein sein. Laß mich nur wieder in dich hinein, und niemand wird weise sein wie du.«
Aber der junge Fischer lachte.
»Liebe ist besser als Weisheit,« rief er, »und das kleine Meermädchen liebt mich.«
»Nein, es gibt nichts Besseres als die Weisheit«, sagte die Seele.
»Die Liebe ist besser«, antwortete der junge Fischer; und er tauchte hinab in die Tiefe, und die Seele ging weinend über die Sümpfe davon.
Und als das zweite Jahr vorüber war, kam die Seele herunter zur Küste des Meeres und rief nach dem jungen Fischer; und er stieg aus der Tiefe und sagte: »Warum rufst du nach mir?«

Und die Seele antwortete:
»Komm näher, daß ich mit dir reden kann, denn ich habe wunderbare Dinge gesehen.«
Und er kam näher und setzte sich im flachen Wasser und lehnte den Kopf auf die Hand und lauschte.
Und die Seele sprach zu ihm:
»Als ich dich verlassen hatte, wandte ich mich gen Süden und wanderte. Vom Süden kommt alles, was kostbar ist. Sechs Tage wanderte ich die Landstraßen dahin, die zur Stadt Asther führen; die staubigen roten Landstraßen, auf denen die Pilger zu gehen pflegen, wanderte ich dahin, und am Morgen des siebenten Tages hob ich die Augen auf, und siehe! zu meinen Füßen lag die Stadt, denn sie ist in einem Tal.
Neun Tore führen in diese Stadt, und vor jedem Tor steht ein bronzenes Pferd, das wiehert, wenn die Beduinen von den Bergen herniederkommen. Die Mauern sind mit Kupfer beschlagen, und die Wachttürme auf den Mauern sind mit Erz gedeckt. In jedem Turm steht ein Bogenschütze mit einem Bogen in der Hand. Bei Sonnenaufgang schlägt er mit einem Pfeil an ein Schallbecken, und bei Sonnenuntergang bläst er durch ein Horn aus Horn.
Als ich hineinzukommen versuchte, hielten die Wachen mich an und fragten mich, wer ich wäre. Ich antwortete, ich wäre ein Derwisch und auf dem Wege nach Mekka, wo sich ein grüner Schleier befinde, darauf von den Händen der Engel in silbernen Lettern der Koran gestickt sei. Und sie waren von Staunen erfüllt und baten mich hineinzukommen.
Und drinnen war es wie ein Basar. Wahrlich, du hättest bei mir sein sollen. Durch die engen Straßen flattern bunte Papierlaternen gleich großen Schmetterlingen. Wenn der Wind über die Dächer weht, steigen und fallen sie wie bunte Seifenblasen. Vor ihren Buden sitzen die Kaufleute auf seidenen Teppichen. Sie haben gerade, schwarze Bärte, und ihre Turbane sind mit Gold-

zechinen bedeckt, und lange Ketten von Bernstein und geschnittenen Pfirsichsteinen gleiten durch ihre kühlen Finger. Einige von ihnen verkaufen Galbanum und Narden und seltsames Duftwerk von den Inseln des Indischen Meeres, und dikkes Rosenöl und Myrten und kleine nagelförmige Nelken. Wenn man stillesteht, um mit ihnen zu reden, werfen sie kleine Stückchen Weihrauch auf ein Kohlenbecken und machen die Luft süß. Ich sah einen Syrer, der hielt in der Hand eine dünne Rute wie ein Rohr. Graue Fäden von Rauch stiegen davon auf, und der Duft, als sie verbrannte, war wie der Duft der Mandelblüte im Frühling. Andere verkaufen silberne Armbänder, die rundherum mit milchigblauen Türkisen besetzt sind, und Knöchelspangen aus Erz waren mit kleinen Perlen gefranst, und Tigerklauen in Gold gefaßt, und die Klauen der goldgelben Katze, des Leoparden, auch in Gold gefaßt, und Ohrgehänge aus durchbohrten Smaragden, und Fingerringe aus gehöhlten Nephriten. Von den Teehäusern kommt der Ton der Gitarre, und die Opiumraucher sehen mit weißen, lächelnden Gesichtern heraus auf die Vorübergehenden.

Wahrlich, du hättest bei mir sein sollen. Die Weinverkäufer bahnen sich ihren Weg durch die Menge mit großen, schwarzen Schläuchen auf den Schultern. Die meisten verkaufen den Wein von Schiras, der süß ist wie Honig. Sie reichen ihn in kleinen metallenen Schalen und streuen Rosenblätter darauf. Auf dem Marktplatz standen die Fruchtverkäufer, die alle Arten von Früchten verkaufen: reife Feigen mit ihrem weichen Purpurfleisch, Melonen, die nach Moschus duften und gelb sind wie Topase, Zitronen und Rosenäpfel und Trauben weißen Weins, runde, rotgelbe Orangen und längliche Limonen aus grünem Gold. Einmal sah ich einen Elefanten vorübergehen. Sein Rüssel war rot und gelb bemalt, und über den Ohren trug er ein Netz aus roter Seidenschnur. Er hielt vor einer der Buden und fing an, die Orangen zu fressen, und die

Leute lachten nur. Du kannst dir nicht vorstellen, was für ein merkwürdiges Volk es ist. Wenn sie froh sind, gehen sie zu einem Vogelverkäufer und kaufen von ihm einen Vogel in einem Käfig und lassen ihn frei, damit ihre Freude größer sei, und wenn sie traurig sind, geißeln sie sich mit Dornen, damit ihr Gram nicht geringer werde.
Eines Abends traf ich auf Neger, die eine schwere Sänfte durch den Basar trugen. Sie war aus vergoldetem Bambus, und die Stangen waren aus rotem Lack und mit erzenen Pfauen eingelegt. Vor den Fenstern hingen dünne Vorhänge aus Musselin, die mit Käferflügeln und winzigen Perlen bestickt waren, und als sie vorüberzog, sah eine bleiche Zirkassin heraus und lächelte mich an. Ich folgte ihnen, und die Neger beschleunigten ihre Schritte und blickten finster. Ich aber kümmerte mich nicht darum. Ich fühlte eine große Neugier über mich kommen.
Schließlich hielten sie vor einem viereckigen, weißen Hause. Es hatte keine Fenster, nur eine kleine Tür, wie die Tür eines Grabes. Sie setzten die Sänfte nieder und klopften dreimal mit einem kupfernen Hammer. Ein Armenier in einem Kaftan von grünem Leder sah heraus, und als er sie erblickte, öffnete er und breitete einen Teppich auf den Boden, und die Frau stieg aus. Als sie hineinging, wandte sie sich um und lächelte mir wieder zu. Ich habe niemals jemanden so bleich gesehen.
Als der Mond aufging, kehrte ich zur selben Stelle zurück und suchte das Haus, doch es war nicht mehr da. Als ich das sah, da wußte ich, wer die Frau war und warum sie mir zugelächelt hatte. Wahrlich, du hättest bei mir sein sollen.
Am Fest des jungen Mondes kam der junge Kaiser aus seinem Palast und ging in die Moschee, um zu beten. Sein Haar und sein Bart waren mit Rosenblättern gefärbt und seine Wangen mit feinem Goldstaub bestäubt. Die Flächen der Hände und Füße waren gelb von Safran.
Bei Sonnenaufgang kam er aus seinem Palast in einem Gewande

von Silber heraus, und bei Sonnenuntergang kehrte er in einem Gewande aus Gold zurück. Das Volk warf sich zu Boden und verbarg die Gesichter, ich aber tat es nicht. Ich stand bei der Bude eines Dattelverkäufers und wartete. Als der Kaiser mich sah, zog er seine bemalten Augenbrauen in die Höhe und stand stille. Ich blieb ganz ruhig und erwies ihm keine Huldigung. Das Volk staunte ob meiner Kühnheit und riet mir, aus der Stadt zu fliehen. Ich achtete nicht darauf, sondern ging hin und setzte mich zu den Verkäufern fremder Götter, die wegen ihres Gewerbes verachtet sind. Als ich ihnen erzählte, was ich getan hatte, gab mir jeder von ihnen einen Gott, und sie baten mich fortzugehen.

Nachts lag ich auf einem Kissen im Teehaus, das auf der Straße der Granatäpfel steht; da kamen die Wachen des Kaisers herein und führten mich in den Palast. Als ich eintrat, verschlossen sie hinter mir jede Tür und legten eine Kette davor. Drinnen war ein großer Hof, um den ein Säulengang herumlief. Die Mauern waren aus weißem Alabaster, der hier und da mit blauen und grünen Ziegeln belegt war. Die Pfeiler waren aus grünem Marmor und das Pflaster aus beinahe pfirsichfarbenem Marmor. Ich hatte noch nie etwas Ähnliches gesehn.

Als ich durch den Hof ging, sahen zwei verschleierte Frauen von einem Balkon herab und fluchten mir. Die Wachen eilten vorwärts, und die Lanzenschäfte dröhnten auf dem glänzenden Pflaster. Sie öffneten eine Tür aus geschnitztem Elfenbein, und ich befand mich in einem gewässerten Garten von sieben Terrassen. Er war mit Tulpen und Mondblumen und silberbedeckten Aloen bepflanzt. Gleich einem schlanken Rohr aus Kristall hing eines Springbrunnens Strahl in der dämmerigen Luft. Die Zypressen glichen abgebrannten Fackeln. Aus einer sang eine Nachtigall. Am Ende des Gartens stand ein kleines Zelt. Als wir uns näherten, kamen zwei Eunuchen heraus und uns entgegen. Ihre fetten Leiber schwankten, wenn sie gingen, und sie sahen

mit ihren gelblidrigen Augen neugierig zu mir hin. Einer von ihnen nahm den Hauptmann der Wache beiseite und flüsterte ihm mit leiser Stimme zu. Der andere aß indessen duftende Pastillen, die er mit gezierter Geste einer länglichen Dose von veilchenfarbenem Email entnahm.
Nach einigen Augenblicken schickte der Hauptmann die Soldaten fort. Sie gingen zum Palast zurück; die Eunuchen folgten langsam und pflückten im Vorbeigehen süße Maulbeeren von den Bäumen. Einmal drehte sich der ältere von beiden nach mir um und lächelte mit bösem Lächeln.
Dann winkte mir der Hauptmann der Garde zum Eingang des Zeltes. Ich ging ohne Zittern hin, zog den schweren Vorhang zur Seite und trat ein.
Der junge Kaiser lag auf einem Lager von gefärbten Löwenfellen ausgestreckt, und ein Falke saß auf seiner Faust. Hinter ihm stand ein Nubier mit ehernem Turban, nackt bis zu den Hüften und schwere Ohrgehänge in den gespaltenen Ohren. Auf einem Tisch neben dem Lager lag ein gewaltiger krummer Säbel aus Stahl. Als der Kaiser mich sah, zog er die Stirn in Falten und fragte: »Wer bist du? Weißt du nicht, daß ich der Kaiser dieser Stadt bin?« Aber ich gab ihm keine Antwort.
Er deutete mit dem Finger auf den Säbel, und der Nubier ergriff ihn und traf mich mit großer Gewalt. Die Schneide durchsauste mich und tat mir keinen Schaden. Der Mann fiel zappelnd zu Boden, und als er aufstand, schlugen ihm die Zähne zusammen vor Angst, und er verbarg sich hinter dem Lager.
Der Kaiser sprang auf und nahm seine Lanze von einem Waffenständer und warf sie nach mir. Ich fing sie in ihrem Fluge auf und brach sie mitten entzwei. Er schoß mit einem Pfeil nach mir, aber ich hob meine Hände auf, und er blieb in der freien Luft hängen. Dann zog er einen Dolch aus seinem Gürtel von weißem Leder und bohrte ihn dem Nubier in den Hals, damit er nicht von seiner Schande erzählte. Der Mann wand

sich wie eine zertretene Schlange, und roter Schaum tropfte von seinen Lippen.

Sobald er tot war, wandte sich der Kaiser zu mir, und als er sich den hellen Schweiß mit einem kleinen Tuch aus purpurgestickter Seide von der Stirn gewischt hatte, sprach er zu mir:

»Bist du ein Prophet, daß ich dich nicht töten kann, oder der Sohn eines Propheten, daß ich dich nicht verletzen kann? Ich bitte dich, verlaß meine Stadt zur Nacht, denn solange du in ihr weilst, kann ich ihr Herr nicht sein.«

Und ich antwortete ihm:

»Ich will um die Hälfte deines Schatzes gehen. Gib mir die Hälfte deines Schatzes, und ich werde von hinnen gehn.«

Er nahm mich bei der Hand und führte mich hinaus in den Garten. Als der Hauptmann der Wachen mich sah, staunte er. Und als die Eunuchen mich sahen, bebten ihnen die Knie, und sie fielen zu Boden in Furcht.

Es ist ein Gemach im Palast, das hat acht Wände aus rotem Porphyr und eine erzschuppige Decke, an der Lampen hängen. Der Kaiser berührte eine der Wände, und sie öffnete sich, und wir gingen einen Gang hinab, der mit vielen Fackeln erleuchtet war. In Nischen zu beiden Seiten standen große Weinkrüge, die bis zum Rand mit Silberstücken gefüllt waren. Als wir die Mitte der Ganges erreicht hatten, sprach der Kaiser das Wort, das man nicht sprechen darf, und eine granitene Tür sprang auf, durch eine geheime Feder, und er legte die Hände vor das Gesicht, um nicht geblendet zu werden.

Du kannst dir nicht vorstellen, was für ein wunderbarer Raum es war. Da standen große Schildkrötenschalen voll Perlen und ausgehöhlte große Mondsteine voll roter Rubine. Das Gold war in Koffern aus Elefantenhäuten aufgespeichert, und der Goldstaub in ledernen Flaschen. Da lagen Opale und Saphire, jene in kristallenen Schalen, diese in Nephritschalen. Runde

grüne Smaragde waren auf dünnen Elfenbeinplatten geordnet, und in einer Ecke lagen seidene Säcke, die einen voll Türkise und andere mit Beryllen. Die Elfenbeinhörner waren mit purpurnen Amethysten gefüllt und die Hörner aus Erz mit Chalzedonen und Sarden. Die Pfeiler aus Zedernholz waren mit Ketten gelber Luchssteine behangen. In den flachen ovalen Schilden waren Karfunkel, weinfarbene und solche von der Farbe des Grases. Und doch habe ich dir erst ein Zehntel von allem, was da war, geschildert.
Und als der Kaiser die Hände vom Gesicht genommen hatte, sprach er zu mir:
»Dies ist mein Schatzhaus, und die Hälfte von allem ist dein, wie ich es dir versprach. Und ich will dir Kamele geben und Kameltreiber, und sie sollen tun, was du sie heißest, und deinen Teil des Schatzes bringen, wohin dich auch zu gehen verlangt. Und es soll heute abend geschehen, denn ich will nicht, daß die Sonne, die mein Vater ist, sehe, daß in meiner Stadt ein Mann weilt, den ich nicht töten kann.«
Ich aber antwortete ihm:
»Das Gold, das hier ist, ist dein, und das Silber ist auch dein, und dein sind die kostbaren Juwelen und die Dinge von Wert. Ich – ich brauche sie nicht. Und ich will nichts von dir nehmen außer dem kleinen Ring, den du am Finger deiner Hand trägst.«
Und der Kaiser runzelte die Stirn: »Es ist nur ein Ring aus Blei«, rief er, »und er hat keinen Wert. Deshalb nimm deine Hälfte des Schatzes und gehe aus meiner Stadt.«
»Nein«, antwortete ich, »ich will nichts außer dem bleiernen Ring, denn ich weiß, was darauf geschrieben steht, und zu welchem Zweck.«
Und der Kaiser bebte und flehte mich an und sprach:
»Nimm den ganzen Schatz und zieh aus meiner Stadt. Die Hälfte, die mein ist, soll auch noch dein sein.«
Und ich tat eine seltsame Tat, aber was ich tat, ist gleich, denn

in einer Höhle, die nur eines Tages Reise von hier entfernt ist, hab ich den Ring des Reichtums verborgen. Sie ist nur eines Tages Reise von hier, und er wartet deiner. Der den Ring hat, ist reicher als alle Könige der Welt. Komm also und nimm ihn, und die Reichtümer der Welt sind dein.«

Aber der junge Fischer lachte.

»Liebe ist besser als Reichtum«, rief er, »und das kleine Meermädchen liebt mich.«

»Nein, es gibt nichts Besseres als den Reichtum«, antwortete die Seele.

»Die Liebe ist besser«, sagte der junge Fischer, und er tauchte hinab in die Tiefe, und die Seele ging weinend über die Sümpfe davon.

Und als das dritte Jahr vorüber war, kam die Seele hinab zur Küste des Meeres und rief nach dem jungen Fischer; und er stieg aus der Tiefe auf und sagte:

»Warum rufst du nach mir?«

Und die Seele antwortete:

»Komm näher, daß ich mit dir sprechen kann, denn ich habe wunderbare Dinge gesehen.«

Und er kam näher und setzte sich im flachen Wasser und lehnte den Kopf auf die Hand und lauschte.

Und die Seele sprach zu ihm:

»In einer Stadt, von der ich weiß, steht ein Gasthaus an einem Fluß. Ich saß dort mit Seefahrern, die von zwei verschiedenfarbigen Weinen tranken und Gerstenbrot aßen und kleine gesalzene Fische, die auf Lorbeerblättern mit Essig gereicht wurden. Und als wir saßen und lustig waren, trat zu uns ein alter Mann herein, der einen ledernen Teppich trug und eine Laute mit zwei Bernsteinhörnern. Und als er den Teppich auf den Boden gebreitet hatte, schlug er mit einer Feder auf die Drahtsaiten seiner Laute, und ein Mädchen, dessen Gesicht verschleiert war, lief herein und begann vor uns zu tanzen. Ihr Gesicht war mit einem Gazeschleier verhüllt, aber ihre Füße waren nackt. Nackt waren ihre Füße, und sie bewegten sich über den Teppich wie kleine weiße Tauben. Nie habe ich etwas so Wunderbares gesehen, und die Stadt, in der sie tanzt, ist nur eines Tages Reise entfernt.«

Und als der Fischer die Worte seiner Seele hörte, dachte er daran, daß das Meermädchen keine Füße habe und nicht tanzen könne. Und ein großes Verlangen kam über ihn, und er sprach zu sich selber: »Es ist nur eines Tages Reise, und ich kann zu meiner Liebe zurückkehren«, und er lachte und stand auf im flachen Wasser und schritt zum Ufer.

Und als er das trockene Ufer erreicht hatte, lachte er wieder und breitete die Arme aus nach seiner Seele. Und seine Seele stieß einen lauten Freudenschrei aus und lief zu ihm und trat in ihn ein, und der junge Fischer sah vor sich auf dem Sande den Schatten des Leibes ausgebreitet, der der Leib der Seele ist.

Und seine Seele sagte zu ihm:

»Laß uns nicht zögern und uns gleich aufmachen; denn die Meergötter sind eifersüchtig, und sie haben Ungeheuer, die ihrem Geheiß gehorchen.«

Und so beeilten sie sich, und die ganze Nacht wanderten sie unter dem Mond, und den ganzen folgenden Tag wanderten sie unter der Sonne, und am Abend des Tages kamen sie in eine Stadt.

Und der junge Fischer sagte zu seiner Seele:

»Ist dies die Stadt, darin sie tanzt, von der du mir sprachest?«

Und die Seele antwortete:

»Es ist nicht diese Stadt, sondern eine andere. Trotzdem laß uns eintreten.«

So gingen sie hinein und zogen durch die Straßen, und als sie durch die Straße der Juweliere kamen, sah der junge Fischer eine schöne Silberschale in einer Bude ausgestellt. Und seine Seele sagte zu ihm: »Nimm die Silberschale und verbirg sie.«

Und er nahm die Silberschale und verbarg sie in den Falten seines Gewandes, und sie gingen eilends aus der Stadt.
Und als sie eine Meile von der Stadt entfernt waren runzelte der junge Fischer die Stirn und sprach zu seiner Seele: »Warum hießest du mich diese Schale nehmen und sie verbergen? Denn es war böse, also zu tun.«
Aber seine Seele antwortete ihm: »Sei ruhig, sei ruhig.«
Und am Abend des zweiten Tages kamen sie zu einer Stadt, und der junge Fischer sagte zu seiner Seele:
»Ist dies die Stadt, darin sie tanzt, von der du mir sprachest?«
Und seine Seele antwortete ihm:
»Es ist nicht diese Stadt, sondern eine andere. Trotzdem laß uns eintreten.«
Und sie gingen hinein und zogen durch die Straßen, und als sie durch die Straße der Sandalenverkäufer kamen, sah der junge Fischer ein Kind bei einem Wasserkruge stehen. Und seine Seele sagte zu ihm: »Schlage das Kind.« Und er schlug das Kind, bis es weinte, und als er das getan hatte, gingen sie eilends aus der Stadt.
Und als sie eine Meile von der Stadt entfernt waren, wurde der junge Fischer zornig und sprach zu seiner Seele: »Warum hießest du mich das Kind schlagen? Denn es war böse, also zu tun.« Aber seine Seele antwortete: »Sei ruhig, sei ruhig.«
Und am Abend des dritten Tages kamen sie zu einer Stadt, und der junge Fischer sagte zu seiner Seele:
»Ist dies die Stadt, darin sie tanzt, von der du mir sprachest?«
Und seine Seele antwortete ihm:
»Es kann sein, daß es diese Stadt ist, deshalb laß uns eintreten.«
Und sie gingen hinein und zogen durch die Straßen, aber nirgends konnte der junge Fischer den Fluß finden, noch das Gasthaus, das an seinem Ufer stand. Und das Volk aus der Stadt sah ihn neugierig an, und er fürchtete sich und sprach zu seiner Seele:

»Laß uns von hinnen gehen, denn die mit weißen Füßen tanzt, ist nicht hier.«
Aber seine Seele antwortete:
»Nein, laß uns bleiben, denn die Nacht ist dunkel, und Räuber werden auf dem Wege sein.«
Da setzte er sich auf den Marktplatz nieder und ruhte, und nach einer Weile ging ein Kaufmann vorüber, der einen Mantel aus Tatarentuch hatte und am Ende eines knotigen Rohres eine Laterne trug aus durchbohrtem Horn. Und der Kaufmann sagte zu ihm: »Warum sitzest du auf dem Marktplatz, da doch die Buden geschlossen sind und die Ballen verschnürt?«
Und der junge Fischer antwortete ihm: »Ich kann kein Gasthaus finden in dieser Stadt, und ich habe keinen Verwandten, der mir Obdach gäbe.«
»Sind wir nicht alle Brüder?« sagte der Kaufmann. »Und schuf uns nicht ein Gott? Deshalb komm mit mir, denn ich habe ein Zimmer für Gäste.«
Und der junge Fischer stand auf und folgte dem Kaufmann in sein Haus. Und als sie durch einen Garten von Granatbäumen gegangen und in das Haus getreten waren, da brachte der Kaufmann ihm Rosenwasser in einer kupfernen Schüssel, damit er seine Hände wüsche, und reife Melonen, seinen Durst zu stillen, und setzte ihm eine Schale voll Reis vor und ein Stück gebratenen Lammes.
Und als er fertig war, führte ihn der Kaufmann in das Gastzimmer und hieß ihn schlafen und wünschte ihm wohl zu ruhen. Und der junge Fischer dankte ihm und küßte den Ring auf seiner Hand und warf sich nieder auf die Teppiche aus gefärbtem Ziegenhaar. Und als er sich mit einer Decke aus schwarzer Lammwolle zugedeckt hatte, schlief er ein.
Und drei Stunden vor Sonnenaufgang, als die Nacht noch ruhig war, weckte ihn seine Seele und sprach zu ihm: »Steh auf und geh in das Zimmer des Kaufmanns, in das Zimmer, dar-

innen er schläft, und erschlage ihn und nimm ihm sein Gold; denn wir brauchen es.«

Und der junge Fischer stand auf und schlich zu dem Zimmer des Kaufmanns, und über den Füßen des Kaufmanns lag ein gebogenes Schwert, und auf dem Tische neben dem Kaufmann lagen neun Beutel voll Gold. Und er streckte die Hand aus und berührte das Schwert, und als er es berührte, fuhr der Kaufmann zusammen und erwachte, und er sprang auf und ergriff selber das Schwert und rief: »Gibst du Böses für Gutes zurück und zahlst mit Blutvergießen die Güte, die ich dir erwiesen habe?« Und seine Seele sprach zu dem jungen Fischer: »Triff ihn!« und er traf ihn, also daß er in Ohnmacht fiel, und er ergriff die neun Beutel Goldes und floh eilends durch den Garten von Granatbäumen und wandte sein Gesicht zu dem Stern, der der Morgenstern ist.

Und als sie eine Meile von der Stadt entfernt waren, schlug sich der junge Fischer die Brust und sagte zu seiner Seele: »Warum hießest du mich den Kaufmann erschlagen und sein Gold nehmen? Wahrlich, du bist böse.«

Aber seine Seele antwortete ihm: »Sei ruhig, sei ruhig.«

»Nein«, rief der junge Fischer, »ich will nicht ruhig sein, denn alles, was du mich zu tun geheißen hast, hasse ich. Dich hasse ich auch, und ich will, daß du mir sagest, warum du mit mir so umgehst.«

Und seine Seele antwortete ihm: »Als du mich in die Welt hinausschicktest, gabst du mir kein Herz, und so lernte ich all diese Dinge tun und sie lieben.«

»Was sagst du?« murmelte der junge Fischer.

»Du weißt«, antwortete die Seele, »du weißt es wohl. Hast du vergessen, daß du mir kein Herz gabst? Ich glaube nicht. Und also kümmere dich nicht um mich, sondern sei ruhig, denn es ist kein Schmerz, den du nicht geben sollst; und es ist keine Lust, die du nicht empfangen sollst.«

Und als der junge Fischer diese Worte hörte, da zitterte er und sprach zu seiner Seele: »Nein, du bist böse, und du hast mich meine Liebe vergessen lassen und mich mit Versuchungen versucht, und du hast meine Füße auf die Wege der Sünde geführt.« Und seine Seele antwortete ihm: »Du hast vergessen, daß du mir kein Herz gabst, als du mich in die Welt hinausschicktest. Komm, laß uns in eine andere Stadt gehen und lustig sein, denn wir haben neun Beutel voll Gold.«

Aber der junge Fischer nahm die neun Beutel voll Gold und warf sie zu Boden und trat darauf.

»Nein«, rief er, »ich will nichts mit dir zu tun haben und will nicht mehr mit dir wandern, sondern wie ich dich früher fortgeschickt habe, so will ich dich wieder fortschicken, denn du hast mir nichts Gutes gebracht.«

Und er wandte den Rücken zum Monde, und mit dem kleinen Messer, das den Griff aus grüner Vipernhaut hatte, versuchte er, von seinen Füßen den Schatten des Leibes zu schneiden, der der Leib der Seele ist.

Aber seine Seele ging nicht von ihm und achtete seines Befehles nicht, sondern sprach zu ihm:

»Der Zauber, den dir die Hexe sagte, nützt dir nicht mehr, denn ich kann dich nicht verlassen, noch kannst du mich vertreiben. Einmal im Leben kann der Mensch seine Seele fortschicken, doch der sie wieder aufnimmt, muß sie für ewig behalten, und das ist seine Strafe und sein Lohn.«

Und der junge Fischer erbleichte und ballte die Hände und rief: »Sie war eine falsche Hexe, daß sie mir das nicht sagte.«

»Nein«, antwortete die Seele, »denn sie war treu Ihm, den sie anbetet und dessen Dienerin sie ewig sein wird.«

Und als der junge Fischer wußte, daß er nie wieder seiner Seele ledig sein würde und daß es eine böse Seele sei und daß sie immer in ihm wohnen würde, da fiel er zu Boden und weinte bitterlich.

Und als es Tag ward, stand der junge Fischer auf und sprach zu seiner Seele: »Ich will meine Hände binden, daß ich nicht mehr tun kann, was du mich heißest, und meine Lippen schließen, daß ich deine Worte nicht mehr spreche, und ich will dorthin zurückkehren, wo sie, die ich liebe, wohnt. In das Meer will ich zurückkehren und an die kleine Bucht, wo sie zu singen pflegte, und ich will sie rufen und ihr sagen, was ich Böses getan habe und was du mir Böses getan hast.«
Und seine Seele versuchte ihn und sprach:
»Wer ist deine Liebe, daß du zu ihr zurückkehren solltest! Die Welt hat viele, die schöner sind als sie: die Tänzerinnen, die in Samaris sind, tanzen alle wie Vögel und Tiere; ihre Füße sind mit Henna bemalt, und in den Händen halten sie kleine kupferne Glocken. Sie lachen, wenn sie tanzen, und ihr Lachen ist so hell wie das Lachen des Wassers. Komm mit mir, und ich will sie dir zeigen. Denn was ist diese deine Sorge um die Dinge der Sünde? Ist, was lieblich zu essen ist, nicht für den Essenden da? Ist Gott nicht in dem, was süß ist zu trinken? Quäle dich nicht, sondern komm mit mir in eine andere Stadt. Hier liegt eine kleine Stadt in der Nähe, da ist ein Garten von Tulpenbäumen. Und in dem schönen Garten sind weiße Pfauen und Pfauen mit blauen Brüsten. Wenn sie ihre Schweife zur Sonne breiten, sind sie wie Scheiben aus Elfenbein und wie Scheiben aus Gold. Und die sie füttert, tanzt zu ihrer Lust, und manchmal tanzt sie auf ihren Händen, und wieder ein anderes Mal tanzt sie auf ihren Füßen. Ihre Augen sind mit Antimon gefärbt, und ihre Nasenflügel sind wie die Schwingen einer Schwalbe. Von einem Häkchen in einem Nasenflügel hängt eine Blume herab; die ist aus einer Perle geschnitzt. Sie lacht, wenn sie tanzt, und die Silberringe um ihre Knöchel klingen wie silberne Glocken. Also quäle dich nicht mehr, sondern komm mit mir in diese Stadt.«
Aber der junge Fischer antwortete seiner Seele nicht, sondern verschloß die Lippen mit dem Siegel des Schweigens und band

sich die Hände mit einer engen Schnur und wanderte zurück, dahin, woher er gekommen war, zu der kleinen Bucht, wo einst seine Liebe sang. Und immer versuchte ihn seine Seele auf dem Wege, aber er antwortete ihr nicht, und er tat nichts von allem Bösen, das sie ihn tun hieß, so groß war die Macht seiner Liebe in ihm. Und als er die Küste des Meeres erreicht hatte, löste er die Schnur von seinen Händen und nahm das Siegel des Schweigens von seinen Lippen und rief das kleine Meermädchen. Aber sie kam nicht auf seinen Ruf, obgleich er den ganzen Tag lang nach ihr rief und flehte.

Und seine Seele verspottete ihn und sprach:

»Wahrlich, du hast nur wenig Freude von deiner Liebe. Du bist wie einer, der zur Zeit der Wassernot Wasser in ein zerbrochenes Gefäß gießt. Du gibst weg, was du hast, und nichts wird dir wiedergegeben. Es wäre besser für dich, du kämest mit mir, denn ich weiß, wo das Tal des Genusses liegt und welche Dinge dort geschehen.«

Aber der junge Fischer antwortete seiner Seele nicht, sondern in einem Felsenspalt baute er sich ein geflochtenes Haus und wohnte dort ein Jahr hindurch. Und jeden Morgen rief er das Meermädchen, und jeden Mittag rief er sie wieder, und zur Nacht nannte er ihren Namen. Aber nie stieg sie aus dem Meere zu ihm empor, noch konnte er sie im Meere finden, ob er gleich in den Höhlen und im grünen Wasser suchte, in den Tiefen der Flut und in den Brunnen, die auf dem Grunde der Tiefe sind. Und immer versuchte ihn seine Seele zum Bösen und flüsterte von schrecklichen Dingen. Aber sie hatte keine Macht über ihn, so groß war die Macht seiner Liebe.

Und als das Jahr vorüber war, da dachte die Seele bei sich:

»Ich habe meinen Herrn mit Bösem versucht, und seine Liebe ist stärker als ich. Ich will ihn jetzt mit Gutem versuchen, und vielleicht kommt er dann mit mir.«

Und sie sprach zu dem jungen Fischer:

»Ich habe dir von den Freuden der Welt erzählt, und du hast mir ein taubes Ohr geliehen. Laß mich dir jetzt vom Schmerz der Welt erzählen, und vielleicht wirst du darauf hören. Denn wahrlich, der Schmerz ist der Herr dieser Welt, und niemand entflieht seinem Netz. Die einen haben keine Kleidung, und die anderen haben kein Brot. Witwen sitzen im Purpur, und Witwen sitzen in Lumpen. Hin und her über die Sümpfe ziehen die Aussätzigen, und sie sind grausam gegeneinander. Die Bettler ziehen die Straßen hinauf und hinab, und ihre Taschen sind leer. Durch die Straßen der Städte zieht die Hungersnot, und an ihren Toren hockt die Pest. Komm, laß uns hinausziehen und Abhilfe schaffen und die Dinge ändern. Warum solltest du hier zögern und nach deiner Liebe rufen, da sie auf deinen Ruf nicht kommt? Und was ist die Liebe, daß du so großen Wert darauf legest?«

Aber der junge Fischer antwortete ihr nicht, so groß war die Macht seiner Liebe. Und jeden Morgen rief er das Meermädchen, und jeden Mittag rief er sie wieder, und zur Nacht nannte er ihren Namen. Aber nie kam sie aus der Tiefe zu ihm, noch konnte er sie im Meere finden, obgleich er sie in den Strömen des Meeres suchte und in den Tälern, die unter den Wogen sind im Meere, das die Nacht purpurn macht, und im Meere, das in der Dämmerung grau wird.

Und als das zweite Jahr vorüber war, sagte die Seele zu dem jungen Fischer bei Nacht und als er allein im geflochtenen Hause saß: »Siehe, jetzt habe ich dich zum Bösen versucht, und ich habe dich versucht zum Guten, aber deine Liebe ist stärker als ich. Deshalb will ich dich nicht mehr versuchen, sondern ich bitte dich nur, laß mich in dein Herz eindringen, daß ich eins mit dir werde wie früher.«

»Wahrlich, du darfst eindringen«, sagte der junge Fischer, »denn in den Tagen, da du ohne Herz durch die Welt gewandert bist, hast du viel dulden müssen.«

»Ach!« rief seine Seele, »ich kann keinen Eingang finden, so umfangen ist dein Herz von deiner Liebe.«
»Und doch wollte ich, ich könnte dir helfen«, sagte der junge Fischer. Und als er sprach, kam ein großer Schrei der Trauer vom Meere her, so wie ihn die Menschen hören, wenn einer vom Meervolk gestorben ist. Und der junge Fischer sprang auf und verließ sein geflochtenes Haus und lief hinab zum Ufer. Und die schwarzen Wogen kamen zum Ufer geeilt und trugen eine Last, die war weißer als Silber. Weiß wie die Brandung war sie, und wie eine Blume schwankte sie auf den Wogen. Und die Brandung nahm sie von den Wogen, und der Schaum nahm sie von der Brandung, und das Ufer empfing sie, und zu seinen Füßen sah der junge Fischer das kleine Meermädchen liegen. Tot lag es zu seinen Füßen.
Und weinend, wie einer, den der Schmerz überwältigt, warf er sich neben ihr nieder, und er küßte das kalte Rot des Mundes und spielte mit dem feuchten Bernstein des Haares. Er warf sich neben ihr nieder in den Sand und weinte wie einer, der vor Freuden zittert, und in seinen braunen Armen hielt er sie an die Brust gepreßt. Kalt waren die Lippen, aber er küßte sie. Salz war der Honig des Haares, aber er kostete ihn mit bitterer Freude. Er küßte die geschlossenen Augenlider, und der wilde Schaum, der auf ihren Höhlen lag, war weniger salzig als seine Tränen. Und der Toten beichtete er. In die Muscheln ihrer Ohren goß er den rauhen Wein seiner Erzählung. Er legte die kleinen Hände sich um den Hals, und mit seinen Fingern berührte er das zarte Rohr ihres Halses. Bitter, bitter war seine Freude, und seltsam heiter war sein Schmerz.
Das schwarze Meer kam näher, und der weiße Schaum stöhnte gleich einem Aussätzigen. Mit weißen Klauen aus Schaum griff das Meer nach dem Ufer. Von dem Palast des Meerkönigs kam ein neuer Schrei der Trauer, und weit draußen auf dem Meer bliesen die Tritonen heiser auf ihrem Horn.

»Fliehe«, sagte seine Seele, »denn immer näher kommt das Meer, und wenn du zögerst, wird es dich zerschlagen. Fliehe, denn ich fürchte mich, weil dein Herz gegen mich verschlossen ist, deiner großen Liebe wegen. Fliehe an einen sicheren Ort. Wahrlich, du darfst mich nicht ohne Herz in eine andere Welt senden!«

Aber der junge Fischer hörte nicht auf seine Seele, sondern rief das kleine Meermädchen und sprach:

»Liebe ist besser als Weisheit und kostbarer als Reichtum und schöner als die Füße der Töchter der Menschen. Die Feuer können sie nicht zerstören, und die Wasser sie nicht ertränken. Ich rief dich beim Dämmern, und du kamst nicht auf meinen Ruf. Der Mond vernahm deinen Namen, aber du achtetest meiner nicht. Denn böse hatte ich dich verlassen, und zu meinem eigenen Schaden wanderte ich fort. Aber immer blieb deine Liebe bei mir, und immer war sie stark, und nichts hatte gegen sie Kraft, ob ich auch auf das Böse sah und auf das Gute. Und jetzt, da du tot bist, wahrlich, will ich mit dir sterben.«

Und seine Seele flehte ihn an zu fliehen, aber er wollte nicht; so groß war seine Liebe. Und das Meer kam näher und suchte ihn mit seinen Wogen zu bedecken, und als er wußte, daß das Ende nahe war, küßte er wild mit heißen Lippen die kalten Lippen des Meermädchens, und sein Herz, das in ihm war, brach. Und als in der Fülle seiner Liebe das Herz ihm brach, da fand die Seele einen Eingang und ward eins mit ihm wie früher. Und das Meer bedeckte den jungen Fischer mit seinen Wogen.

Und am Morgen ging der Priester hinaus, das Meer zu segnen, denn es war unruhig gewesen. Und mit ihm gingen die Mönche und Musikanten und die Kerzenträger und Weihrauchschwinger und eine große Menge.

Und als der Priester ans Ufer kam, sah er den jungen Fischer ertrunken in der Brandung liegen, und in seinen Armen lag die Leiche des kleinen Meermädchens. Und er trat stirnrunzelnd zurück und machte das Zeichen des Kreuzes und rief laut und sprach:

»Ich will das Meer nicht segnen, noch irgend etwas, was darin ist. Verflucht sei das Meervolk, und verflucht seien alle, die sich mit ihm einlassen. Und ihn, der um der Liebe willen Gott verließ und dort mit seiner Buhle liegt, von Gott erschlagen, nehmt seinen Leichnam auf und den Leichnam seiner Buhle und begrabt sie auf dem Felde der Walker, und setzt keinen Stein über sie, noch irgendwelches Zeichen, daß niemand den Ort ihrer Ruhe kenne. Denn verflucht waren sie in ihrem Leben, und verflucht sollen sie sein im Tode.«

Und das Volk tat, wie er ihm befahl, und im Winkel auf dem Felde der Walker, wo keine süßen Kräuter wuchsen, gruben sie ein tiefes Loch und legten die Leichen hinein.

Und als das dritte Jahr vorüber war, ging der Priester an einem Tage, der ein heiliger Tag war, in die Kapelle, um dem Volk die Wunden des Herrn zu zeigen und ihm vom Zorne Gottes zu reden. Und als er sich in seine Gewänder gekleidet hatte und hineintrat und sich vor den Altar neigte, da sah er, daß der Altar von fremden Blumen bedeckt war, wie er sie nie gesehen hatte. Seltsam waren sie anzusehen, und ihre Schönheit verwirrte ihn, und ihr Duft war süß in seinen Nüstern. Und er war froh, und er wußte nicht, warum er froh war.

Und als er das Tabernakel geöffnet und die Monstranz beräuchert und das heilige Brot dem Volk gezeigt und es hinter dem Schleier der Schleier verborgen hatte, da begann er zum Volk zu reden, und er wollte reden vom Zorne Gottes. Aber die Schönheit der weißen Blumen verwirrte ihn, und der Duft war süß in seinen Nüstern, und ein anderes Wort kam ihm auf die Lippen, und er redete nicht vom Zorne Gottes, sondern von Gott, dessen Name die Liebe ist. Und warum er so sprach, das wußte er nicht.

Und als er sein Wort geendet hatte, ging das Volk fort, und der

Priester ging in die Sakristei, und seine Augen waren voll Tränen. Und die Diakonen kamen herein und nahmen ihm seine Gewänder ab und nahmen das Chorhemd und den Gürtel, die Armstreifen und die Stola. Und er stand wie einer im Traum.

Und als sie ihm die Gewänder abgenommen hatten, sah er sie an und sprach:

»Was sind das für Blumen auf dem Altar, und woher kommen sie?«

Und sie antworteten ihm:

»Was es für Blumen sind, wissen wir nicht, aber sie kommen vom Winkel auf dem Felde der Walker.«

Und der Priester zitterte und ging in sein Haus und betete.

Und am Morgen, als es noch Dämmerung war, ging er hinaus mit den Mönchen und Musikanten, den Weihrauchschwingern und den Kerzenträgern und einer großen Menge; und er kam zum Ufer des Meeres und segnete das Meer und alle wilden Wesen, die darin sind. Und die Faune segnete er, und die kleinen Wesen, die im Walde tanzen, und die Wesen mit glänzenden Augen, die durch die Blätter spähen. Alle Wesen in Gottes Welt segnete er, und das Volk war voll Freude und Staunen. Aber niemals wieder wuchsen im Winkel des Feldes der Walker Blumen, sondern das Feld blieb öde wie zuvor. Und auch das Meervolk kam nicht mehr in die Bucht wie früher, sondern es zog in einen anderen Teil des Meeres.

DAS STERNENKIND

Es waren einmal zwei arme Holzfäller, die durch einen großen Tannenwald nach Hause gingen. Es war Winter, und die Nacht war bitterkalt. Der Schnee lag tief auf der Erde und hoch auf den Zweigen der Bäume. Der Frost zerbrach die kleinen Äste auf beiden Seiten, wo sie vorübergingen; und als sie zu dem Gebirgsbach kamen, hing er bewegungslos in der Luft, denn der Eiskönig hatte ihn geküßt.

Es war so kalt, daß selbst die Tiere und die Vögel nicht wußten, was sie anfangen sollten.

»Uu«, knurrte der Wolf, als er durch das Unterholz lief, den Schwanz zwischen den Beinen, »das ist ja ein ganz abscheuliches Wetter. Daß da die Regierung nicht einschreitet!«

»Uiit! Uiit! Uiit!« zwitscherten die grünen Hänflinge, »die alte Erde ist tot, und sie haben sie in ihrem weißen Totenlaken aufgebahrt.« »Die Erde will sich verheiraten, und dies ist ihr Brautgewand«, flüsterten die Turteltauben einander zu. Ihre kleinen rosigen Füße waren ganz verfroren, aber sie meinten, es sei ihre Pflicht, die Lage romantisch aufzufassen.

»Unsinn!« heulte der Wolf. »Ich sage euch, die Regierung ist an allem schuld, und wenn ihr mir nicht glaubt, so freß ich euch.« Der Wolf war von Grund aus praktisch veranlagt, und es fehlte ihm nie an guten Gründen.

»Nun, ich für meinen Teil«, sagte der Specht, der ein geborener Philosoph war, »ich kümmere mich nicht die Spur um Erklärungen. Wenn etwas so ist, ist es so, und jetzt ist es furchtbar kalt.«

Und furchtbar kalt war es wirklich. Die kleinen Eichhörnchen, die im Inneren der großen Fichten wohnten, rieben fortwährend ihre Nasen aneinander, um sich warm zu halten, und die

Kaninchen rollten sich in ihren Höhlen auf und wagten nicht, sich draußen blicken zu lassen. Es schien, als ob nur die großen gehörnten Eulen sich freuten. Ihre Federn waren vom Reif ganz steif, aber das war ihnen gleich, und sie rollten ihre großen gelben Augen und riefen sich durch den Wald hin zu:
»Tu-wiit! Tu-woo! Tu-wiit! Tu-woo! Was für ein wundervolles Wetter wir haben!«
Weiter und weiter gingen die beiden Holzfäller, bliesen sich kräftig auf die Finger und stampften mit ihren großen eisenbeschlagenen Stiefeln auf den festgetretenen Schnee. Einmal sanken sie in ein Loch mit Treibschnee und kamen ganz weiß heraus, wie die Müller sind, wenn die Steine Korn mahlen; und einmal glitten sie auf dem glatten Eise aus, wo das Sumpfwasser gefroren war, und ihr Reisig fiel aus den Bündeln, und sie mußten es wieder zusammensuchen und zusammenbinden; und einmal glaubten sie, sie hätten den Weg verloren, und große Angst befiel sie, denn sie wußten, daß der Schnee grausam ist gegen die, die in seinen Armen schlafen. Aber sie setzten ihr Vertrauen auf den guten Sankt Martin, der über allen Wanderern wacht, und gingen auf ihren Spuren zurück und paßten dann scharf auf. Und endlich erreichten sie den Saum des Waldes und sahen, fern unten im Tale zu ihren Füßen, die Lichter des Dorfes, in dem sie wohnten.
Ihre Freude über die Rettung war so groß, daß sie laut lachten, und die Erde erschien ihnen wie eine silberne Blume, und der Mond wie eine Blume aus Gold.
Aber nachdem sie gelacht hatten, wurden sie wieder traurig, denn sie dachten an ihre Armut, und einer von ihnen sagte zum anderen:
»Warum haben wir gelacht? Wir sehen doch, daß das Leben für die Reichen ist und nicht für solche, wie wir sind. Besser, wir wären vor Kälte im Walde gestorben, oder es wären wilde Tiere über uns hergefallen und hätten uns getötet.«

»Wahrlich«, antwortete sein Gefährte, »den einen ist viel gegeben und wenig den anderen. Das Unrecht hat die Welt verteilt, und nichts ist gleich geteilt außer der Sorge.«
Aber als sie ihr Elend beklagten, geschah etwas Seltsames. Vom Himmel fiel ein glänzender und schöner Stern. Er glitt seitlich am Himmel herab, an den anderen Sternen vorbei in seinem Lauf, und als sie ihm verwundert mit den Augen folgten, schien es ihnen, als sänke er hinter einem Gebüsch von Weidenbäumen zu Boden, das dicht bei einer kleinen Schafhürde stand, nicht mehr als einen Steinwurf von ihnen entfernt.
»Ei! Da liegt ein Topf Gold für den, der ihn findet«, riefen sie aus, und sie machten sich auf und liefen, so gierig waren sie nach dem Golde.
Und der eine von ihnen lief schneller als der andere und überholte ihn und arbeitete sich durch die Weiden und kam auf der anderen Seite heraus, und siehe da: auf dem weißen Schnee lag wirklich ein goldenes Ding. Er eilte also dahin und beugte sich nieder und legte die Hand darauf, und es war ein Tuch aus goldenem Gewebe, seltsam mit Sternen besetzt und in viele Falten geschlungen. Und er rief seinem Gefährten zu, er habe den Schatz gefunden, der vom Himmel gefallen sei, und als sein Gefährte gekommen war, setzten sie sich auf den Schnee und lösten die Falten des Tuches, um die Goldstücke unter sich zu verteilen. Aber ach! Es war kein Gold darin und auch kein Silber, noch überhaupt irgendein Schatz, sondern nur ein kleines schlafendes Kind. Und der eine von beiden sagte zum anderen:
»Das ist ein bitteres Ende unserer Hoffnung, und wir haben kein Glück, denn was soll ein Kind einem Manne nützen? Wir wollen es liegenlassen und unseres Weges gehen; denn wir sind arme Leute und haben selber Kinder, deren Brot wir nicht einem fremden geben dürfen.«
Aber sein Gefährte antwortete ihm:

»Nein, es wäre schlecht, das Kind hier im Schnee umkommen zu lassen, und wenn ich auch ebenso arm bin wie du und viele Münder zu füttern und nur wenig in der Schüssel habe, so will ich es doch mit nach Hause nehmen, und mein Weib soll dafür sorgen.«

Und so nahm er das Kind ganz zart auf und hüllte das Tuch darum, um es vor der scharfen Kälte zu schützen, und ging den Hügel hinunter zum Dorf, und sein Gefährte wunderte sich über seine Torheit und Herzensweichheit.

Und als sie zum Dorfe kamen, sagte sein Gefährte zu ihm:

»Du hast das Kind, gib mir also das Tuch, denn es ist nur recht, daß wir teilen.«

Aber er antwortete ihm: »Nein; denn das Tuch gehört weder dir noch mir, sondern einzig dem Kinde«; und er bot ihm ein Gott zum Gruß und ging in sein Haus und klopfte.

Und als sein Weib die Tür öffnete und sah, daß ihr Mann heil zurückgekehrt war, schlang sie ihm die Arme um den Hals und küßte ihn und nahm ihm das Reisigbündel vom Rücken und fegte den Schnee von seinen Stiefeln und hieß ihn hereinkommen.

Er aber sagte zu ihr:

»Ich habe etwas im Walde gefunden und es dir mitgebracht, daß du dafür sorgest«, und er rührte sich nicht von der Schwelle.

»Was ist es?« rief sie. »Zeige es mir, denn das Haus ist leer, und wir brauchen vieles.« Und er zog das Tuch zurück und zeigte ihr das schlafende Kind.

»Ach, guter Mann!« murmelte sie, »haben wir nicht selber Kinder genug, daß du durchaus noch einen Wechselbalg bringen mußt, an unserem Herde zu sitzen? Und wer weiß, ob es uns nicht Unglück bringen wird? Und wie sollen wir es pflegen?« und sie war zornig auf ihn.

»Ja, aber es ist ein Sternenkind«, antwortete er; und er erzählte ihr, wie er es gefunden hatte.

Aber sie ließ sich nicht besänftigen, sondern höhnte ihn und sprach zornig und rief:
»Unsere Kinder haben kein Brot, und sollen wir fremde Kinder füttern? Wer kümmert sich um uns? Und wer gibt uns Brot?«
»Ja, aber Gott sorgt selbst für die Sperlinge und gibt ihnen Nahrung«, antwortete er.
»Sterben die Sperlinge nicht vor Hunger im Winter?« fragte sie. »Und ist nicht jetzt Winter?«
Und der Mann antwortete nichts, aber er ging nicht von der Schwelle.
Und ein bitterer Wind kam vom Walde herein durch die offene Tür und ließ sie erzittern; und sie schauderte und sagte zu ihm: »Willst du die Tür nicht schließen? Es weht ein bitterer Wind ins Haus, und mich friert.«
»In ein Haus, in dem ein Herz hart ist, weht da nicht immer ein bitterer Wind hinein?« fragte er.
Und die Frau antwortete nicht, sondern kroch dichter ans Feuer. Und nach einer Weile drehte sie sich um und sah ihn an, und ihre Augen waren voll Tränen. Da trat er schnell hinein und legte ihr das Kind in die Arme; und sie küßte es und legte es in ein kleines Bett, wo das jüngste ihrer eigenen Kinder schlief. Und am Morgen nahm der Holzfäller das seltsame goldene Tuch und legte es in eine große Truhe, und eine Kette von Bernstein, die um des Kindes Hals war, nahm seine Frau und legte sie dazu. So wurde das Sternenkind mit den Kindern des Holzfällers aufgezogen und saß mit ihnen am gleichen Tisch und war ihr Spielgefährte. Und jedes Jahr wurde es schöner, so daß alle, die im Dorfe wohnten, von Staunen erfüllt waren; denn während sie schwarzbraun und dunkelhaarig waren, blieb es weiß und zart wie gedrehtes Elfenbein, und seine Locken waren wie die Ringe des Affodill. Und seine Lippen waren wie die Blätter einer roten Blüte, und seine Augen waren wie Veilchen an einem Strome klaren Wassers und sein Leib wie

der Narkissos auf einem Felde, wohin der Schnitter nicht kommt.
Aber seine Schönheit tat ihm Böses. Denn es wurde stolz und grausam und selbstsüchtig. Die Kinder des Holzfällers und die anderen Kinder des Dorfes verachtete es und sagte, sie seien von niederer Herkunft, während es edel geboren sei, denn es stamme von einem Stern ab; und es machte sich zum Herrn über sie und nannte sie seine Diener. Kein Mitleid hatte es mit den Armen oder für die, die blind waren oder verkrüppelt oder irgendwie krank; sondern es warf Steine nach ihnen und trieb sie hinaus auf die Landstraße und hieß sie ihr Brot anderswo erbetteln, so daß niemand außer den Geächteten zweimal in jenes Dorf kam, um ein Almosen zu erbitten. Ja, es war wie einer, der die Schönheit über alles liebte; und es verhöhnte, die da schwach und schlecht weggekommen waren, und machte Witze über sie; und sich selber liebte es; und im Sommer, wenn die Winde schliefen, dann lag es am Brunnen im Garten des Priesters und sah hinunter auf das Wunder seines Gesichts und lachte vor Freude über seine Schönheit.
Oft schalten es der Holzfäller und seine Frau und sagten:
»Wir haben nicht so an dir gehandelt, wie du an denen handelst, die trostlos sind und niemand haben, der ihnen hülfe. Warum bist du so grausam gegen alle, die Mitleid brauchen?«
Oft schickte auch der alte Priester nach ihm und suchte ihm die Liebe zu allem Lebenden zu lehren und sagte zu ihm:
»Die Fliege ist dein Bruder. Tu ihr nichts an. Die wilden Vögel, die im Walde schweifen, haben ihre Freiheit. Fange sie nicht zu deinem Vergnügen. Gott schuf die Blindschleiche und den Maulwurf, und jeder hat seinen Ort. Wer bist du, daß du Schmerz in Gottes Welt tragen dürftest? Selbst die Tiere auf dem Felde preisen Ihn.«
Aber das Sternenkind kümmerte sich nicht um solche Worte, sondern runzelte die Stirn und spottete und ging zu seinen Ge-

nossen zurück und führte sie. Und seine Genossen folgten ihm, denn es war schön und schnellfüßig und konnte tanzen und flöten und Musik machen. Und wohin das Sternenkind sie führte, dahin folgten sie, und was das Sternenkind sie tun hieß, das taten sie. Und als es mit einem scharfen Rohr dem Maulwurf die Augen ausstieß, so lachten sie, und wenn es mit Steinen nach den Aussätzigen warf, so lachten sie auch. Und in allen Dingen herrschte es über sie, und sie wurden hartherzig, so wie es.

Nun kam eines Tages eine arme Bettelfrau durch das Dorf. Ihre Kleider waren zerrissen und zerlumpt, und ihre Füße bluteten von dem rauhen Weg, auf dem sie gewandert war, und sie war in sehr üblem Zustand. Und da sie müde war, setzte sie sich unter einen Kastanienbaum, um auszuruhen.

Als das Sternenkind sie sah, sagte es zu seinen Genossen:

»Seht! Da sitzt ein schmutziges Bettelweib unter dem schönen grünenden Baum. Kommt, wir wollen sie fortjagen, denn sie ist häßlich und ungestalt.«

Und sie kamen näher und warfen Steine nach ihr und verhöhnten sie, und sie sah es mit Schrecken an und wandte den Blick von ihm nicht ab. Und als der Holzhacker, der in einem nahen Wildfang Holz spaltete, sah, was das Sternenkind tat, lief er herbei und schalt es und sagte:

»Wahrlich, du hast ein hartes Herz und kennst kein Erbarmen, denn was hat dir dies arme Weib zuleide getan, daß du es so behandelst?«

Und das Sternenkind wurde rot vor Zorn und stampfte mit dem Fuß auf den Boden und sagte:

»Wer bist du, daß du mich fragst, was ich tue? Ich bin nicht dein Sohn, daß ich tue, was du mich heißest.«

»Da sprichst du wahr«, antwortete der Holzfäller, »aber ich erbarmte mich deiner, als ich dich im Walde fand.«

Und als das Weib diese Worte hörte, stieß sie einen lauten

Schrei aus und fiel in Ohnmacht. Und der Holzfäller trug sie zu sich ins Haus, und seine Frau sorgte für sie, und als sie aus der Ohnmacht erwachte, in die sie gefallen war, setzten sie ihr zu essen und zu trinken vor und hießen sie guten Mutes sein.

Aber sie wollte weder essen noch trinken, sondern sagte zu dem Holzfäller:

»Sagtest du nicht, du hättest das Kind im Walde gefunden? Und war es nicht vor zehn Jahren am heutigen Tag?«

Und der Holzfäller antwortete:

»Ja, im Walde hab' ich es gefunden, und heute sind es zehn Jahre her.«

»Und was für Zeichen fandest du bei ihm?« rief sie. »Trug es nicht eine Bernsteinkette um seinen Hals? War es nicht eingehüllt in ein Tuch aus Goldgewebe, bestickt mit Sternen?«

»Ganz recht«, antwortete der Holzfäller, »es war, wie du sagst.« Und er nahm das Tuch und die Bernsteinkette aus der Truhe, in der sie lagen, und zeigte sie ihr.

Und als sie sie sah, weinte sie vor Freude und sprach:

»Es ist mein kleiner Sohn, den ich im Walde verlor. Ich bitte dich, schicke sofort nach ihm, denn um ihn zu suchen, bin ich über die ganze Welt gewandert.«

Und der Holzfäller und seine Frau gingen hinaus und riefen das Sternenkind und sagten zu ihm:

»Geh ins Haus; dort wirst du deine Mutter finden, die auf dich wartet.«

Und es lief hinein voll Staunen und großer Freude. Als es aber sah, wer da drinnen wartete, lachte es verächtlich und sagte:

»Nun, wo ist meine Mutter? Denn ich sehe niemanden hier als das gemeine Bettelweib.«

Und das Weib antwortete ihm:

»Ich bin deine Mutter.«

»Du bist wahnsinnig«, rief das Sternenkind voll Zorn. »Ich bin nicht dein Sohn, denn du bist eine Bettlerin und häßlich und in Lumpen. Deshalb schere dich fort und laß mich nicht länger dein schmutziges Gesicht sehen.«

»Nein, aber du bist wirklich mein kleiner Sohn, den ich in den Wald trug«, rief sie, und sie sank in ihre Knie und streckte die Arme nach ihm aus. »Die Räuber haben dich mir gestohlen und dich liegenlassen, damit du sterben solltest«, murmelte sie, »aber ich erkannte dich, als ich dich erblickte, und die Zeichen habe ich auch erkannt, das Tuch aus Goldgewebe und die Bernsteinkette. Deshalb bitte ich dich: komm mit mir, denn über die ganze Welt bin ich gewandert, um dich zu suchen. Komm mit mir, mein Sohn, denn ich brauche deine Liebe.«

Aber das Sternenkind rührte sich nicht von der Stelle, sondern verschloß die Tür seines Herzens gegen sie, und man vernahm keinen Laut, als den Laut des Weibes, das aus Schmerz weinte. Und schließlich sprach es zu ihr, und seine Stimme war hart und bitter: »Wenn du in Wahrheit meine Mutter bist«, sagte es, »dann wäre es besser gewesen, du wärest fortgeblieben und nicht hierhergekommen, um mich in Schande zu bringen; denn ich glaubte, ich sei das Kind eines Sternes und nicht einer Bettlerin Kind, wie du behauptest. Darum mache dich auf und laß mich dich nicht mehr sehen.«

»Ach, mein Sohn«, rief sie, »willst du mich nicht küssen, ehe ich gehe? Denn ich habe vieles erduldet, um dich zu finden.«

»Nein«, sagte das Sternenkind, »du bist zu garstig anzuschauen, und eher will ich die Natter küssen oder die Kröte als dich.«

Da stand das Weib auf und ging fort in den Wald und weinte bitterlich; und als das Sternenkind sah, daß sie fort war, freute es sich und lief zu seinen Spielgenossen zurück, um mit ihnen zu spielen.

Aber als sie es kommen sahen, verhöhnten sie es und riefen:

»Ei, du bist so scheußlich wie die Kröte, und so ekelhaft wie die Natter. Mach dich fort, denn wir lassen dich nicht mit uns spielen«, und sie jagten es aus dem Garten.

Und das Sternenkind runzelte die Stirn und sprach zu sich selber:
»Was bedeutet das, was sie sagen? Ich will an den Wasserbrunnen gehen und hineinsehen, und er soll mir meine Schönheit zeigen.«
Und es ging an den Wasserbrunnen und sah hinein und siehe: sein Gesicht war wie das Gesicht einer Kröte und sein Körper war geschuppt wie der einer Natter. Und es warf sich in das Gras und weinte und sprach zu sich: »Wahrlich, das ist über mich gekommen wegen meiner Sünde. Denn ich habe meine Mutter verleugnet und sie fortgejagt und bin stolz und grausam gegen sie gewesen. Darum will ich gehen und sie über die ganze Welt suchen und nicht ruhen, bis ich sie gefunden habe.«
Und da kam die kleine Tochter des Holzfällers zu ihm, und sie legte ihm die Hand auf die Schulter und sprach:
»Was tut es, ob du deine Schönheit verloren hast? Bleibe bei uns, und ich will dich nicht verhöhnen.«
Es sagte aber zu ihr:
»Nein, denn ich bin grausam gegen meine Mutter gewesen, und zur Strafe ist mir dieses Übel gesandt. Deshalb muß ich von hinnen ziehen und durch die Welt wandern, bis ich sie finde und sie mir ihre Vergebung gibt.«
Und es lief fort in den Wald und rief seine Mutter, zu ihm zu kommen, aber es erhielt keine Antwort. Den ganzen Tag lang rief es nach ihr, und als die Sonne unterging, legte es sich auf einem Bett von Blättern nieder, um zu schlafen. Und die Vögel und die Tiere flohen vor ihm, denn sie gedachten seiner Grausamkeit, und es war allein, nur die Kröte sah es an, und die langsame Natter schlich vorüber. Und am Morgen stand es auf und pflückte bittere Beeren von den Bäumen und aß sie und ging seinen Weg durch den großen Wald und weinte. Und alles, was es traf, fragte es, ob es etwa seine Mutter gesehen hätte.
Es sagte zum Maulwurf:

»Du kannst unter die Erde gehen. Sage mir, ist meine Mutter dort?« Und der Maulwurf antwortete:
»Du hast meine Augen blind gemacht. Wie sollte ich es wissen?«
Und es sagte zum Hänfling:
»Du kannst über die Wipfel der großen Bäume fliegen und die ganze Welt sehen. Sage mir, kannst du meine Mutter finden?«
Und der Hänfling antwortete:
»Du hast mir die Flügel zu deinem Vergnügen beschnitten; wie sollte ich fliegen?«
Und zu dem kleinen Eichhörnchen, das in der Tanne wohnte und einsam war, sagte es:
»Wo ist meine Mutter?«
Und das Eichhörnchen antwortete:
»Du hast die meine erschlagen. Suchst du jetzt auch deine Mutter zu erschlagen?«
Und das Sternenkind weinte und neigte den Kopf und bat Gottes Geschöpfe um Vergebung und ging weiter durch den Wald und suchte nach dem Bettelweib. Und am dritten Tage kam es zur anderen Seite des Waldes und ging hinab in die Ebene.
Und wenn es durch die Dörfer kam, verhöhnten es die Kinder und warfen mit Steinen nach ihm; und die Bauern wollten es nicht einmal in den Ställen schlafen lassen, aus Furcht, es könnte den Meltau auf das gespeicherte Korn bringen, so furchtbar war es anzusehen, und ihre Tagelöhner jagten es davon, und niemand hatte Mitleid mit ihm. Und nirgends hörte es von dem Bettelweib, das seine Mutter war, obgleich es drei Jahre lang über die Welt wanderte und oftmals glaubte, sie vor sich auf dem Wege zu sehen, und nach ihr rief und hinter ihr herlief, bis seine Füße von den scharfen Kieseln bluteten. Aber einholen konnte es sie nicht, und die am Wege wohnten, leugneten immer, sie gesehen zu haben, sie oder etwas Ähnliches, und sie verhöhnten seinen Gram. Drei Jahre lang wanderte es über die Welt, und in der Welt war weder Liebe noch Güte noch Erbar-

men für es, sondern es war eine Welt, wie es sie in den Tagen seines großen Stolzes um sich geschaffen hatte.

Und eines Abends kam es an das Tor einer stark befestigten Stadt, die an einem Flusse stand, und ob es auch müde und wund war, machte es sich doch auf, hineinzugehen. Aber die Soldaten, die auf der Wache standen, senkten ihre Hellebarden vor den Eingang und sagten rauh zu ihm:

»Was hast du in der Stadt zu suchen?«

»Ich suche nach meiner Mutter,« antwortete es, »und ich bitte euch, laßt mich hinein, denn es kann sein, daß sie in dieser Stadt ist.« Aber sie verhöhnten es, und einer von ihnen schüttelte seinen schwarzen Bart, setzte seinen Schild nieder und rief:

»Wahrhaftig, deine Mutter wird sich nicht freuen, wenn sie dich sieht, denn du bist scheußlicher als die Kröte des Sumpfes oder die Otter, die im Moraste kriecht. Mache dich fort. Mache dich fort. Deine Mutter wohnt nicht in dieser Stadt.«

Und ein anderer, der eine gelbe Fahne in der Hand trug, sagte zu ihm:

»Wer ist deine Mutter, und warum suchst du sie?«

Und es antwortete:

»Meine Mutter bettelt wie ich, und ich habe sie schlecht behandelt; und ich bitte euch, laßt mich hinein, daß sie mir ihre Verzeihung gebe, wenn sie in dieser Stadt weilt.«

Aber sie wollten nicht und stachen nach ihm mit ihren Speeren. Und als es sich weinend fortwandte, kam einer, dessen Rüstung mit goldenen Blumen eingelegt war und auf dessen Helm ein geflügelter Löwe lag, und er fragte die Soldaten, wer da Eintritt verlangt hätte. Und sie sagten zu ihm:

»Es war ein Bettler und das Kind einer Bettlerin, und wir haben es fortgejagt.«

»Ei,« rief er lachend, »laßt uns doch das schmutzige Ding als Sklaven verkaufen, und sein Preis soll eine Schale süßen Weines sein.«

Und ein alter Mann mit einem bösen Gesicht ging vorüber und rief aus und sagte:
»Ich will es um den Preis kaufen«, und als er den Preis gezahlt hatte, nahm er das Sternenkind bei der Hand und führte es in die Stadt.
Und nachdem sie durch viele Straßen gegangen waren, kamen sie an eine kleine Tür in einer Mauer, die von einem Granatbaum bedeckt war. Und der alte Mann berührte die Tür mit einem Ring aus geschnittenem Jaspis, und sie sprang auf, und sie gingen fünf erzene Stufen hinunter in einen Garten, in dem schwarzer Mohn wuchs und grüne Krüge aus gebranntem Lehm standen. Und der alte Mann nahm aus seinem Turban ein Tuch aus bunter Seide und band dem Sternenkind die Augen zu und stieß es vor sich her. Und als ihm das Tuch von den Augen genommen wurde, befand es sich in einem Kerker, den eine Hornlaterne beleuchtete.
Und der alte Mann setzte ihm auf einem Holzteller schimmliges Brot vor und sagte: »Iß!« und salziges Wasser in einem Becher und sagte: »Trink!« Und als es gegessen und getrunken hatte, ging der alte Mann hinaus und verschloß die Tür hinter sich und verriegelte sie mit einer eisernen Kette.
Und am anderen Tage kam der alte Mann, der der verschlagenste der libyschen Zauberer war und seine Kunst von einem gelernt hatte, der in den Gräbern des Niles wohnte, zu ihm herein, sah es finster an und sprach:
»In einem Wald nahe bei dieser Stadt von Giaouren liegen drei Stücke Gold. Eins ist aus weißem Gold, ein anderes aus gelbem Gold und das Gold des dritten ist rot. Heute sollst du mir das Stück weißen Goldes bringen, und wenn du es nicht mitbringst, so werde ich dich mit hundert Schlägen schlagen. Mache dich geschwind auf, und bei Sonnenuntergang werde ich dich an der Tür des Gartens erwarten. Sieh zu, daß du das weiße Gold bringst, oder es wird dir übel ergehen, denn du bist mein Sklave,

und ich habe dich um den Preis einer Schale süßen Weines gekauft.«

Und er verband dem Sternenkind die Augen mit dem Tuch aus bunter Seide und führte es durch das Haus und durch den Mohngarten und die fünf erzenen Stufen hinauf. Und nachdem er die kleine Tür mit seinem Ring geöffnet hatte, schob er es auf die Straße.

Und das Sternenkind ging zu den Toren der Stadt hinaus und kam zu dem Wald, wovon ihm der Zauberer gesprochen hatte.

Und der Wald war von außen schön anzusehen und schien voll von singenden Vögeln und süß duftenden Blumen zu sein, und das Sternenkind ging froh hinein. Aber die Schönheit nützte ihm wenig, denn wohin es auch ging, wuchsen scharfe Dornen und Sträucher aus der Erde empor und umklammerten es, und böse Nesseln brannten es, und die Distel stach es mit ihren Dolchen, so daß es in großer Not war. Und nirgends konnte es das Stück weißen Goldes finden, von dem der Zauberer gesprochen hatte, obgleich es vom Morgen bis zum Mittag suchte und vom Mittag bis zum Sonnenuntergang. Und mit Sonnenuntergang wandte es sein Gesicht heimwärts, und es weinte bitterlich, denn es wußte, was es erwartete. Als es aber den Saum des Waldes erreicht hatte, da hörte es aus einem Dickicht einen Schrei, wie von einem, der in Not ist. Und da vergaß es seine eigene Sorge und lief zurück und fand einen kleinen Hasen in einer Falle, die ein Jäger aufgestellt hatte.

Und das Sternenkind hatte Mitleid mit ihm und befreite ihn und sagte: »Ich bin selbst nur ein Sklave und doch kann ich dir die Freiheit geben.«

Und der Hase antwortete ihm und sagte:

»Wahrlich, du hast mir die Freiheit gegeben, und was soll ich dir dafür geben?«

Und das Sternenkind sagte zu ihm:

»Ich suche nach einem Stück weißen Goldes und kann es nirgends finden, und wenn ich es meinem Herrn nicht bringe, wird er mich schlagen.«

»Komm mit mir,« sagte der Hase, »ich will dich zu ihm führen, denn ich weiß, wo es verborgen ist, und zu welchem Zweck.«

Und das Sternenkind ging mit dem Hasen, und siehe: im Spalt eines großen Eichbaumes lag das Stück weißen Goldes, das es suchte.

Und es war voller Freude und ergriff es und sagte zu dem Hasen:

»Den Dienst, den ich dir tat, hast du viele Male zurückgegeben, und die Güte, die ich dir erwies, hast du hundertfach zurückgezahlt.«

»Nein,« antwortete der Hase, »aber wie du an mir gehandelt hast, habe ich an dir gehandelt«, und er lief hurtig davon, und das Sternenkind ging zur Stadt zurück.

Und am Tore der Stadt saß einer, der ein Aussätziger war. Über sein Gesicht hing eine Kappe aus grauem Leinen, und durch die Augenlöcher glühten seine Augen wie rote Kohlen. Und als er das Sternenkind kommen sah, schlug er an ein hölzernes Becken und klirrte mit seiner Glocke und rief es an und sagte:

»Gib mir ein Geldstück, oder ich muß Hungers sterben. Denn sie haben mich aus der Stadt gestoßen, und niemand hat Mitleid mit mir.« »Ach!« rief das Sternenkind, »ich habe nur ein Stück Goldes in meinem Beutel, und wenn ich das meinem Herrn nicht bringe, wird er mich schlagen, denn ich bin sein Sklave.«

Aber der Aussätzige flehte es an und bat es, bis das Sternenkind Mitleid hatte und ihm das Stück weißen Goldes gab.

Und als es zum Hause des Zauberers kam, öffnete ihm der Zauberer und ließ es herein und sagte:

»Hast du das Stück weißen Goldes?«

Und das Sternenkind antwortete:

»Ich habe es nicht.«

Da fiel der Zauberer über es her und schlug es und setzte ihm einen leeren Teller vor und sagte: »Iß!« und einen leeren Becher und sagte: »Trink!« und warf es wieder in den Kerker.
Und am andern Morgen kam der Zauberer wieder zu ihm und sagte:
»Wenn du mir heute nicht das Stück gelben Goldes bringst, werde ich dich wahrlich als meinen Sklaven behalten und dir dreihundert Schläge geben.«
Und das Sternenkind ging in den Wald, und den ganzen Tag lang suchte es nach dem Stück gelben Goldes, aber nirgends konnte es es finden. Und beim Sonnenuntergang setzte es sich hin und begann zu weinen, und als es weinte, kam der kleine Hase zu ihm, den es aus seiner Falle befreit hatte.
Und der Hase sagte zu ihm:
»Warum weinst du, und was suchst du im Walde?«
Und das Sternenkind antwortete:
»Ich suche ein Stück gelben Goldes, das hier verborgen ist, und wenn ich es nicht finde, wird mein Herr mich schlagen und mich als seinen Sklaven behalten.«
»Folge mir«, rief der Hase, und er lief durch den Wald, bis er an einen Wasserpfuhl kam. Und auf dem Grunde des Pfuhles lag das Stück gelben Goldes.
»Wie soll ich dir danken?« sagte das Sternenkind, »denn siehe: das ist das zweite Mal, daß du mir geholfen hast.«
»Ja, aber du hattest zuerst Erbarmen mit mir«, sagte der Hase, und er lief eilig fort.
Und das Sternenkind nahm das Stück gelben Goldes und steckte es in seinen Beutel und eilte zur Stadt. Aber der Aussätzige sah es kommen und lief ihm entgegen und kniete nieder und rief:
»Gib mir ein Stück Geldes, oder ich werde Hungers sterben.«
Und das Sternenkind sagte zu ihm:
»Ich habe in meinem Beutel nur ein Stück gelben Goldes, und

wenn ich es meinem Herrn nicht bringe, wird er mich schlagen und mich als seinen Sklaven behalten.«

Aber der Aussätzige bat es so sehr, daß das Sternenkind Mitleid mit ihm hatte und ihm das Stück gelben Goldes gab.

Und als es zum Hause der Zauberers kam, öffnete der Zauberer ihm und ließ es herein und sagte:

»Hast du das Stück gelben Goldes?«

Und das Sternenkind sagte:

»Ich habe es nicht.«

Da fiel der Zauberer über das Sternenkind her und schlug es und belud es mit Ketten und warf es wieder in den Kerker.

Und am folgenden Morgen kam der Zauberer zu ihm und sagte:

»Wenn du mir heute das Stück roten Goldes bringst, will ich dich freilassen. Aber wenn du es nicht bringst, werde ich dich wahrlich erschlagen.«

Und das Sternenkind ging in den Wald hinaus und suchte den ganzen Tag lang nach dem Stück roten Goldes, konnte es aber nirgends finden. Und am Abend setzte es sich hin und weinte, und als es weinte, kam der kleine Hase zu ihm.

Und der Hase sagte zu ihm:

»Das Stück roten Goldes, das du suchst, liegt in der Höhle hinter dir. Also weine nicht länger, sondern freue dich.«

»Wie soll ich dir lohnen?« rief das Sternenkind; »denn siehe, dies ist das dritte Mal, daß du mir geholfen hast.«

»Ja, aber du hattest zuerst mit mir Erbarmen«, sagte der Hase, und er lief eilig fort.

Und das Sternenkind ging in die Höhle, und im entferntesten Winkel fand es das Stück roten Goldes. Und es steckte es in seinen Beutel und eilte zur Stadt. Und der Aussätzige sah es kommen und stellte sich auf die Mitte des Weges, rief aus und sagte:

»Gib mir das Stück roten Goldes, oder ich muß sterben«, und das Sternenkind hatte wieder Mitleid mit ihm und gab ihm das

Stück roten Goldes und sagte: »Deine Not ist größer als meine.« Aber sein Herz war schwer, denn es wußte, welch übles Schicksal seiner harrte.
Doch siehe: als es durch das Tor der Stadt kam, neigten sich die Wachen und huldigten ihm und sagten:
»Wie schön unser Herr ist!«
Und eine Menge von Bürgern folgte ihm und rief:
»Wahrlich, niemand in der ganzen Welt ist schöner!«
Und das Sternenkind weinte und sprach zu sich: »Sie spotten meiner und machen sich über mein Elend lustig.« Und so groß war der Zusammenlauf des Volkes, daß es die Richtung seines Wegs verlor und sich zuletzt auf einem großen Platze befand, auf dem der Palast eines Königs stand.
Und das Tor das Palastes öffnete sich, und die Priester und die hohen Beamten der Stadt eilten ihm entgegen, und sie erniedrigten sich vor ihm und sagten:
»Du bist unser Herr, auf den wir gewartet haben, und der Sohn unseres Königs.«
Und das Sternenkind antwortete ihnen und sprach:
»Ich bin keines Königs Sohn, sondern das Kind eines armen Bettelweibes. Und warum sagt ihr, ich sei schön, da ich doch weiß, daß ich übel anzuschauen bin?«
Da hielt der, dessen Rüstung mit goldenen Blumen eingelegt war und auf dessen Helm ein geflügelter Löwe lag, einen Schild hoch und rief:
»Warum sagt mein Herr, er sei nicht schön?«
Und das Sternenkind sah hinein, und siehe: sein Gesicht war, wie es gewesen war, und seine Schönheit war zurückgekehrt, und in seinen Augen sah es, was es zuvor in ihnen nie gesehen hatte. Und die Priester und die hohen Beamten knieten nieder und sprachen zu ihm:
»Es war seit langer Zeit geweissagt, daß am heutigen Tage kommen würde, der über uns herrschen soll. Deshalb nehme

unser Herr diese Krone und dies Zepter, und in seiner Gerechtigkeit und Gnade sei er unser König über uns.«
Aber es sprach zu ihnen:
»Ich bin nicht würdig, denn ich habe die Mutter, die mich trug, verleugnet, und ich darf nicht ruhen, bis ich sie gefunden habe und ihre Vergebung erfuhr. Deshalb laßt mich gehen, denn ich muß wieder über die Welt wandern und darf hier nicht weilen, ob ihr mir auch die Krone bringt und das Zepter.«
Und als er sprach, wandte es das Gesicht von ihnen und auf die Straße hinaus, die zum Tore der Stadt führte, und siehe: unter der Menge, die die Soldaten umdrängte, sah es das Bettelweib, das seine Mutter war, und ihr zur Seite stand der Aussätzige, der am Wege gesessen hatte.
Und ein Freudenschrei brach von seinen Lippen, und es lief hinüber und kniete nieder und küßte die Wunden an seiner Mutter Füßen und benetzte sie mit seinen Tränen. Es neigte sein Haupt in den Staub und schluchzte wie eines, dessen Herz brechen will, und er sprach zu ihr: »Mutter, ich verleugnete dich in der Stunde meines Stolzes. Nimm mich auf in der Stunde meiner Niedrigkeit. Mutter, ich gab dir Haß. Gib du mir Liebe. Mutter, ich stieß dich zurück. Nimm jetzt dein Kind auf.«
Aber das Bettelweib antwortete ihm nicht ein Wort.
Und das Sternenkind streckte die Hände aus und umfaßte die weißen Füße des Aussätzigen und sprach zu ihm:
»Dreimal gab ich dir von meinem Mitleid. Heiß meine Mutter einmal zu mir reden.«
Aber der Aussätzige antwortete ihm nicht ein Wort.
Und es schluchzte wieder und sprach:
»Mutter, mein Leiden ist größer, als ich es tragen kann. Gib mir deine Vergebung und laß mich zurück in den Wald.«
Und das Bettelweib legte ihm die Hand aufs Haupt und sprach: »Stehe auf!« und der Aussätzige legte ihm die Hand aufs Haupt und sprach auch: »Stehe auf!«

Und es stand auf und sah sie an, und siehe: sie waren ein König und eine Königin.
Und die Königin sagte zu ihm:
»Dies ist dein Vater, dem du geholfen hast.«
Und der König sagte:
»Dies ist deine Mutter, deren Füße du mit deinen Tränen gewaschen hast.«
Und sie fielen ihm um den Hals und küßten es und führten es in den Palast und kleideten es in schöne Gewänder und setzten ihm die Krone aufs Haupt und legten das Zepter in seine Hand, und es regierte über die Stadt an dem Strome und war ihr Herr. Viel Gerechtigkeit und Gnade erzeigte es allen, und den bösen Zauberer verbannte es, und dem Holzfäller und seiner Frau schickte es viele reiche Gaben, und ihren Kindern gab es große Ehre. Und es duldete nicht, daß irgend jemand gegen Vogel und Vieh grausam war, sondern lehrte Liebe und Güte und Erbarmen, und den Armen gab es Brot und den Nackenden Kleidung, und es war Friede und Fülle im Lande.
Doch das Sternenkind herrschte nicht lange, so groß war sein Leiden und so bitter das Feuer seiner Prüfung gewesen; denn nach drei Jahren starb es. Und der nach ihm kam, herrschte übel.

DER GLÜCKLICHE PRINZ

Hoch über der Stadt stand auf einer mächtigen Säule die Statue des Glücklichen Prinzen. Sie war über und über mit dünnen Goldblättchen bedeckt, statt der Augen hatte sie zwei glänzende Saphire, und ein großer roter Rubin leuchtete auf seiner Schwertscheide.

Alles bestaunte und bewunderte ihn sehr. »Er ist so schön wie ein Wetterhahn,« bemerkte einer der Stadträte, der darauf aus war, für einen in Kunstdingen geschmackvollen Mann zu gelten; »bloß nicht ganz so nützlich«, fügte er hinzu, da er fürchtete, man könnte ihn sonst für unpraktisch halten, was er durchaus nicht war. »Warum bist du nicht wie der Glückliche Prinz?« fragte eine empfindsame Mutter ihren kleinen Jungen, der weinend nach dem Mond verlangte. »Dem Glücklichen Prinzen fällt es nie ein, um etwas zu weinen.«

»Ich bin froh, daß es wenigstens einen gibt, der in dieser Welt ganz glücklich ist«, sagte leise ein Enttäuschter mit einem Blick auf das wundervolle Standbild.

»Er sieht genau aus wie ein Engel«, sagten die Waisenkinder, als sie in ihren purpurroten Mänteln und sauberen Vorstecklätzchen aus der Kathedrale kamen.

»Wie könnt ihr das wissen?« fragte der Mathematiklehrer, »ihr habt doch nie einen gesehen.«

»O doch, im Traum«, antworteten die Kinder; und der Mathematiklehrer runzelte die Stirn und machte ein sehr strenges Gesicht, denn er billigte Kinderträume nicht.

Da flog eines Nachts ein kleiner Schwälberich über die Stadt. Seine Freunde waren schon vor sechs Wochen nach

Ägypten gezogen, aber er war zurückgeblieben, weil er sich in eine ganz wunderschöne Schilfrispe verliebt hatte. Ganz zeitig im Frühling hatte der Schwälberich die Rispe zum erstenmal gesehen, als er gerade hinter einer großen gelben Motte her über den Fluß flog, und war von der Schlankheit der Rispe so entzückt gewesen, daß er haltgemacht hatte, um mit ihr zu plaudern. »Soll ich dich lieben?« fragte der Schwälberich, der es liebte, immer gleich gerade auf sein Ziel loszugehen. Und die Schilfrispe verneigte sich tief vor ihm. So flog er immer und immer um die Schlanke herum, rührte leicht das Wasser mit seinen Flügeln und machte kleine silberne Wellen darauf. Das war die Art, wie er warb, und es dauerte den ganzen Sommer hindurch.
»Das ist ein lächerliches Attachement,« zwitscherten die andern Schwalben, »die Schilfrispe hat gar kein Vermögen und viel zuviel Verwandte«, und in der Tat war der Fluß ganz voll von Schilf. Als dann der Herbst kam, flogen sie alle davon.
Als sie fort waren, fühlte sich der Schwälberich einsam und fing an, seiner romantischen Liebe überdrüssig zu werden. »Sie kann sich gar nicht unterhalten,« sagte er, »und ich fürchte, sie ist eine Kokette, denn sie flirtet immer mit dem Wind.« Wirklich machte die Schilfrispe, sooft der Wind blies, die graziösesten Verbeugungen.
»Ich gebe gern zu, daß sie sehr häuslich ist,« fuhr er fort, »aber ich liebe das Reisen, und deshalb soll meine Frau es auch lieben.«
»Willst du mit mir fort?« fragte der Vogel endlich die Rispe; die aber schüttelte den Kopf – sie hing so sehr an der Heimat.
»Du hast mit mir gespielt,« rief da der Schwälberich, »ich mache mich auf nach den Pyramiden. Leb wohl!« Und flog davon.
Den ganzen Tag über flog er und erreichte gegen Abend die Stadt. »Wo soll ich absteigen?« sagte er; »hoffentlich hat die Stadt Vorbereitungen getroffen.«
Da sah er das Standbild auf der hohen Säule. »Hier will ich absteigen,« rief er, »es hat eine hübsche Lage und viel frische Luft.«

Und damit ließ er sich gerade zwischen den Füßen des Glücklichen Prinzen nieder.

»Ich habe ein goldenes Schlafzimmer«, sagte er wohlgefällig zu sich selber, während er herumschaute und sich anschickte, schlafen zu gehen; aber gerade, als er seinen Kopf unter seinen Flügel stecken wollte, fiel ein großer Regentropfen auf ihn nieder. »Wie sonderbar!« rief er, »am Himmel ist nicht das kleinste Wölkchen, die Sterne sind hell und leuchten, und doch regnet es. Das Klima im nördlichen Europa ist schon wirklich abscheulich. Die Schilfrispe liebte ja den Regen sehr, aber das war bloß ihr Egoismus.«

Da fiel ein zweiter Tropfen.

»Was für einen Zweck hat dann eigentlich eine Statue, wenn sie nicht den Regen abhalten kann?« sagte der Vogel: »ich muß mich lieber nach einem guten Schornstein umsehen«, und er wollte schon fortfliegen.

Doch bevor er noch seine Flügel ausgebreitet hatte, fiel ein dritter Tropfen; er schaute in die Höhe und sah – ja, was sah er?

Die Augen des Glücklichen Prinzen waren voll Tränen, und Tränen liefen ihm über die goldenen Wangen. Sein Gesicht war so wunderschön im Mondlicht, daß den Schwälberich das Mitleid faßte.

»Wer bist du?« sagte er.

»Ich bin der Glückliche Prinz.«

»Weshalb weinst du denn?« fragte der Vogel. »Du hast mich ganz naß gemacht.«

»Als ich noch am Leben war und ein Menschenherz hatte,« antwortete das Standbild, »da wußte ich nicht, was Tränen sind, denn ich lebte in dem Palast Ohnsorge, in den die Sorge keinen Zutritt hat. Tagsüber spielte ich mit meinen Gefährten im Garten, und des Abends führte ich den Tanz in der großen Halle. Rund um den Garten lief eine sehr hohe Mauer, aber nie dachte ich daran zu fragen, was wohl dahinter läge, so schön war alles um mich her. Meine Höflinge nannten mich den Glücklichen Prinzen, und glücklich war ich in der Tat, wenn Vergnügen Glück bedeutet. So lebte ich und so starb ich. Und nun, da ich tot bin, haben sie mich hier hinaufgestellt, so hoch, daß ich alle Häßlichkeit und alles Elend meiner Stadt sehen kann, und wenn auch mein Herz von Blei ist, kann ich nicht anders als weinen.«

»Wie, es ist nicht von echtem Gold?« sprach der Vogel zu sich. Denn er war zu höflich, als daß er eine so persönliche Bemerkung laut gemacht hätte.

»Weit fern von hier,« fuhr die Statue mit einer leisen, melodischen Stimme fort, »weit fern von hier in einer kleinen schmalen Gasse steht ein armseliges Haus. Eins der Fenster ist offen, und so sehe ich eine Frau am Tische sitzen. Ihr Gesicht ist mager und verhärmt, und sie hat rauhe, rote Hände, nadelzerstochen, denn sie ist eine Näherin. Sie stickt Passionsblumen in ein Seidenkleid, das die schönste von den Ehrendamen der Königin am nächsten Hofball tragen soll. In einem Winkel des Zimmers liegt ihr kleiner Junge krank im Bett. Er fiebert und verlangt nach Pomeranzen. Die Mutter kann ihm nichts mehr geben als Wasser aus dem Fluß, und daher weint er. Vogel, Vogel, kleiner Vogel, willst du ihr nicht den Rubin aus meiner Schwertscheide hinbringen? Meine Füße sind an den Sockel befestigt, und ich kann mich nicht bewegen.«

»Man erwartet mich in Ägypten«, sagte der Schwälberich. »Meine Freunde fliegen den Nil auf und nieder und unterhalten sich mit den großen Lotosblüten. Bald werden sie sich im Grab des großen Königs schlafen legen. Er ist in gelbes Linnen gehüllt und mit Spezereien balsamiert. Um seinen Hals liegt eine Kette aus blaßgrünem Nephrit, und seine Hände sind wie vertrocknete Blätter.«

»Vogel, Vogel, kleiner Vogel,« sagte der Prinz, »willst du nicht diese eine Nacht bei mir bleiben und mein Bote sein? Der Knabe ist so durstig und die Mutter so traurig.«

»Ich glaube, ich mache mir nichts aus Knaben«, antwortete der Schwälberich. »Als ich letzten Sommer am Fluß wohnte, da waren so rohe Buben, des Müllers Söhne, die immer Steine nach mir warfen. Getroffen haben sie mich natürlich nie, denn wir Schwalben fliegen dafür viel zu gut, und ich stamme zudem aus einer Familie, die wegen ihrer Behendigkeit berühmt ist; aber es war doch immerhin ein Zeichen von Respektlosigkeit.« Aber der Glückliche Prinz sah so traurig, daß es den kleinen Schwälberich bekümmerte. »Es ist sehr kalt hier,« sagte er, »aber ich will trotzdem diese eine Nacht bei dir bleiben und dein Bote sein.«
»Ich danke dir, kleiner Vogel«, sagte der Prinz.
So pickte der Schwälberich aus des Prinzen Schwert den großen Rubin und flog mit ihm weg über die Dächer der Stadt und trug ihn im Schnabel.
Er flog an dem Turm des Domes vorbei, auf dem die weißen Marmorengel stehen. Er flog über den Palast hin und hörte die Musik von Tanzweisen. Ein schönes Mädchen trat mit seinem Geliebten auf den Balkon hinaus. »Wie wundervoll die Sterne sind«, sagte er zu ihr, »und wie wunderbar die Macht der Liebe!«
»Hoffentlich wird mein Kleid zum Staatsball fertig,« antwortete sie, »ich lasse mir Passionsblumen darauf sticken; aber die Schneiderinnen sind so faul.«
Er flog über den Fluß und sah die Laternen an den Schiffsmasten. Er flog über das Ghetto und sah die alten Juden miteinander handeln und auf kupfernen Wagen das Geld wiegen. Endlich erreichte er das armselige Haus und schaute hinein. Der Knabe warf sich fiebernd, und die Mutter war vor Müdigkeit eingeschlafen. Hinein ins Zimmer hüpfte der Schwälberich und legte den Rubin auf den Tisch gerade neben den Fingerhut der Frau. Dann kreiste er leise um das Bett und fächelte des Jungen Stirn mit den Flügeln. »Wie kühl mir ist«, sagte der Knabe, »ich glaube, es wird mir besser«, und er sank in einen köstlichen Schlaf. Darauf flog der Schwälberich zurück zu dem Glück-

lichen Prinzen und erzählte ihm, was er getan. »Merkwürdig«, sagte er, »mir ist mit einem Mal ganz warm geworden, obgleich es so kalt ist.«

»Das kommt von deiner guten Tat«, sagte der Prinz. Und der kleine Vogel begann darüber nachzudenken und schlief ein. Denken machte ihn immer schläfrig.

Als der Tag anbrach, flog der Vogel hinab zum Fluß und nahm ein Bad. »Was für ein bemerkenswertes Phänomenon«, sagte der Professor der Ornithologie, während er über die Brücke ging, »eine Schwalbe im Winter!« Und er schrieb darüber einen langen Brief an die Lokalzeitung. Alles sprach von diesem Aufsatz, der so wortreich war, daß niemand ihn verstehen konnte.

»Heut nacht mach ich mich auf nach Ägypten«, sagte der Schwälberich und war hochvergnügt bei dem Gedanken. Er besuchte alle Denkmäler und öffentlichen Bauwerke der Stadt und saß lange auf der Kirchturmspitze. Wo immer er hinkam, da piepten die Spatzen, und einer sagte zum anderen: »Was für ein vornehmer Fremder!« und dabei amüsierte sich der Schwälberich sehr.

Als der Mond aufging, flog er zurück zu dem Glücklichen Prinzen. »Hast du irgendwelche Aufträge für Ägypten?« rief er, »ich reise gerade dahin ab.«

»Vogel, Vogel, kleiner Vogel«, sagte der Prinz, »willst du nicht noch eine Nacht bei mir bleiben?«

»Ich werde in Ägypten erwartet«, antwortete der Schwälberich. »Morgen fliegen meine Gefährten zum zweiten Katarakt hinauf. Dort liegt das Nilpferd unter den Binsen, und auf einem großen granitenen Thron sitzt der Gott Memnon. Die ganze Nacht lang blickt er zu den Sternen, und wenn der Morgenstern aufglänzt, stößt er einen langen Freudenschrei aus, und dann ist er wieder still. Zu Mittag kommen die gelben Löwen ans Flußufer, um zu trinken. Sie haben Augen wie grüne Berylle, und ihr Gebrüll übertönt das Brüllen des Katarakts.«

»Vogel, Vogel, mein kleiner Vogel«, sagte der Prinz, »weit weg über der Stadt sehe ich einen jungen Mann in einer Dachstube. Er lehnt sich über einen mit Papieren bedeckten Tisch, und neben ihm steht in einem Wasserglase ein kleiner Strauß verwelkter Veilchen. Sein Haar ist braun und gelockt, seine Lippen sind rot wie eine Granatblüte, und er hat große und träumerische Augen. Er versucht, ein Schauspiel fertigzuschreiben, aber er kann nicht weiter vor Kälte. Es ist kein Feuer im Ofen, und der Hunger hat ihn ohnmächtig gemacht.«

»Ich will noch eine Nacht länger bei dir bleiben«, sagte der Schwälberich, der eigentlich ein gutes Herz hatte. »Soll ich ihm auch einen Rubin bringen?«

»Ach! Ich habe keinen Rubin mehr«, sagte der Prinz, »nur meine Augen sind mir noch geblieben. Sie sind aus seltenen Saphiren gemacht, die man vor tausend Jahren aus Indien gebracht hat. Picke eines heraus und bring es ihm. Er wird es an einen Juwelier verkaufen und sich dafür Essen und Feuerung verschaffen und sein Stück beenden.«

»Lieber Prinz«, sagte der Schwälberich, »das kann ich nicht tun«, und er begann zu weinen.

»Vogel, Vogel, kleiner Vogel«, sagte der Prinz, »tu, wie ich dich heiße.«

Also pickte der Schwälberich dem Prinzen das Auge aus und flog zur Dachkammer des Studenten. Es war nicht schwer hineinzukommen, denn es war ein Loch im Dach. Durch das schlüpfte der Vogel in die kleine Stube. Der Jüngling hielt den Kopf in die Hände vergraben, und so hörte er nicht das Flattern des Vogels, und als er aufschaute, da fand er den schönen Saphir, der auf den verblaßten Veilchen lag.

»Man fängt an, mich zu würdigen«, rief er aus; »das kommt sicher von einem großen Bewunderer. Nun kann ich mein Stück fertigschreiben.« Und er sah ganz glücklich aus.

Am nächsten Tag flog der Schwälberich hinab zum Hafen. Er

setzte sich auf den Mast des größten Schiffes und beobachtete die Matrosen, die an Tauen große Ballen aus dem Schiffsraum emporwanden. »Heb auf!« schrien sie bei jedem Ruck am Tau. »Ich geh nach Ägypten!« rief der Vogel, aber niemand achtete auf ihn, und als der Mond aufging, flog er zu dem Glücklichen Prinzen. »Ich komme, dir lebe wohl zu sagen«, rief er.
»Vogel, Vogel, kleiner Vogel«, sagte der Prinz, »willst du nicht noch eine Nacht bei mir bleiben?«
»Es ist Winter«, sagte der Schwälberich, »und der kalte Schnee wird bald dasein. In Ägypten scheint die Sonne warm auf die grünen Palmen, und die Krokodile liegen im Schlamm und schauen faul vor sich hin. Meine Gefährten bauen ihr Nest im Tempel von Baalbek, und die weiß- und rotgefiederten Tauben schauen ihnen zu und girren. Lieber Prinz, ich muß dich verlassen, aber ich will dich nie vergessen, und im nächsten Frühling bringe ich dir zwei schöne Edelsteine wieder für die, die du weggegeben hast. Der Rubin soll röter sein als eine rote Rose und der Saphir so blau wie die große See.«
»Dort unten auf dem Platz«, sagte der Prinz, »da steht ein kleines Streichholzmädel, die hat ihre Hölzer in die Gosse fallen lassen, und sie sind alle verdorben. Ihr Vater wird sie schlagen, wenn sie ihm kein Geld heimbringt, und sie weint. Pick mir das andere Auge aus und gib es ihr, und ihr Vater wird sie nicht schlagen.«
»Ich will noch eine Nacht bei dir bleiben«, sagte der Vogel, »aber ich kann dir dein Auge nicht auspicken. Du wärest dann ja ganz blind.«
»Vogel, Vogel, kleiner Vogel«, sagte der Prinz, »tu, wie ich dich heiße.«
Also pickte der Schwälberich dem Prinzen auch das andere Auge aus und flog damit weg. Er strich über den Kopf des Mädels hin und ließ den Edelstein in ihre Hand gleiten. »Was für eine hübsche Glasscherbe!« rief die Kleine und lief vergnügt nach Haus.

Darauf kam der Vogel zum Prinzen zurück. »Nun bist du blind«, sagte er, »so will ich immer bei dir bleiben.«
»Nein, kleiner Vogel«, sagte der arme Prinz, »du mußt fort nach Ägypten.«
»Ich will immer bei dir sein«, sagte der Schwälberich und schlief zu Füßen des Prinzen ein.
Am nächsten Tage setzte er sich dem Prinzen auf die Schulter und erzählte ihm Geschichten von alldem, was er in fremden Ländern gesehen hatte. Er erzählte ihm von den roten Ibissen, die in langen Reihen an den Nilufern stehen und mit ihren Schnäbeln Goldfische fangen; von der Sphinx, die so alt ist wie die Welt und in der Wüste lebt und alles weiß; von den Kaufleuten, die langsam neben ihren Kamelen einhergehen und Rosenkränze aus Bernstein in den Händen tragen; vom König des Mondgebirgs, der so schwarz ist wie Ebenholz und einen großen Kristall anbetet; von der großen grünen Schlange, die in einem Palmenbaum schläft und zwanzig Priester hat, die sie mit Honigkuchen füttern; und von den Pygmäen, die auf breiten, flachen Blättern über einen großen See segeln und mit den Schmetterlingen immer im Krieg liegen.
»Lieber kleiner Vogel«, sagte der Prinz, »du erzählst mir von wunderbaren Dingen, aber wunderbarer als alles ist das Leiden von Mann und Weib. Kein Mysterium ist größer als das Elend. Fliege über meine Stadt, kleiner Vogel, und dann erzähle mir, was du darin gesehen hast.«
Also flog der Schwälberich über die große Stadt und sah die Reichen froh und lustig in ihren schönen Häusern, während die Bettler an den Toren saßen. Er flog in dunkle Gassen hinab und sah die weißen Gesichter hungernder Kinder gleichgültig auf die schwarzen Straßen schauen. Unter einem Brückenbogen lagen zwei kleine Buben und hielten sich umschlungen, um sich aneinander zu wärmen.
»Wir haben solchen Hunger!« sagten sie. »Ihr dürft hier nicht

liegen«, schrie sie der Wächter an, und so wanderten sie hinaus in den Regen.
Dann flog der Vogel zurück zum Prinzen und erzählte ihm, was er gesehen hatte.
»Ich bin ganz mit feinem Gold bedeckt«, sagte der Prinz, »du mußt es abnehmen, Blatt für Blatt, und meinen Armen geben; die Lebenden glauben immer, daß Gold sie glücklich machen kann.«
Blatt um Blatt des feinen Goldes pickte ihm der Vogel ab, bis der Glückliche Prinz ganz grau und düster aussah. Blatt um Blatt des feinen Goldes brachte er zu den Armen, und die Gesichter der Kinder wurden rosiger, und sie lachten und spielten ihre Spiele in den Straßen. »Jetzt haben wir Brot!« riefen sie.
Da kam der Schnee, und nach dem Schnee kam der Frost. Die Straßen sahen aus, als wären sie aus Silber gemacht, so glänzend und glitzernd waren sie; lange Eiszapfen wie kristallne Dolche hingen von den Dachrinnen herunter; alles ging in dicken Pelzen aus, und die kleinen Jungen trugen dicke rote Mützen und liefen auf dem Eise. Dem armen kleinen Schwälberich wurde kälter und kälter, aber er wollte den Prinzen nicht verlassen, denn er liebte ihn zu sehr. Er pickte Krumen auf vor des Bäckers Tür, wenn der Bäcker gerade nicht hinsah, und versuchte sich warm zu halten, indem er mit seinen Flügeln schlug.
Aber schließlich wußte er doch, daß er sterben müsse. Er hatte gerade noch so viel Kraft, noch einmal dem Prinzen auf die Schulter zu fliegen. »Leb wohl, guter Prinz!« sagte er ganz leise, »darf ich deine Hand küssen?«
»Ich freu mich, daß du jetzt nach Ägypten gehst«, sagte der Prinz, »du bist schon zu lang hiergeblieben, kleiner Schwälberich; aber du mußt mich auf den Mund küssen, denn ich liebe dich.«
»Ich gehe nicht nach Ägypten«, sagte der Schwälberich. »Ich

gehe in das Haus des Todes. Der Tod ist der Bruder des Schlafes, nicht wahr?«

Und er küßte den Glücklichen Prinzen auf den Mund und fiel tot nieder vor seine Füße.

Da tönte aus dem Innern des Standbildes ein eigentümliches Knacken, gleich als ob etwas zerbrochen wäre. Das bleierne Herz war mitten entzweigeborsten. Es war auch ein strenger, harter Frost.

Früh am Morgen des nächsten Tages ging der Bürgermeister mit den Stadträten über den Platz. Als sie an der Säule vorbeikamen, schaute er zu dem Standbild hinauf: »Herrgott! Wie schäbig der Glückliche Prinz aussieht!« sagte er.

»Wirklich schäbig!« sagten die Stadträte, die immer der Ansicht des Bürgermeisters waren, und dann schauten sie das Standbild an. »Der Rubin ist aus seinem Schwert gefallen, seine Augen sind fort, und vergoldet ist er auch nicht mehr«, sagte der Bürgermeister; »er sieht wahrhaftig nicht viel besser aus als ein Bettler.«

»Wenig besser als ein Bettler«, sagten die Räte.

»Und hier liegt wahrhaftig ein toter Vogel zu seinen Füßen!« sagte der Bürgermeister. »Wir müssen wirklich eine Bekanntmachung erlassen, daß es Vögeln nicht erlaubt ist, hier zu sterben.« Und der Stadtschreiber notierte diesen Vorschlag.

So wurde das Standbild des Glücklichen Prinzen abgebrochen.

»Da es nicht mehr schön ist, hat es auch keinen nützlichen Zweck mehr«, sagte der Kunstprofessor der Universität.

Hierauf wurde die Statue in einem Brennofen geschmolzen, und der Bürgermeister berief eine Versammlung die entscheiden sollte, was mit dem Metall zu geschehen habe. »Wir müssen natürlich ein anderes Denkmal haben«, sagte er, »und das muß ein Denkmal von mir sein.«

»Von mir«, sagte jeder der Stadträte, und sie zankten sich. Als ich das letztemal von ihnen hörte, zankten sie sich noch immer.

»Wie sonderbar!« sagte der Werkführer in der Schmelzhütte. »Dieses gebrochene Bleiherz will nicht schmelzen. Wir müssen es wegwerfen, wie es ist.« So warf man es auf einen Kehrichthaufen, auf dem auch die tote Schwalbe lag.

»Bring mir die beiden kostbarsten Dinge in der Stadt«, sagte Gott zu einem seiner Engel; und der Engel brachte ihm das bleierne Herz und den toten Vogel.

»Du hast recht gewählt«, sagte Gott, »denn in meinem Paradiesgarten wird dieser kleine Vogel für alle Zeiten singen, und in meiner goldenen Stadt wird der Glückliche Prinz mich lobpreisen.«

DIE NACHTIGALL UND DIE ROSE

Sie sagte, sie würde mit mir tanzen, wenn ich ihr rote Rosen brächte«, rief der junge Student; »aber in meinem ganzen Garten ist keine rote Rose.« In ihrem Nest auf dem Eichbaum hörte ihn die Nachtigall, guckte durch das Laub und wunderte sich.

»Keine rote Rose in meinem ganzen Garten!« rief er, und seine schönen Augen waren voll Tränen. »Ach, an was für kleinen Dingen das Glück hängt. Alles habe ich gelesen, was weise Männer geschrieben haben, alle Geheimnisse der Philosophie sind mein, und wegen einer roten Rose ist mein Leben unglücklich und elend.«

»Das ist endlich einmal ein treuer Liebhaber«, sagte die Nachtigall. »Nacht für Nacht habe ich von ihm gesungen, obgleich ich ihn nicht kannte; Nacht für Nacht habe ich seine Geschichte den Sternen erzählt, und nun seh ich ihn. Sein Haar ist dunkel wie die Hyazinthe, und sein Mund ist rot wie die Rose seiner Sehnsucht; aber Leidenschaft hat sein Gesicht bleich wie Elfenbein gemacht, und der Kummer hat ihm sein Siegel auf die Stirn gedrückt.«

»Der Prinz gibt morgen nacht einen Ball«, sprach der junge Student leise, »und meine Geliebte wird dasein. Wenn ich ihr eine rote Rose bringe, wird sie mit mir tanzen bis zum Morgen. Wenn ich ihr eine rote Rose bringe, wird sie ihren Kopf an meine Schulter lehnen, und ihre Hand wird in der meinen liegen. Aber in meinem Garten ist keine rote Rose, so werde ich einsam sitzen, und sie wird an mir vorübergehen. Sie wird meiner nicht achten, und mir wird das Herz brechen.«

»Das ist wirklich der treue Liebhaber«, sagte die Nachtigall. »Was ich singe, um das leidet er; was mir Freude ist, das ist ihm Schmerz. Wahrhaftig, die Liebe ist etwas Wundervolles. Kostbarer ist sie als Smaragde und teurer als feine Opale. Perlen und Granaten können sie nicht kaufen, und auf den Märkten wird sie nicht feilgeboten. Sie kann von den Kaufleuten nicht gehandelt werden und kann nicht für Gold ausgewogen werden auf der Waage.«

»Die Musikanten werden auf ihrer Galerie sitzen«, sagte der junge Student, »und auf ihren Saiteninstrumenten spielen, und meine Geliebte wird zum Klang der Harfe und der Geige tanzen. So leicht wird sie tanzen, daß ihre Füße den Boden kaum berühren, und die Höflinge in ihren bunten Gewändern werden sich um sie scharen. Aber mit mir wird sie nicht tanzen, denn ich habe keine rote Rose für sie«; und er warf sich ins Gras, barg sein Gesicht in den Händen und weinte.

»Weshalb weint er?« fragte ein kleiner grüner Eidechs, während er mit dem Schwänzchen in der Luft an ihm vorbeilief. »Ja, warum?« fragte ein Schmetterling, der einem Sonnenstrahl nachjagte.

»Er weint um eine rote Rose«, sagte die Nachtigall.

»Um eine rote Rose!« riefen alle; »wie lächerlich!« und der kleine Eidechs, der so etwas wie ein Zyniker war, lachte überlaut.

Aber die Nachtigall wußte um des Studenten Kummer und saß schweigend in dem Eichbaum und sann über das Geheimnis der Liebe. Plötzlich breitete sie ihre braunen Flügel aus und flog auf. Wie ein Schatten huschte sie durch das Gehölz, und wie ein Schatten flog sie über den Garten.

Da stand mitten auf dem Rasen ein wundervoller Rosenstock, und als sie ihn sah, flog sie auf ihn zu und setzte sich auf einen Zweig.

»Gib mir eine rote Rose«, rief sie, »und ich will dir dafür mein süßestes Lied singen.«

Aber der Strauch schüttelte seinen Kopf. »Meine Rosen sind weiß«, antwortete er; »so weiß wie der Schaum des Meeres und weißer als der Schnee auf den Bergen. Aber geh zu meinem Bruder, der sich um die alte Sonnenuhr rankt, der gibt dir vielleicht, was du verlangst.«

So flog die Nachtigall hinüber zu dem Rosenstrauch bei der alten Sonnenuhr.

»Gib mir eine rote Rose«, rief sie, »und ich will dir dafür mein süßestes Lied singen.«

Aber der Strauch schüttelte seinen Kopf.

»Meine Rosen sind gelb«, antwortete er; »so gelb wie das Haar der Meerjungfrau, die auf einem Bernsteinthrone sitzt, und gelber als die gelbe Narzisse, die auf der Wiese blüht, bevor der Mäher mit seiner Sense kommt. Aber geh zu meinem Bruder, der unter des Studenten Fenster blüht, und vielleicht gibt der dir, was du verlangst.«

So flog die Nachtigall zum Rosenstrauch unter des Studenten Fenster. »Gib mir eine rote Rose«, rief sie, »und ich will dir dafür mein süßestes Lied singen.«

Aber der Rosenstrauch schüttelte den Kopf. »Meine Rosen sind rot«, antwortete er, »so rot wie die Füße der Traube und röter als die Korallenfächer, die in der Meergrotte fächeln. Aber der Winter machte meine Adern erstarren, der Frost hat meine Knospen zerbissen und der Sturm meine Zweige gebrochen, und so habe ich keine Rosen dies ganze Jahr.«

»Nur eine einzige rote Rose brauche ich«, rief die Nachtigall, »nur eine rote Rose! Gibt es denn nichts, daß ich eine rote Rose bekomme?«

»Ein Mittel gibt es«, antwortete der Baum, »aber es ist so schrecklich, daß ich mir es dir nicht zu sagen traue.«

»Sag es mir«, sprach die Nachtigall, »ich fürchte mich nicht.«

»Wenn du eine rote Rose haben willst«, sagte der Baum, dann mußt du sie beim Mondlicht aus Liedern machen und sie färben

mit deinem eignen Herzblut. Du mußt für mich singen und deine Brust an einen Dorn pressen. Die ganze Nacht mußt du singen, und der Dorn muß dein Herz durchbohren, und dein Lebensblut muß in meine Adern fließen und mein werden.«
»Der Tod ist ein hoher Preis für eine rote Rose«, sagte die Nachtigall, »und das Leben ist allen sehr teuer. Es ist lustig, im grünen Wald zu sitzen und die Sonne in ihrem goldenen Wagen zu sehen und den Mond in seinem Perlenwagen. Süß ist der Duft des Weißdorns, und süß sind die Glockenblumen im Tale und das Heidekraut auf den Hügeln. Aber die Liebe ist besser als das Leben, und was ist ein Vogelherz gegen ein Menschenherz?«
So breitete sie ihre braunen Flügel und flog auf. Wie ein Schatten schwebte sie über den Garten, und wie ein Schatten huschte sie durch das Gehölz.
Da lag noch der junge Student im Rasen, wie sie ihn verlassen hatte, und die Tränen seiner schönen Augen waren noch nicht getrocknet. »Freu dich«, rief die Nachtigall, »freu dich; du sollst deine rote Rose haben. Ich will sie beim Mondlicht bilden aus Liedern und färben mit meinem eignen Herzblut. Alles, was ich von dir dafür verlange, ist, daß du deiner Liebe treu bleiben sollst, denn die Liebe ist weiser als die Philosophie, wenn die auch weise ist, und mächtiger als Macht, wenn die auch mächtig ist. Flammenfarben sind ihre Flügel, und flammenfarben ist ihr Leib. Ihre Lippen sind süß wie Honig, und ihr Atem ist wie Weihrauch.«
Der Student blickte aus dem Grase auf und horchte, aber er konnte nicht verstehen, was die Nachtigall zu ihm sprach, denn er verstand nur die Bücher. Aber der Eichbaum verstand und ward traurig, denn er liebte die kleine Nachtigall sehr, die ihr Nest in seinen Zweigen gebaut hatte.
»Sing mir noch ein letztes Lied«, flüsterte er; »ich werd mich sehr einsam fühlen, wenn du fort bist.« Und die Nachtigall sang

für den Eichbaum, und ihre Stimme war wie Wasser, das aus einem silbernen Kruge rinnt.
Als sie ihr Lied geendet hatte, stand der Student auf und nahm ein Notizbuch und einen Bleistift aus der Tasche.
»Sie hat Form«, sagte er zu sich, als er aus dem Gehölz schritt, »– sie hat ein Formtalent, das kann ihr nicht abgesprochen werden; aber ob sie auch Gefühl hat? Ich fürchte, nein. Sie wird wohl sein wie die meisten Künstler: alles nur Stil und keine echte Innerlichkeit. Sie würde sich kaum für andere opfern. Sie denkt vor allem an die Musik, und man weiß ja, wie egoistisch die Künste sind. Aber zugeben muß man, sie hat einige schöne Töne in ihrer Stimme. Schade, daß sie gar keinen Sinn haben, nichts ausdrücken und ohne praktischen Wert sind.« Und er ging auf sein Zimmer und legte sich auf sein schmales Feldbett und fing an, an seine Liebe zu denken; bald war er eingeschlafen.
Und als der Mond in den Himmel schien, flog die Nachtigall zu dem Rosenstrauch und preßte ihre Brust gegen den Dorn. Die ganze Nacht sang sie, die Brust gegen den Dorn gepreßt, und der kalte kristallne Mond neigte sich herab und lauschte. Die ganze Nacht sang sie, und der Dorn drang tiefer und tiefer in ihre Brust, und ihr Lebensblut sickerte weg von ihr.
Zuerst sang sie von dem Werden der Liebe in dem Herzen eines Knaben und eines Mädchens. Und an der Spitze des Rosenstrauchs erblühte eine herrliche Rose, Blatt reihte sich an Blatt wie Lied auf Lied. Erst war sie bleich wie der Nebel, der über dem Fluß hängt, bleich wie die Füße des Morgens und silbern wie die Flügel des Dämmers. Wie das Schattenbild einer Rose in einem Silberspiegel, wie das Schattenbild einer Rose im Teiche, so war die Rose, die aufblühte an der Spitze des Rosenstocks. Der aber rief der Nachtigall zu, daß sie sich fester noch gegen den Dorn presse. »Drück fester, kleine Nachtigall«, rief er, »sonst bricht der Tag an, bevor die Rose vollendet ist.« Und so

drückte die Nachtigall sich fester gegen den Dorn, und lauter und lauter wurde ihr Lied, denn sie sang nun von dem Erwachen der Leidenschaft in der Seele von Mann und Weib. Und ein zartes Rot kam auf die Blätter der Rose, wie das Erröten auf das Antlitz des Bräutigams, wenn er die Lippen seiner Braut küßt. Aber der Dorn hatte ihr Herz noch nicht getroffen, und so blieb das Herz der Rose weiß, denn bloß einer Nachtigall Herzblut kann das Herz einer Rose färben. Und der Baum rief der Nachtigall zu, daß sie sich fester noch gegen den Dorn drücke. »Drücke fester, kleine Nachtigall«, rief er, »sonst ist es Tag, bevor die Rose vollendet ist.«

Und so drückte die Nachtigall sich fester gegen den Dorn, und der Dorn berührte ihr Herz, und ein heftiger Schmerz durchzuckte sie. Bitter, bitter war der Schmerz, und wilder, wilder wurde das Lied, denn sie sang nun von der Liebe, die der Tod verklärt, von der Liebe, die auch im Grabe nicht stirbt. Und die wundervolle Rose färbte sich rot wie die Rose des östlichen Himmels. Rot war der Gürtel ihrer Blätter, und rot wie ein Rubin war ihr Herz. Aber die Stimme der Nachtigall wurde schwächer, und ihre kleinen Flügel begannen zu flattern, und ein leichter Schleier kam über ihre Augen. Schwächer und schwächer wurde ihr Lied, und sie fühlte etwas in der Kehle.

Dann schluchzte sie noch einmal auf in letzten Tönen. Der weiße Mond hörte es, und vergaß unterzugehen und verweilte am Himmel. Die rote Rose hörte es und zitterte ganz vor Wonne und öffnete ihre Blätter dem kühlen Morgenwind. Das Echo trug es in seine Purpurhöhle in den Bergen und weckte die schlafenden Schläfer aus ihren Träumen. Es schwebte über das Schilf am Fluß, und der trug die Botschaft dem Meere zu. »Sieh, sieh!« rief der Rosenstrauch, »nun ist die Rose fertig«; aber die Nachtigall gab keine Antwort; denn sie lag tot im hohen Gras, mit dem Dorn im Herzen.

Um Mittag öffnete der Student sein Fenster und blickte hinaus.

»Was für ein Wunder und Glück!« rief er; »da ist eine rote Rose! Nie in meinem Leben habe ich eine solche Rose gesehen. Sie ist so schön, ich bin sicher, sie hat einen langen lateinischen Namen«; und er lehnte sich hinaus und pflückte sie. Dann setzte er seinen Hut auf und lief dem Professor ins Haus, mit der Rose in der Hand.
Des Professors Tochter saß in der Einfahrt und wand blaue Seide auf eine Spule, und ihr Hündchen lag ihr zu Füßen.
»Ihr sagtet, Ihr würdet mit mir tanzen, wenn ich Euch eine rote Rose brächte«, sagte der Student. »Hier ist die röteste Rose der Welt. Tragt sie heut abend an Eurem Herzen, und wenn wir zusammen tanzen, wird sie Euch erzählen, wie ich Euch liebe.«
Aber das Mädchen verzog den Mund. »Ich fürchte, sie paßt nicht zu meinem Kleid«, sprach sie; »und dann hat mir auch der Neffe des Kammerherrn echte Juwelen geschickt, und das weiß doch jeder, daß Juwelen mehr wert sind als Blumen.«
»Wahrhaftig, Ihr seid sehr undankbar«, rief der Student gereizt; und er warf die Rose auf die Straße, wo sie in die Gosse fiel, und ein Wagenrad ging darüber. »Undankbar?« sagte das Mädchen. »Ich will Euch was sagen, Ihr seid sehr ungezogen; und dann – wer seid Ihr eigentlich? Ein Student, nichts weiter. Ich glaube, Ihr habt nicht einmal Silberschnallen an den Schuhen, wie des Kammerherrn Neffe.« Und sie stand auf und ging ins Haus.
»Wie dumm ist doch die Liebe«, sagte sich der Student, als er fortging. »Sie ist nicht halb so nützlich wie die Logik, denn sie beweist gar nichts und spricht einem immer von Dingen, die nicht geschehen werden, und läßt einen Dinge glauben, die nicht wahr sind. Sie ist wirklich etwas ganz Unpraktisches, und da in unserer Zeit das Praktische alles ist, so gehe ich wieder zur Philosophie und studiere Metaphysik.« So ging er wieder auf sein Zimmer und holte ein großes staubiges Buch hervor und begann zu lesen.

DER EIGENSÜCHTIGE RIESE

An jedem Nachmittag, wenn die Kinder aus der Schule kamen, gingen sie in den Garten des Riesen und spielten da.

Es war ein großer hübscher Garten mit weichem grünen Gras. Hier und da auf dem Rasen standen schöne Blumen wie Sterne, und da waren auch zwölf Pfirsichbäume, die im Frühling zartrosa und perlweiß blühten und im Herbst reiche Frucht trugen. Die Vögel saßen auf den Bäumen und sangen so süß, daß die Kinder immer wieder in ihren Spielen innehielten, um zu lauschen. »Wie glücklich wir hier doch sind!« riefen sie einander zu.

Eines Tages kam der Riese nach Haus. Er war auf Besuch bei seinem Freund, dem gehörnten Menschenfresser, gewesen und sieben Jahre bei ihm geblieben. Als die sieben Jahre um waren, war alles gesagt, was er ihm zu sagen hatte, denn sein Gesprächsstoff war sehr beschränkt, und so beschloß er, auf sein eigenes Schloß zurückzukehren. Als er nach Hause kam, sah er die Kinder in seinem Garten spielen. »Was tut ihr hier?« rief er sehr mürrisch, und die Kinder liefen weg. »Mein Garten, das ist mein Garten«, sagte der Riese, »das sieht jeder ein, und ich erlaube niemandem sonst, darin zu spielen als mir selber.« Also baute er eine mächtige Mauer ringsum und stellte eine Warntafel auf:

UNBEFUGTES BETRETEN DIESES GRUNDSTÜCKS
IST BEI STRAFE VERBOTEN!

Es war ein sehr eigensüchtiger Riese.
Die armen Kinder hatten jetzt nichts mehr, wo sie spielen konnten. Sie versuchten's auf der Landstraße, aber die Landstraße war sehr staubig und steinig, und sie mochten sie nicht leiden. So gingen sie also, wenn die Schule aus war, um die große Mauer herum und sprachen von dem schönen Garten dahinter. »Wie glücklich waren wir da«, sagten sie zueinander.
Dann kam der Frühling, und über der ganzen Gegend waren kleine Blüten und kleine Vögel. Bloß in dem Garten des eigensüchtigen Riesen blieb es Winter. Die Vögel machten sich nichts daraus, darin zu singen, weil keine Kinder da waren, und die Bäume vergaßen zu blühen. Einmal steckte eine schöne Blume ihr Köpfchen aus dem Gras hervor, aber als sie die Warntafel sah, war sie so betrübt um die Kinder, daß sie wieder in den Boden hineinschlüpfte und weiterschlief. Die einzigen Leute, die sich freuten, waren der Schnee und der Frost. »Der Frühling hat diesen Garten vergessen«, riefen sie, »so wollen wir hier das ganze Jahr hindurch leben.« Der Schnee deckte das Gras mit seinem großen weißen Mantel, und der Frost bemalte alle Bäume silberweiß. Dann luden sie den Nordwind ein, bei ihnen zu wohnen, und er kam. Er war in Pelze ganz eingehüllt und brüllte den ganzen Tag durch den Garten und blies die Schornsteine herunter. »Das ist ein ganz herrlicher Platz«, sagte er, »wir müssen den Hagel auf eine Visite bitten.« Und so kam der Hagel. Jeden Tag prasselte er drei Stunden lang auf das Schloßdach herunter, bis er fast alle Schieferplatten zerbrochen hatte, und dann lief er rund um den Garten, so schnell er nur konnte. Er war ganz grau angezogen, und sein Atem war wie Eis.
»Ich versteh nicht, warum der Frühling so spät kommt«, sagte der eigensüchtige Riese, als er am Fenster saß und auf seinen kalten weißen Garten hinuntersah. »Ich hoffe, das Wetter ändert sich bald.« Aber der Frühling kam nie und auch nicht der Som-

mer. Der Herbst gab jedem Garten goldene Früchte, aber dem Garten des Riesen gab er keine. »Er ist zu eigensüchtig«, sagte der Herbst. So war es da immer Winter, und der Nordwind und der Hagel und der Frost und der Schnee tanzten um die Bäume.

Eines Morgens lag der Riese wach im Bette, als er eine liebliche Musik vernahm. Es klang so süß an seine Ohren, daß er dachte, die Musikanten des Königs zögen vorüber. Aber es war bloß ein kleiner Hänfling, der vor seinem Fenster sang, nur hatte er so lange keinen Vogel mehr in seinem Garten singen hören, daß es ihm wie die schönste Musik der Welt vorkam. Da hörte der Hagel auf, über seinem Kopf zu tanzen, und der Nordwind zu blasen, und ein köstlicher Duft kam zu ihm durch den geöffneten Fensterflügel. »Ich glaube, der Frühling ist endlich gekommen«, sagte der Riese; und er sprang aus dem Bett und schaute hinaus.

Und was sah er?

Er sah was ganz Wunderbares. Durch ein kleines Loch in der Mauer waren die Kinder hereingekrochen und saßen in den Zweigen der Bäume. In jedem Baum, den er sehen konnte, saß ein kleines Kind. Und die Bäume waren so froh, die Kinder wieder bei sich zu haben, daß sie sich ganz mit Blüten bedeckt hatten und ihre Arme anmutig über den Köpfen der Kinder bewegten. Die Vögel flogen umher und zwitscherten vor Entzücken, und die Blumen guckten aus dem grünen Gras hervor und lachten. Es war entzückend anzusehen, und nur in einem Winkel war es noch Winter, und dort stand ein kleiner Junge. Er war so klein, daß er nicht an die Äste hinaufreichen konnte, und er lief immer um den Baum herum und weinte bitterlich. Der arme Baum war noch ganz bedeckt mit Frost und Schnee, und der Nordwind blies und heulte über ihm. »Klettere herauf, kleiner Junge«, sagte der Baum und senkte seine Äste so tief er konnte, aber der Junge war zu klein.

Da wurde des Riesen Herz weich, als er das sah. »Wie eigensüchtig ich doch war!« sagte er; »jetzt weiß ich, weshalb der Frühling nicht hierherkommen wollte. Ich will dem armen kleinen Jungen auf den Baumwipfel helfen, und dann will ich die Mauer umwerfen, und mein Garten soll für alle Zeit der Spielplatz der Kinder sein.« Er war wirklich sehr betrübt über das, was er getan hatte.
So schlich er hinunter und öffnete ganz leise das Tor und trat in den Garten. Aber als die Kinder ihn sahen, erschraken sie so, daß sie alle wegliefen, und im Garten wurde es wieder Winter. Bloß der kleine Junge lief nicht weg, denn seine Augen waren so voll Tränen, daß er den Riesen nicht kommen sah. Und der Riese kam leise hinter ihm heran, nahm ihn zärtlich auf seine Hand und setzte ihn hinauf in den Baum. Und sogleich fing der Baum zu blühen an, und die Vögel kamen und sangen in ihm, und der kleine Junge breitete seine Ärmchen aus, schlang sie um den Hals des Riesen und küßte ihn auf den Mund. Und wie die anderen Kinder sahen, daß der Riese nicht mehr böse war, kamen sie schnell zurückgelaufen, und mit ihnen kam auch der Frühling. »Der Garten gehört jetzt euch, Kinderlein«, sagte der Riese, und er nahm eine große Axt und hieb die Mauer um. Und als die Leute um zwölf Uhr zum Markt gingen, sahen sie den Riesen mit den Kindern spielen, in dem schönsten Garten, den sie je geschaut hatten.
Den ganzen Tag spielten sie, und am Abend kamen sie zum Riesen und wünschten ihm eine gute Nacht.
»Aber wo ist denn euer kleiner Kamerad?« fragte er, »der Junge, dem ich auf den Baum geholfen habe?« Der Riese liebte ihn am meisten, weil der ihn geküßt hatte.
»Wir wissen's nicht«, antworteten die Kinder, »er ist fortgegangen.«
»Ihr müßt ihm sagen, er soll sicher morgen wiederkommen«, sagte der Riese. Aber die Kinder antworteten, sie wüßten nicht,

wo er wohne, und sie hätten ihn zuvor nie gesehen; da wurde der Riese sehr traurig.

Jeden Nachmittag nach Schluß der Schule kamen die Kinder und spielten mit dem Riesen. Aber der kleine Knabe, den der Riese so liebte, ließ sich nie mehr sehen. Der Riese war sehr gut mit den Kindern, aber er sehnte sich nach seinem kleinen Freunde und sprach oft von ihm. »Wie gern möcht' ich ihn wiedersehn!« sagte er immer und immer.

Jahre vergingen, und der Riese wurde sehr alt und schwach. Er konnte nicht mehr unten mit den Kindern spielen, und so saß er in seinem mächtigen Armstuhl und sah ihnen zu und freute sich an seinem Garten. »Ich habe viele schöne Blumen«, sagte er; »aber die allerschönsten Blumen von allen sind die Kinder.«

An einem Wintermorgen sah er beim Ankleiden aus seinem Fenster. Jetzt haßte er den Winter nicht mehr, denn er wußte, daß der Frühling nur schlief und die Blumen sich ausruhten.

Plötzlich rieb er sich verwundert die Augen und sah und sah. Es war wirklich ein wundersamer Anblick. Im fernsten Winkel des Gartens war ein Baum ganz bedeckt mit lieblichen weißen Blüten. Seine Äste waren lauter Gold, und silberne Früchte hingen an ihnen, und darunter stand der kleine Knabe, den er so geliebt hatte.

Hocherfreut eilte der Riese die Treppe hinunter und in den Garten. Er lief über den Rasen auf das Kind zu. Und als er ihm ganz nahe gekommen war, wurde sein Gesicht rot vor Zorn und er sagte: »Wer hat es gewagt, dich zu verwunden?« Denn an den Handflächen des Kindes waren Male von zwei Nägeln, und Male von zwei Nägeln waren an den kleinen Füßen.

»Wer hat es gewagt, dich zu verwunden?« rief der Riese; »sag es mir, damit ich mein großes Schwert nehme und ihn erschlage.«

»Ach nein«, antwortete das Kind; »dies sind die Wunden der Liebe.«

»Wer bist du?« sagte der Riese, und eine seltsame Scheu überkam ihn, und er kniete nieder vor dem kleinen Kinde.
Und das Kind lächelte den Riesen an und sprach zu ihm: »Du ließest mich einst in deinem Garten spielen, heute sollst du mit mir kommen in meinen Garten, in das Paradies.«
Und als die Kinder an diesem Nachmittag hereinstürmten, da fanden sie den Riesen tot unter dem Baume liegen und ganz bedeckt mit weißen Blüten.

DER ERGEBENE FREUND

Eines Morgens steckte der alte Wasserratz den Kopf aus seinem Loch heraus. Er hatte kleine, runde, glänzende Augen und einen steifen grauen Schnurrbart, und sein Schwanz war ein langes Stück schwarzer Kautschuk. Die kleinen Enten schwammen auf dem Weiher herum und sahen genau aus wie eine Schar gelber Kanarienvögel; ihre Mutter, die schön weiß war und wirkliche rote Beine hatte, versuchte, ihnen das Kopfstehen im Wasser beizubringen.

»Ihr werdet nie in der besten Gesellschaft verkehren, wenn ihr nicht auf dem Kopf stehen könnt«, wiederholte sie ihnen immer wieder und zeigte ihnen immer wieder, wie sie es machen sollten. Aber die kleinen Enten schenkten ihr gar keine Aufmerksamkeit. Sie waren so jung, daß sie gar nicht wußten, von welchem Vorteil es ist, in der besten Gesellschaft zu verkehren.

»Was für unfolgsame Kinder!« rief der alte Wasserratz; »sie verdienten wahrhaftig, daß man sie ersöffe.«

»Durchaus nicht«, sagte die Entenmama, »aller Anfang ist schwer, und Eltern können nie zu geduldig sein.«

»Ah was!« sagte der Wasserratz, »ich kenne keine elterlichen Gefühle und bin kein Familienmensch. Ich war niemals verheiratet und denke auch gar nicht daran. Die Liebe, das mag ja in seiner Art ganz schön sein, aber die Freundschaft steht doch viel höher. Ich wüßte wahrhaftig nichts Edleres oder Selteneres in der Welt als eine treue Freundschaft.«

»Und was, ich bitte Sie, ist denn Ihre Idee von einer treuen Freundschaft?« fragte ein Grünspecht, der nahebei in einer Weide saß und die Unterhaltung gehört hatte.

»Das möchte ich auch wissen«, sagte die Ente, schwamm an das andere Ende des Weihers und stand da kopf, um ihren Kindern ein gutes Beispiel zu geben.
»Dumme Frage!« rief der Wasserratz. »Ein treuer Freund, der muß mir eben einfach treu sein.«
»Und was würden Sie ihm dafür bieten?« sagte der kleine Vogel, indem er sich auf ein silbriges Ästchen schwang und mit den Flügeln wippte.
»Ich versteh' Sie nicht«, antwortete der Wasserratz.
»Ich will Ihnen eine Geschichte darüber erzählen«, sagte der Grünspecht.
»Handelt die Geschichte von mir?« fragte der Wasserratz. »Wenn sie von mir handelt, will ich zuhören, denn ich liebe Romane sehr.«
»Sie läßt sich auf Sie anwenden«, sagte der Grünspecht; und er flog herunter, ließ sich am Ufer nieder und erzählte die ›Geschichte vom ergebenen Freund‹.
»Es war einmal ein braver kleiner Kerl namens Hans.«
»War was Besonderes an ihm?« fragte der Wasserratz.
»Nein,« sagte der Grünspecht, »ich glaube nicht, daß irgendwas Besonderes an ihm war außer sein gutes Herz und sein lustiges rundes Gesicht. Er lebte ganz allein in einem kleinen Häuschen und arbeitete jeden Tag in seinem Garten. In der ganzen Gegend war kein Garten so schön wie der seine. Büschelnelken wuchsen da und Levkojen und Teschelkraut und Hahnenfuß. Da gab es gelbe und Damaszener Rosen, Krokus und purpurne und weiße Veilchen. Kalumbinen und Schaumkraut, Majoran und Basilien, Primeln und Lilien, Narzissen und Gewürznelken blühten und dufteten, wie die Monate kamen und eine Blume der andern Platz nahm, so daß es immer was Schönes zu sehen und was Angenehmes zu riechen gab.
Der kleine Hans hatte eine große Menge Freunde; aber der treueste von allen war der große Müller-Hugo. Ja, so ergeben

war der reiche Müller dem kleinen Hans, daß er nie an dessen Garten vorüberging, ohne sich über den Zaun zu lehnen und sich einen großen Strauß oder eine Handvoll süßer Kräuter zu pflücken oder sich die Taschen mit Pflaumen oder Kirschen zu füllen, wenn Obstzeit war.

»Wahre Freunde sollen alles gemeinsam haben«, pflegte der Müller zu sagen, und Klein Hans nickte dazu und lächelte und war sehr stolz darauf, einen Freund mit so vornehmen Gedanken zu haben. Manchmal meinten die Nachbarn wohl, es sei seltsam, daß der reiche Müller dem kleinen Hans nicht auch einmal was schenke, obwohl er doch in seiner Mühle hundert Säcke Mehl aufgestapelt hätte und sechs Milchkühe im Stall und eine große Schafherde. Aber Hans zerbrach sich nie seinen Kopf über all das, und nichts machte ihm mehr Freude, als den wundervollen Aussprüchen zu lauschen, die der Müller über die Selbstlosigkeit der wahren Freundschaft tat.

So arbeitete der kleine Hans immerzu in seinem Garten. Im Frühling, im Sommer und im Herbst war er sehr glücklich, aber wenn der Winter kam und er weder Früchte noch Blumen auf den Markt zu bringen hatte, da litt er recht unter Kälte und Hunger, und er mußte oftmals zu Bett, ohne was anderes gegessen zu haben als ein paar getrocknete Birnen oder einige harte Nüsse. Im Winter war er auch sehr einsam, denn nie kam da der Müller zu ihm.

»Es hat gar keinen Sinn, daß ich den kleinen Hans besuche, solange der Schnee liegt,« pflegte der Müller zu seiner Frau zu sagen; »wenn Menschen Sorgen haben, muß man sie mit sich allein lassen und nicht mit Besuchen belästigen. Das ist wenigstens meine Ansicht von Freundschaft, und ich weiß, sie ist die rechte. Daher will ich lieber warten, bis es Frühling ist, und ihn dann aufsuchen. Dann kann er mir auch einen großen Korb voll Primeln schenken, und das wird ihn ganz glücklich machen.«

»Du sorgst dich wirklich sehr um andere,« sprach die Müllerin, während sie in ihrem bequemen Armstuhl am hellen Kaminfeuer saß; »wirklich, du sorgst dich sehr viel. Es ist ein Genuß, dich über Freundschaft reden zu hören. Ich bin fest überzeugt, daß nicht einmal der Pfarrer so schöne Dinge darüber sagen kann wie du, obgleich er doch in einem dreistöckigen Haus wohnt und einen goldenen Ring am kleinen Finger trägt.«

»Aber könnten wir nicht den kleinen Hans einmal zu uns heraufbitten?« fragte des Müllers Jüngster. »Wenn der arme Hans in Not ist, will ich ihm die Hälfte von meiner Bohnensuppe geben und ihm meine weißen Kaninchen zeigen.«

»Was für ein dummer Bub du bist!« rief der Müller; »ich weiß wahrhaftig nicht, wozu ich dich in die Schule schicke. Du scheinst da gar nichts zu lernen. Siehst du nicht ein, daß der kleine Hans, wenn er da zu uns käme, unser warmes Feuer, unser Essen und den Krug mit Rotwein sähe, daß er dann leicht neidisch werden könnte? Und der Neid ist etwas sehr Böses und verdirbt den Charakter. Ich werde es nie erlauben, daß Hansens Charakter verdorben würde. Ich bin sein bester Freund und werde immer über ihn wachen und darauf sehen, daß er in keinerlei Versuchung geführt wird. Außerdem würde mich Hans, wenn er herkäme, vielleicht um einen Sack Mehl auf Borg bitten, und das könnte ich nicht tun. Mehl ist ein Ding und Freundschaft ein anderes, und man soll die beiden nicht durcheinanderbringen. Die Worte werden ganz verschieden buchstabiert und bedeuten auch was ganz Verschiedenes. Das sieht jeder ein.«

»Wie schön du sprichst«, sagte die Müllerin und schenkte sich ein großes Glas voll Warmbier ein; »ich bin schon ganz schläfrig, es ist genauso, als wäre man in der Kirche.«

»Leute, die gut handeln, gibt's eine Menge,« antwortete der Müller, »aber nur ganz wenige sprechen gut, woraus erhellt, daß Sprechen von den beiden Dingen das weit schwierigere ist und auch das weit feinere.« Und dabei sah er streng über den Tisch auf seinen kleinen Sohn, der beschämt den Kopf hängen ließ, purpurrot wurde und in seinen Tee hinein zu weinen anhub. Aber er war ja noch so klein, und so darf man ihm das nicht übelnehmen.«

»Ist die Geschichte aus?« fragte der Wasserratz.

»Keine Spur,« antwortete der Grünspecht, »das ist der Anfang.«

»Dann sind Sie sehr veraltet«, sagte der Wasserratz. »Jeder gute Romanschreiber fängt heutzutage mit dem Ende an, läßt dann den Anfang folgen und schließt mit der Mitte. Das ist die moderne Methode. Ich hörte alles darüber ganz genau neulich einmal von einem Kritiker, der mit einem jungen Mann um den Teich herumspazierte. Er sprach sehr ausführlich über den Gegenstand, und ich bin fest überzeugt, daß er in allem recht hatte, denn er hatte blaue Brillen und eine Glatze, und sooft der junge Mann eine Bemerkung machte, antwortete er immer nur ›bah!‹ Aber erzählen Sie bitte weiter. Ich liebe den Müller ungeheuer. Ich habe selbst alle möglichen schönen Gefühle, so daß eine starke Übereinstimmung zwischen uns besteht.«

»Also,« fuhr der Grünspecht fort und hüpfte ein paarmal von einem Bein aufs andere, »wie nun der Winter vorüber war und die Primeln ihre blassen gelben Sterne auftaten, da sagte der Müller zu seinem Weibe, daß er mal hinuntergehen und nach dem kleinen Hans sehen wolle.

»Was für ein gutes Herz du hast,« rief die Frau, »du denkst doch immer an die andern. Und vergiß nicht, den großen Korb mitzunehmen für die Blumen.«

Also band der Müller die Flügel der Windmühle mit einer starken eisernen Kette fest und ging den Hügel hinunter mit dem Korb am Arm.

»Guten Morgen, kleiner Hans«, sagte der Müller.

»Guten Morgen«, sprach Hans, auf seinen Spaten gelehnt, und lachte über das ganze Gesicht.

»Und wie ging's den Winter durch?« fragte der Müller.
»Ach,« rief Hans, »das ist wirklich zu gütig von dir, mich danach zu fragen, zu gütig. Die Wahrheit zu sagen, hab' ich es ja ziemlich schwer gehabt, aber jetzt ist der Frühling gekommen, und ich bin ganz glücklich: alle meine Blumen gedeihen.«
»Wie oft haben wir von dir gesprochen, Hans,« sagte der Müller, »und hätten gern gewußt, wie es dir ging.«
»Das war lieb von euch,« sagte Hans, »ich fürchtete schon halb, ihr hättet mich vergessen.«
»Was sagst du da, Hans,« sprach der Müller, »Freundschaft vergißt niemals. Das ist gerade das Schöne an ihr; aber ich fürchte, du hast kein Verständnis für die Poesie des Lebens. Deine Primeln sehen übrigens entzückend aus!«
»Ja, sie sind wirklich hübsch,« sagte Hans, »und es ist ein Riesenglück für mich, daß ich so viele habe. Ich will sie nämlich auf den Markt bringen und der Bürgermeisterstochter verkaufen und mit dem Geld meinen Karren einlösen.«
»Deinen Karren einlösen? Du hast ihn doch nicht etwa verkauft? Da wärest du doch wirklich zu dumm!«
»Ja, weißt du,« sagte Hans, »ich war gezwungen dazu. Es ist mir im Winter so schlechtgegangen, daß ich tatsächlich keinen Pfennig für Brot hatte. So verkaufte ich also erst die Silberknöpfe von meinem Sonntagsrock und dann meine silberne Kette und dann meine lange Pfeife und schließlich meinen Karren. Aber jetzt kann ich mir das alles wieder zurückkaufen.
»Hans,« sagte der Müller, »ich will dir meinen Karren geben. Er ist zwar nicht mehr in sehr gutem Zustand, es fehlt ihm die eine Seite ganz, und dann ist auch an den Radspeichen etwas nicht in Ordnung, aber ich will ihn dir trotzdem geben. Ich weiß, es ist das sehr großmütig von mir, und eine Menge Leute werden mich für ganz verrückt halten, daß ich ihn verschenke, aber ich bin nicht wie die andern. Meiner Ansicht nach ist die Großmut die Quintessenz der Freundschaft, und außerdem hab' ich mir

einen neuen Karren gekauft. Aber beruhige dich über die Sache und sei vergnügt – ich schenke dir meinen Karren.«
»Das ist wirklich großmütig von dir«, sagte Klein Hans, und sein drolliges rundes Gesicht strahlte vor Freude. »Ich kann ihn ja leicht wieder in Ordnung bringen, denn ich habe eine große Holzplanke im Haus.«
»Eine Holzplanke?« sagte der Müller; »denk mal, die brauche ich gerade für mein Scheunendach. Das hat ein großes Loch, und das Getreide wird mir ganz naß, wenn ich es nicht zumache. Wie gut, daß du davon sprachst! Es ist doch seltsam, wie eine gute Tat immer eine andere zur Folge hat. Ich gebe dir meinen Karren, und nun gibst du mir deine Holzplanke. Natürlich ist der Karren mehr wert als die Planke, aber wahre Freundschaft beachtet so was nicht. Bitte hol mir das Brett gleich, denn ich will gleich heute noch die Arbeit an der Scheune machen lassen.«
»Natürlich«, rief der kleine Hans, und er rannte in den Schuppen und schleppte das Brett heraus.
»Es ist ja kein sehr großes Brett,« sagte der Müller, indem er es beschaute, »und ich fürchte, es wird dir zur Reparatur des Karrens nicht viel übrigbleiben, wenn mein Scheunendach damit geflickt ist, aber das ist natürlich nicht meine Schuld. Und da ich dir nun meinen Karren geschenkt habe, wirst du mir auch sicher gern ein paar Blumen dafür geben wollen. Hier ist der Korb, und mach ihn recht voll.«
»Ganz voll?« sagte der kleine Hans ein wenig bekümmert, denn es war wirklich ein sehr großer Korb, und er wußte, daß ihm keine Blumen mehr für den Markt bleiben würden, wenn er ihn ganz füllte, und er wollte doch so gern seine Silberknöpfe wiederhaben. »Es ist doch wahrhaftig nicht zuviel,« antwortete der Müller, »daß ich dich um ein paar Blumen angehe, wo ich dir doch meinen Karren geschenkt habe. Vielleicht hab' ich unrecht, aber ich denke, daß wahre Freundschaft frei von jedem Eigennutz ist.«

»Aber mein lieber Freund, mein bester Freund,« rief Klein Hans, »alle Blumen meines Gartens stehen dir zur Verfügung. Mir ist an deiner guten Meinung viel mehr gelegen als an meinen Silberknöpfen, das weißt du doch«, und er lief und pflückte alle seine schönen Primeln und füllte des Müllers Korb damit.

»Adieu, kleiner Hans«, sagte der Müller und stieg mit der Planke auf der Achsel und dem Korb in der Hand den Hügel hinauf.

»Adieu«, sagte Klein Hans und begann lustig zu graben, denn er freute sich über den Karren.

Am nächsten Tag rankte er gerade Geißblatt über die Tür, als er den Müller hörte, der ihn von der Landstraße aus rief. Gleich sprang er von der Leiter und schaute über den Zaun. Da stand der Müller mit einem großen Sack Mehl auf dem Rücken.

»Lieber kleiner Hans,« sagte er, »würdest du wohl so gut sein, mir diesen Sack Mehl auf den Markt zu tragen?«

»Es tut mir so leid,« sagte der kleine Hans, »aber ich habe heut wirklich viel zu tun. Ich muß alle meine Schlingpflanzen aufbinden und alle meine Blumen noch gießen und den Rasen walzen.«

»Na weißt du,« sagte der Müller, »in Anbetracht dessen, daß ich dir meinen Karren schenken will, ist es etwas unfreundlich von dir, daß du mir das abschlägst.«

»Sag doch das nicht,« rief Klein Hans, »ich möchte nicht um die Welt unfreundlich sein«, und er rannte nach seiner Mütze und schleppte sich mit dem schweren Sack auf den Schultern davon.

Es war ein sehr heißer Tag, und die Landstraße war schrecklich staubig; und bevor Hans den sechsten Meilenstein erreichte, war er schon so müde, daß er sich hinsetzten und ausruhen mußte. Aber gleich schritt er wieder tapfer vorwärts und erreichte endlich den Markt. Nachdem er da längere Zeit gewartet hatte, verkaufte er den Sack Mehl für einen guten Preis und ging dann schnurstracks heim, denn er fürchtete Räuber, falls er zu spät in die Nacht hineinkäme.

»Das war schon ein schwerer Tag heute,« sagte er zu sich selber, als er sich schlafen legte, »aber ich bin froh, daß ich dem Müller die Bitte nicht abgeschlagen habe, denn er ist mein bester Freund, und dann gibt er mir ja auch seinen Karren.«

Am nächsten Morgen in aller Frühe kam der Müller um das Geld für sein Mehl. Aber der kleine Hans war so müde, daß er noch im Bett lag.

»Du bist doch ein Faulpelz«, sagte der Müller. »Dafür, daß ich dir meinen Karren geben will, könntest du, meine ich, schon etwas fleißiger arbeiten. Faulheit ist eine große Sünde, und ich kann es nicht ausstehen, wenn meine Freunde faul und träg sind. Du darfst mir meine Offenheit nicht etwa übelnehmen, und es würde mir nicht im Traum einfallen, so zu sprechen, wenn ich nicht dein Freund wäre. Aber was hätte die Freundschaft für einen Zweck, wenn man einander nicht aufrichtig die Meinung sagen könnte? Liebenswürdigkeiten und Schmeicheleien kann jeder sagen, aber ein wahrer Freund sagt stets unangenehme Dinge und kümmert sich nicht darum, ob er dem andern damit weh tut. Und wenn er ein wirklich wahrer Freund ist, dann tut er gern weh, weil er weiß, daß er damit Gutes tut.«

»Ach verzeih,« sagte der kleine Hans, indem er sich die Augen rieb und die Nachtmütze abnahm, »aber ich war so müde, daß ich mir dachte, bleibst noch ein Weilchen im Bett und hörst die Vögel singen. Weißt du, daß ich immer besser arbeite, wenn ich die Vögel hab'singen hören?«

»Das freut mich,« sagte der Müller und schlug Klein Hans auf den Rücken, »denn ich möchte, daß du gleich, wenn du fertig angezogen bist, hinauf zur Mühle kommst und mir das Scheunendach ausbesserst.«

Dem armen kleinen Hans lag viel daran, in seinem Garten zu arbeiten, denn seine Blumen hatten zwei Tage lang kein Wasser bekommen, und doch mochte er dem Müller seine Bitte nicht abschlagen, da er ein so guter Freund von ihm war.

»Würdest du es für unfreundschaftlich von mir halten, wenn ich sagte, daß ich zu tun habe?« fragte er ganz schüchtern.
»Na weißt du,« sagte der Müller, »ich denke, es ist doch wohl nicht zuviel verlangt dafür, daß ich dir meinen Karren schenken will; aber natürlich, wenn du nicht willst, dann geh ich und mach es selber.«
»Das unter keinen Umständen«, rief Klein Hans und sprang aus dem Bett, zog sich an und ging mit dem Müller.
Dort arbeitete er den ganzen Tag bis Sonnenuntergang, und bei Sonnenuntergang kam der Müller nachsehen.
»Hast du das Loch im Dach schon ausgebessert, kleiner Hans?« rief er süß.
»Es ist fertig«, antwortete Klein Hans und stieg die Leiter herunter.
»Ach!« sagte der Müller, »keine Arbeit ist doch so erhebend wie die, die man für andere tut.«
»Es ist wirklich ein großer Vorzug, dir zuhören zu dürfen, wie du sprichst,« antwortete der kleine Hans, »wirklich ein großes Privilegium. Ich fürchte nur, ich werde niemals so schöne Gedanken haben wie du.«
»Wird schon kommen,« sagte der Müller, »du mußt dir nur mehr Mühe geben. Jetzt kennst du nur die praktische Seite der Freundschaft, aber du wirst schon auch ihre theoretische kennenlernen.« »Meinst du wirklich?« fragte Klein Hans.
»Ohne Zweifel,« antwortete der Müller, »aber nun du das Dach ausgebessert hast, gehst du wohl besser heim und ruhst dich aus, denn ich möchte, daß du morgen meine Schafe auf den Berg treibst.«
Der arme kleine Hans wagte darauf kein Wort zu erwidern, und am nächsten Morgen brachte in aller Frühe der Müller seine Schafe, und Hans machte sich mit ihnen nach dem Berge auf. Er brauchte den ganzen Tag für den Hin- und Rückweg und war so müde, als er heimkam, daß er auf seinem Stuhle

einschlief und erst wieder aufwachte, als es hellichter Tag war.

»Wie schön wird's heut in meinem Garten sein«, sagte er und ging gleich an die Arbeit.

Aber er kam nie dazu, nach seinen Blumen zu sehen, denn immerfort kam sein Freund, der Müller, zu ihm, schickte ihn auf weitläufige Besorgungen oder brauchte ihn in seiner Mühle. Klein Hans war zuzeiten ganz bekümmert darüber und fürchtete, seine Blumen könnten glauben, er habe sie ganz vergessen; aber dann tröstete er sich wieder damit, daß der Müller doch sein bester Freund sei und daß er ihm ja auch einen Karren geben wolle.

So arbeitete der kleine Hans für den Müller, und der sagte ihm alles mögliche Schöne über die Freundschaft, was Hans alles in ein Notizbuch aufschrieb und es Nachts durchlas, denn er war ein sehr gelehriger Schüler.

Eines Abends saß der kleine Hans beim Ofen, als laut an die Tür geklopft wurde. Es war eine sehr stürmische Nacht, und der Wind pfiff und tobte um das Haus, daß Hans erst glaubte, es sei der Sturm. Aber da tönte ein zweites Klopfen und ein drittes lauter als das erstemal.

»Es ist irgendein armer Wandersmann«, sagte Klein Hans und lief an die Tür.

Da stand der Müller mit einer Laterne in der einen und einem großen Stock in der andern Hand.

»Lieber kleiner Hans,« rief der Müller, »ich bin in großer Verlegenheit. Mein kleiner Junge ist von der Leiter gefallen und hat sich verletzt, und ich muß den Arzt holen. Aber der wohnt so weit weg, und es ist eine so schlimme Nacht, daß ich auf den Gedanken kam, es sei eigentlich viel besser, wenn du statt meiner gingest. Du weißt, ich schenke dir meinen Karren, und da ist es ja eigentlich nur in Ordnung, daß du mir mal einen Gegendienst erweisest.«

»Selbstverständlich,« rief Klein Hans, »ich rechne es mir als eine Ehre an, daß du dich an mich wendest, und ich mach mich sofort auf den Weg. Aber du mußt mir deine Laterne leihen, ich fürchte, ich falle sonst in einen Graben.«

»Es tut mir sehr leid,« antwortete der Müller, »aber es ist meine neue Laterne, und es wäre ein großer Schaden für mich, wenn etwas daran entzweiginge.«

»Macht nichts, dann geh ich halt ohne Laterne«, sagte Klein Hans, griff nach Pelzrock und Wollmütze und ging.

Es war ein schrecklicher Sturm, und die Nacht war so schwarz, daß der kleine Hans kaum die Hand vor den Augen sehen konnte, und der Wind blies so stark, daß er sich kaum auf den Füßen zu halten vermochte. Aber er schritt tapfer vorwärts, und nach drei Stunden kam er an des Doktors Haus und klopfte an die Tür.

»Wer ist da?« rief der Arzt und steckte den Kopf zum Schlafzimmerfenster heraus.

»Klein Hans, Doktor.«

»Und was willst du?«

»Dem Müller sein Kleiner ist von der Leiter gefallen und hat sich was getan, und der Müller läßt Sie bitten, Sie möchten gleich kommen.« »Schön«, sagte der Arzt, und er ließ anspannen und sich die hohen Stiefel und seine Laterne bringen und kam herunter und fuhr nach der Mühle, während Klein Hans hinter ihm herlief.

Aber der Sturm wurde immer schlimmer, und der Regen fiel in Strömen, und Klein Hans konnte nicht mehr sehen, wo er ging, und nicht mehr mit dem Gaul Schritt halten. Endlich kam er ganz vom Weg ab und geriet ins Moor, das sehr gefährlich war, da es tiefe Löcher hatte, und Klein Hans sank ein und ertrank. Am andern Tage fanden Ziegenhirten seine Leiche auf dem Wasser schwimmen und brachten sie in das Gärtnerhäuschen.

Die ganze Gegend ging mit bei Klein Hans' Begräbnis, denn jedermann hatte ihn gekannt, und der Müller war der Hauptleidtragende. »Da ich sein bester Freund war,« sagte der Müller, »ist es nur in der Ordnung, daß ich den besten Platz bekomme«, und so ging er in dem Trauergefolge als erster in einem langen schwarzen Rock und wischte sich immerfort die Augen mit einem großen Taschentuch. »Klein Hans haben sicher alle verloren«, sagte der Schmied, als das Begräbnis vorbei war und alle bei Wein und Kuchen im Wirtshaus beisammensaßen.
»Für mich ist es jedenfalls ein schwerer Verlust,« sagte der Müller, »ich hatte ihm meinen Karren schon so gut wie geschenkt, und jetzt weiß ich nicht, was ich damit anfangen soll. Er ist mir zu Hause sehr im Wege und in einem Zustand, daß ich nichts dafür bekomme, wenn ich ihn verkaufe. Ich will mich jedenfalls hüten, jemals wieder etwas herzuschenken. Man hat unter seiner Großmut immer zu leiden.«
»Nun, und?« sagte der Wasserratz nach einer langen Pause.
»Nun, das ist der Schluß«, sagte der Grünspecht.
»Und was ist denn aus dem Müller geworden?« fragte der Wasserratz. »Das weiß ich wirklich nicht,« antwortete der Vogel, »und es ist mir auch ganz gleich.«
»Dann ist es mir auch ganz klar, daß Sie nicht das geringste Mitgefühl in Ihrem Charakter haben«, sagte der Wasserratz.
»Ich fürchte, Sie verstehen die Moral der Geschichte nicht ganz«, bemerkte der Grünspecht.
»Die was?« schrie der Wasserratz.
»Die Moral.«
»Wollen Sie damit sagen, daß die Geschichte eine Moral hat?«
»Natürlich«, sagte der Grünspecht.
»Das hätten Sie mir«, sagte der Wasserratz wütend, »vorher sagen sollen. Hätten Sie mir das zu Anfang gesagt, so hätte ich gar nicht zugehört; ich würde ›bah!‹ gesagt haben wie die Kritiker, was ich übrigens auch jetzt noch sagen kann.«

So rief er also in den höchsten Tönen »bah!«, gab seinem Schwanz einen Schupser und verschwand in seinem Loch.
»Mögen Sie den Wasserratz leiden?« fragte die Ente, die ein paar Minuten darauf angepaddelt kam. »Er hat ja sicher eine Menge gute Eigenschaften, aber was mich betrifft – ich habe ein Muttergefühl und kann nie einen überzeugten Junggesellen sehen, ohne daß mir Tränen in die Augen kommen.«
»Ich fürchte fast, ich habe ihn gelangweilt«, antwortete der Grünspecht. »Ich habe ihm nämlich eine Geschichte mit einer Moral erzählt.«
»Ach, das ist immer eine sehr gewagte Sache«, sagte die Ente.
Und ich bin ganz ihrer Meinung.

DIE BEDEUTENDE RAKETE

H. V.

Des Königssohnes Hochzeit stand bevor, und darob war allgemeine Freude. Er hatte ein ganzes Jahr auf seine Braut gewartet, und endlich war sie gekommen. Sie war eine russische Prinzessin, und ein Schlitten, von sechs Renntieren gezogen, hatte sie von Finnland hergebracht. Der Schlitten war geformt wie ein großer goldener Schwan, und zwischen des Schwanes Flügeln ruhte die kleine Prinzessin. Ihr langer Hermelinmantel reichte ihr bis an die Füße, auf dem Kopf trug sie eine winzige Kappe aus silbernem Gewebe, und sie war so bleich wie der Schneepalast, in dem sie immer gewohnt hatte. So bleich war sie, daß alles Volk sich darob verwunderte, als sie durch die Straßen fuhr. »Wie eine weiße Rose ist sie!« rief man und warf von den Balkonen Blumen auf sie herab.

Am Schloßtor ward sie vom Prinzen empfangen. Er hatte verträumte Veilchenaugen, und sein Haar war wie feines Gold. Als er sie erblickte, sank er aufs Knie und küßte ihre Hand. »Euer Bildnis war schön,« sagte er leise, »aber Ihr seid noch schöner als Euer Bildnis.« Und die kleine Prinzessin errötete. »Sie war wie eine weiße Rose,« sagte ein junger Page zu einem andern, »nun ist sie wie eine rote Rose«, und der ganze Hof war entzückt.

Während der nächsten drei Tage sagte ein jeder: »Weiße Rose, rote Rose, rote Rose, weiße Rose«, und der König befahl, daß des Pagen Gehalt verdoppelt würde. Da er nun überhaupt kein Gehalt bekam, nützte ihm das nicht viel, aber es galt für eine große Ehre und wurde vorschriftsmäßig in der Hofgazette bekanntgemacht.

Als die drei Tage um waren, wurde die Hochzeit gefeiert. Es war eine großartige Sache, und Braut und Bräutigam schritten Hand in Hand unter einem purpursamtnen, mit kleinen Perlen bestickten Baldachin. Dann gab es eine Staatstafel, die fünf Stunden dauerte. Der Prinz und die Prinzessin saßen obenan in der großen Halle und tranken aus einem kristallnen Pokal. Nur treu Liebende konnten aus diesem Pokal trinken, denn wie ihn falsche Lippen berühren, wird er trüb und wolkig.
»Daß sie einander lieben,« sagte der kleine Page, »das ist so klar wie Kristall!« Und der König verdoppelte sein Gehalt zum zweiten Male, und »welche Ehre!« rief der ganze Hof.
Nach dem Bankett sollte ein Ball stattfinden, und das Brautpaar sollte den Rosentanz tanzen, und der König hatte versprochen, die Flöte zu spielen. Er spielte sehr schlecht, aber niemand hatte je gewagt, ihm das zu sagen, weil er der König war. Er konnte bloß drei Melodien und wußte nie genau, welche davon er spielte; aber das machte weiter nichts, denn was immer er auch tat, es rief stets jeder: »Herrlich! Entzükkend!«
Die letzte Nummer auf dem Programm war ein großes Feuerwerk, das Punkt Mitternacht abgebrannt werden sollte. Die kleine Prinzessin hatte noch nie in ihrem Leben ein Feuerwerk gesehen, und so hatte der König Befehl gegeben, daß der königliche Pyrotechniker am Hochzeitstag zugegen sein sollte.
»Was ist das, ein Feuerwerk?« hatte sie den Prinzen gefragt, als sie eines Morgens auf der Terrasse spazierengingen.
»Es ist so wie das Nordlicht,« sagte der König, der immer Antwort auf Fragen gab, die an andere gestellt waren, »nur viel natürlicher. Mir ist es lieber als die Sterne, weil man immer ganz genau weiß, wann es losgeht, und es ist so schön wie mein Flötenspiel. Du mußt das unbedingt sehen.«
So war also ganz unten im königlichen Garten ein Stand aufgeschlagen worden, und sobald der königliche Pyrotechniker

alles an seinen richtigen Platz gebracht hatte, begann das Feuerwerk untereinander sich zu unterhalten.

»Die Welt ist doch wahrhaftig zu schön«, rief ein kleiner Schwärmer. »Sieh nur mal diese gelben Tulpen. Wenn sie echte Knaller wären, könnten sie nicht schöner sein. Ich bin doch sehr froh, daß ich gereist bin. Reisen bildet den Geist und räumt gründlich mit allen Vorurteilen auf.«

»Des Königs Garten ist nicht die Welt, du verrückter Schwärmer!« sagte eine große römische Kerze. »Die Welt ist ein riesengroßer Platz, und du würdest drei Tage brauchen, um sie ganz zu sehen.« »Jeder Platz, den man liebt, ist für einen die Welt«, meinte ein nachdenkliches Feuerrad, das seit seiner Kindheit an einer alten Spanschachtel befestigt war und sich mit seinem gebrochenen Herzen brüstete. »Aber die Liebe ist nicht mehr Mode, und die Dichter haben sie getötet. Sie schrieben so viel über sie, daß ihnen niemand mehr glaubte, was mich nicht wundert. Denn wahre Liebe leidet und schweigt. Ich erinnere mich, wie ich selbst einmal –. Aber darum kümmert sich jetzt niemand – die Romantik gehört der Vergangenheit an.«

»Unsinn!« sagte die römische Kerze, »die Romantik stirbt nie. Die ist wie der Mond und lebt ewig. Die Braut und der Bräutigam zum Beispiel lieben einander sehr. Ich hörte alles über sie heut morgen von einer braunen Kartätsche, die zufällig in demselben Schubfach lag wie ich und die letzten Hofneuigkeiten wußte.«

Aber das Feuerrad schüttelte den Kopf. »Die Romantik ist tot, die Romantik ist tot, die Romantik ist tot«, sagte es leise. Das Rad gehörte zu den Leuten, die glauben, daß, wenn sie dieselbe Sache mehrmals sagen, sie am Ende wahr wird.

Plötzlich hörte man ein scharfes trockenes Husten, und alles schaute sich um.

Es kam von einer großen, hochmütig aussehenden Rakete, die an das Ende eines langen Stockes gebunden war. Sie hustete

jedesmal, bevor sie eine Bemerkung machte, um so die Aufmerksamkeit zu erregen.
»Ehem! Ehem!« sagte sie, und alles horchte, mit Ausnahme des Feuerrades, das noch immer den Kopf schüttelte und leise dabei blieb: »Die Romantik ist tot.«
»Ruhe! Ruhe!« schrie ein Schwärmer. Er war so etwas wie ein Politiker und hatte bei den Wahlen immer eine große Rolle gespielt, und daher kannte er die richtigen parlamentarischen Ausdrücke.
»Ganz tot«, flüsterte das Feuerrad und schlief ein. Sobald vollkommene Stille herrschte, hustete die Rakete zum drittenmal und begann. Sie sprach langsam und deutlich, als ob sie ihre Memoiren diktierte, und blickte die, zu denen sie sprach, immer über die Schulter an. Sie hatte tatsächlich höchst vornehme Manieren.
»Wie glücklich trifft es sich für den Königssohn,« bemerkte sie, »daß er gerade an dem Tag Hochzeit macht, an dem ich losgelassen werden soll. Selbst wenn es vorher so arrangiert worden wäre, hätte es sich für ihn nicht besser treffen können; aber Prinzen haben eben immer Glück.«
»Mein Gott,« sagte der kleine Schwärmer, »ich dachte, es wäre gerade umgekehrt, und wir würden zu Ehren des Prinzen losgelassen.«
»Das mag ja mit Ihnen so der Fall sein,« antwortete sie, »und es ist zweifelsohne der Fall, aber mit mir ist es doch etwas anders. Ich bin eine sehr besondere Rakete und stamme von ganz besonderen Eltern ab. Meine Mutter war das gefeiertste Feuerrad ihrer Zeit und berühmt für ihr graziöses Tanzen. Als sie öffentlich auftrat, drehte sie sich neunzehnmal, bevor sie ausging, und bei jeder Drehung warf sie sieben rosafarbene Sterne in die Luft. Sie hatte drei und einen halben Fuß im Durchmesser und war aus bestem Schießpulver. Mein Vater war eine Rakete wie ich und von französischer Abkunft. Er flog so hoch, daß man fürch-

tete, er würde nie mehr wieder herunterkommen. Er kam aber doch, denn er war eine liebenswürdige Natur, und machte einen glänzenden Absturz in einem Schauer von goldnem Regen. Die Zeitungen schrieben über seine Leistung in den schmeichelhaftesten Ausdrücken. Die Hofgazette nannte ihn einen Triumph der Pylotechnik.«

»Pyrotechnik meinst du, Pyrotechnik«, sagte ein bengalisches Licht.

»Ich weiß, es heißt Pyrotechnik, denn so sah ich es auf meiner eigenen Büchse geschrieben.«

»Also ich sage Pylotechnik«, antwortete die Rakete in strengem Tone, und das bengalische Licht fühlte sich davon so zermalmt, daß es sofort die kleinen Schwärmer einzuschüchtern begann, um zu zeigen, daß es noch immer eine Person von einiger Bedeutung wäre.

»Ich sagte«, fuhr die Rakete fort, »ich sagte – ja, was sagte ich doch?«

»Du sprachst von dir«, antwortete die römische Kerze.

»Natürlich; ich wußte doch, daß ich von einem interessanten Gegenstand sprach, als ich unmanierlich unterbrochen wurde. Ich hasse Roheit und alle schlechten Manieren, denn ich leide darunter. Ich weiß, auf der ganzen Welt gibt es kein sensitiveres Geschöpf, als ich bin.«

»Was ist denn das: ein sensitives Geschöpf?« fragte ein Schwärmer das römische Licht.

»Ein Geschöpf, das anderen immer auf die Füße tritt, weil es selber Hühneraugen hat«, antwortete die römische Kerze im Flüsterton; und der Schwärmer wollte platzen vor Lachen.

»Bitte, worüber lachen Sie denn?« forschte die Rakete; »ich lache doch nicht.«

»Ich lache, weil ich glücklich bin«, sagte der Schwärmer.

»Das ist ein sehr egoistischer Grund«, sagte die Rakete geärgert. »Was für ein Recht haben Sie, glücklich zu sein? Sie sollten an andere denken. Sie sollten an mich denken. Ich denke immer an mich und erwarte von allen anderen, daß sie das gleiche tun. Das ist das, was man Sympathie nennt. Es ist eine schöne Tugend, und ich besitze sie in hohem Grade. Nehmen wir zum Beispiel an, mir passierte heut nacht etwas – was für ein Unglück wäre das für einen jeden! Der Prinz und die Prinzessin würden niemals wieder glücklich sein können, ihr ganzes eheliches Leben wäre zerstört, und der König würde nicht darüber wegkommen, das weiß ich. Wahrhaftig, sooft ich über die Bedeutung meiner Stellung nachzudenken beginne, bin ich gerührt bis zu Tränen.«

»Wenn du andern Vergnügen machen willst«, rief die römische Kerze, »ist's besser, du hältst dich trocken.«

»Dazu rät doch der gewöhnliche Verstand«, meinte das bengalische Licht, das in bessere Laune kam.

»Der gewöhnliche Verstand, allerdings«, entrüstete sich die Rakete, »aber Sie vergessen, daß ich sehr ungewöhnlich und besonders bin. Gewöhnlichen Verstand kann jeder haben, vorausgesetzt, er hat keine Phantasie. Aber ich habe Phantasie, denn ich denke an die Dinge nie, wie sie wirklich sind; ich denke mir sie immer ganz verschieden und anders. Und was das Trockenhalten betrifft, so ist hier offenbar kein einziger, der überhaupt eine empfindsame Natur zu schätzen weiß. Glücklicherweise mache ich mir nichts daraus. Das einzige, was einem durch das Leben hilft, ist das Bewußtsein von der ungeheuren Inferiorität alles andern, und das ist ein Gefühl, das ich immer kultiviert habe. Herz hat von euch ja niemand. Ihr lacht hier und treibt Possen, gerade so als ob der Prinz und die Prinzessin nicht Hochzeit machten.«

»Ja, aber weshalb denn nicht?« rief eine kleine Feuerkugel aus, »weshalb denn nicht? Die Hochzeit ist doch eine höchst freudige Gelegenheit, und wenn ich in die Luft hinaufschwebe, habe ich mir vorgenommen, den Sternen alles darüber zu berichten. Du wirst sie zwinkern sehen, wenn ich ihnen von der hübschen Braut erzähle.«

»Was für eine triviale Lebensauffassung du hast?« sagte die Rakete.

»Aber ich habe von dir nichts anderes erwartet. Es steckt nichts in dir; du bist hohl und leer. Vielleicht wohnen der Prinz und die Prinzessin einmal in einem Lande, wo ein tiefer Fluß ist, und vielleicht haben sie auch einen einzigen Sohn, einen kleinen blondlockigen Knaben mit Veilchenaugen wie der Prinz selber; der geht vielleicht eines Tages mit seiner Amme aus, und die Amme schläft unter einem großen Fliederbaum ein; und dann fällt der Knabe vielleicht in den Fluß und ertrinkt. Was für ein schreckliches Unglück! Arme Menschen, die ihr einziges Kind so verlieren! Es ist zu traurig! Ich werde es niemals verwinden!«

»Aber sie haben ja gar nicht ihr einziges Kind verloren!« sagte die römische Kerze. »Es ist ihnen gar kein Unglück passiert.«

»Das habe ich auch gar nicht behauptet«, antwortete die Rakete, »ich sagte nur, es könnte passieren. Wenn sie ihren einzigen Sohn wirklich verloren hätten, dann hätte es gar keinen Zweck mehr, davon zu sprechen. Ich hasse Menschen, die wegen verschütteter Milch ein Geschrei machen. Aber wenn ich denke, daß sie ihren einzigen Sohn verlieren könnten, so affiziert mich das sehr.«

»Dich natürlich«, rief das bengalische Feuer, »du bist aber auch das affektierteste Geschöpf, das mir je vorgekommen ist.«

»Und du bist das brutalste Geschöpf, dem ich je begegnet bin«, sagte die Rakete, »und kannst meine Freundschaft für den Prinzen selbstverständlich nicht begreifen.«

»Du kennst ihn ja gar nicht«, knurrte die römische Kerze.

»Ich habe nie behauptet, daß ich ihn kenne«, antwortete die Rakete. ch behaupte sogar, daß ich sicher sein Freund nicht wäre, wenn ich ihn kennen würde. Es ist eine sehr gefährliche Sache, seine Freunde zu kennen.«

»Gib lieber darauf acht, dich trocken zu halten«, sagte die Leuchtkugel, »das ist die Hauptsache.«
»Für dich wohl, davon bin ich überzeugt«, bemerkte die Rakete, »aber ich weine, wann es mir beliebt.« Und jetzt brach sie tatsächlich in wirkliche Tränen aus, die den Stab herunterliefen wie Regentropfen, so daß zwei kleine Käfer beinahe darin ertrunken wären, die gerade daran dachten, sich ein eigenes Heim zu gründen und sich nach einer trockenen Stelle dafür umsahen.
»Sie muß wirklich sehr romantisch veranlagt sein,« sagte das Feuerrad, »denn sie weint, wo gar nichts zu weinen ist«, und es stieß einen tiefen Seufzer aus und dachte an seine Spanschachtel. Aber die römische Kerze und das bengalische Feuer waren sehr indigniert und riefen ganz laut »Schwindel! Schwindel!« Sie waren außerordentlich praktisch gesinnt, und wenn ihnen etwas nicht paßte, nannten sie es immer gleich Schwindel. Da ging der Mond auf wie ein wundervoller silberner Schild, und die Sterne begannen zu leuchten, und Musik tönte vom Palast her.
Der Prinz und die Prinzessin führten den Tanz. Sie tanzten so schön, daß die hohen weißen Lilien durch das Fenster hinein zuschauten, und die großen roten Klatschrosen wiegten die Köpfe und schlugen den Takt.
Dann tönte die Uhr zehn und dann elf und dann zwölf, und mit dem letzten Schlag Mitternacht kamen sie alle heraus auf die Terrasse, und der König schickte nach dem Hofpyrotechniker.
»Das Feuerwerk soll beginnen«, sagte der König, und der Hofpyrotechniker machte eine tiefe Verbeugung und begab sich hinüber an das Ende des Parkes. Er hatte sechs Gehilfen bei sich, und jeder von ihnen trug an einer langen Stange eine brennende Fackel. Es war ein herrliches Schauspiel.
»Uitz! Uitz!« machte das Feuerrad, als es sich immer rundum drehte. »Bum! Bum!« dröhnte die römische Kerze. Dann

tanzten die Schwärmer über den ganzen Platz, und das bengalische Feuer machte alles scharlachrot. »Lebt wohl!« rief die Feuerkugel, als sie fortschwirrte und kleine blaue Funken niederschickte. »Krak! Krak!« antworteten die Feuerfrösche, die sich herrlich amüsierten. So hatte jedes einen großen Erfolg mit Ausnahme der bedeutenden Rakete. Sie war vom Weinen so feucht geworden, daß sie überhaupt nicht auffliegen konnte. Denn das Beste an ihr war das Schießpulver, und das war von den Tränen so naß, daß es versagte. Alle ihre armseligen Verwandten, zu denen sie nie anders als mit einem höhnischen Lächeln sprach, stiegen zum Himmel auf wie wundervolle goldene Blumen mit feurigen Blüten. »Hurra! Hurra!« rief der Hof, und die kleine Prinzessin lachte laut auf vor Vergnügen.
»Ich vermute, sie heben mich für eine ganz besonders große Gelegenheit auf,« sagte die Rakete, »ja ja, so ist es«, und sie sah hochmütiger aus als je.
Am nächsten Morgen kamen die Arbeitsleute, um alles wieder in Ordnung zu bringen. »Das ist sicher eine Deputation, ich will sie mit gebührender Würde empfangen«, sagte die Rakete und steckte die Nase hoch in die Luft und runzelte streng die Stirn, als ob sie über etwas sehr Wichtiges nachdächte. Aber die Leute nahmen gar keine Notiz von ihr. Erst als sie weggehen wollten, erblickte sie einer. »Da ist noch eine schlechte Rakete«, rief er und warf sie über die Mauer in den Graben.
»Schlechte Rakete? Schlechte Rakete?« sagte sie, als sie durch die Luft wirbelte. »Unmöglich? Schöne Rakete hat der Mann natürlich gesagt. Schön und schlecht, das klingt so ähnlich und ist oft dasselbe«, und sie fiel in den Schlamm.
»Behaglich ist es ja hier nicht,« bemerkte sie, »aber es wird wohl irgendein fashionabler Badeort sein, und sie haben mich hergeschickt, damit sich meine angegriffene Gesundheit kräftigt. Meine Nerven sind ohne Zweifel etwas irritiert, und ich brauche Ruhe.«

Da schwamm ein kleiner Frosch mit glänzenden gelben Augen und in einem grün gesprenkelten Rock auf sie zu.
»Ein neuer Gott wohl!« sagte der Frosch. »Es geht ja auch wahrhaftig nichts über den Schlamm. Sehen Sie, hab ich nur regnerisches Wetter und einen Graben, so bin ich vollkommen glücklich. Glauben Sie, daß es heut nachmittag regnen wird? Ich möcht es sehr wünschen, aber der Himmel ist ganz blau, und kein Wölkchen ist darauf. Wie schade!«
»Ehem! Ehem!« sagte die Rakete und begann zu husten.
»Was Sie für eine schöne Stimme haben!« rief der Frosch. »Sie klingt genau wie von einer Krähe, und die ist für mich die schönste Musik der Welt. Sie sollten heut abend unsern Gesangverein hören. Wir haben unsern Sitz in dem alten Entenpfuhl neben dem Pächterhaus, und sobald der Mond aufgeht, fangen wir an. Es ist so hinreißend, daß die Menschen wach im Bett liegen, um uns zuzuhören. Erst gestern hörte ich, wie die Pächterfrau zu ihrer Mutter sagte, daß sie unseretwegen die ganze Nacht kein Auge zutun könnte. Es freut einen doch sehr, wenn man so beliebt ist.«
»Ehem! Ehem!« sagte die Rakete geärgert. Sie ärgerte sich schrecklich, daß sie kein Wort dazwischenreden konnte.
»Eine köstliche Stimme«, fuhr der Frosch fort. »Hoffentlich kommen Sie mal zum Entenpfuhl rüber. Jetzt muß ich mal nach meinen Töchtern sehen. Ich habe nämlich sechs schöne Töchter und fürchte, der Hecht möchte ihnen begegnen. Er ist ein vollendetes Ungeheuer und würde sich keinen Augenblick bedenken, sie zum Frühstück zu verspeisen. Also, auf Wiedersehen! Ich kann Ihnen die Versicherung geben, daß mich unsere Unterhaltung sehr erfreut hat.«
»Eine nette Unterhaltung das«, sagte die Rakete. »Sie haben die ganze Zeit allein gesprochen. Das nenne ich keine Unterhaltung.« »Einer muß zuhören«, antwortete der Frosch, »und ich übernehme das Sprechen gern. Das spart Zeit und läßt keinen

Streit aufkommen.« »Aber ich mag Streit gern«, sagte die Rakete.
»Hoffentlich nicht«, sagte der Frosch höflich. »Streit ist etwas ganz Ordinäres, denn in der guten Gesellschaft haben alle dieselbe Meinung. Also nochmals: auf Wiedersehen – da drüben sind meine Töchter«, und der kleine Frosch schwamm fort.
»Sie sind eine aufdringliche Person«, sagte die Rakete, »und ohne jede Erziehung. Ich hasse Leute, die wie Sie immer von sich selbst reden, wenn man wie ich von sich reden will. Das nenne ich Egoismus, und Egoismus ist etwas ganz Abscheuliches, besonders für jemand von meinem Temperament, denn ich bin wegen meines sympathischen Naturells allgemein beliebt. Sie sollten sich wirklich an mir ein Beispiel nehmen, Sie könnten gar kein besseres Vorbild finden. Und jetzt, wo sich die Gelegenheit bietet, sollten Sie sie benutzen, denn ich gehe sehr bald wieder zurück zu Hof, wo ich sehr beliebt bin. Mir zu Ehren wurden gestern der Prinz und die Prinzessin verheiratet. Natürlich wissen Sie von alldem nichts, denn Sie sind vom Lande.«
»Es hat keinen Zweck, ihm was zu erzählen,« sagte eine Libelle, die auf einer großen braunen Binse saß, »gar keinen Zweck, denn er ist schon weg.«
»Das ist sein Schade, nicht der meine«, erwiderte die Rakete. »Ich denke nicht daran, bloß deshalb mit ihm zu sprechen aufzuhören, weil er nicht zuhört. Ich höre mich selbst sehr gern sprechen. Es ist mein größtes Vergnügen. Ich führe oft lange Unterhaltungen mit mir selber, und ich bin so gescheit, daß ich manchmal nicht ein Wort von alldem verstehe, was ich sage.«
»Dann sollten Sie Vorlesungen über Philosophie halten«, sagte die Libelle; und sie breitete ein paar entzückende Gazeflügel aus und schwirrte davon.
»Wie töricht von ihr, daß sie nicht hierblieb«, sagte die Rakete. »Ich bin überzeugt, sie findet nicht oft eine solche Gelegenheit,

etwas für ihre Bildung zu tun. Aber mir ist das schließlich gleichgültig. Ein Genie wie ich findet früher oder später seine Anerkennung«; und sie sank noch ein bißchen tiefer in den Schlamm.

Nach einer Weile kam eine große weiße Ente angeschwommen. Sie hatte gelbe Beine und Schwimmhäute an den Füßen und galt für eine große Schönheit wegen ihres Watschelns.

»Quak, quak, quak,« sagte sie, »was für ein komisches Gestell du bist? Darf ich fragen, ob du schon so auf die Welt gekommen bist oder ob das die Folge eines Unfalls ist?«

»Es ist klar, daß Sie immer nur auf dem Lande gelebt haben,« bemerkte die Rakete, »sonst würden Sie wissen, wer ich bin. Übrigens verzeihe ich Ihnen Ihre Unwissenheit. Es wäre unbillig, von andern Leuten zu verlangen, daß sie so ungewöhnlich und außerordentlich sind, wie man selber ist. Es wird Sie zweifellos überraschen zu hören, daß ich zum Himmel fliegen und in einem Schauer von goldnem Regen wieder auf die Erde herunterkommen kann.«

»Davon halt ich nicht viel,« sagte die Ente, »denn ich seh nicht ein, wozu das gut sein soll. Ja, wenn du die Felder pflügen könntest wie der Ochse oder einen Wagen ziehen wie das Pferd oder die Schafe hüten wie der Schäferhund, das wäre noch was.«

»Ach Sie Ärmste!« rief die Rakete sehr überlegen, »ich sehe, daß Sie zum untern Stand gehören. Jemand von meinem Rang ist nie nützlich. Wir haben eine gewisse Bildung, und das ist mehr als genügend. Ich habe keinerlei Sympathie für irgendwelche Tätigkeit, am allerwenigsten für eine, die Sie da zu empfehlen scheinen. Ich bin immer der Meinung gewesen, daß zur Arbeit nur jene Leute ihre Zuflucht nehmen, die gar nichts zu tun haben.«

»Jaja,« sagte die Ente, die sehr friedselig war und nie mit irgend jemandem Streit anfing, »jaja, der Geschmack ist verschieden. Aber ich hoffe doch, daß Sie sich hier dauernd niederlassen, nicht?«

»Fällt mir nicht ein!« rief die Rakete. Ich bin nur zu Besuch hier, ein vornehmer Besuch. Und finde den Ort höchst langweilig. Hier ist weder Gesellschaft noch Einsamkeit. Es ist wie in einer Vorstadt. Wahrscheinlich geh ich wieder zu Hof zurück, denn ich weiß, ich bin dazu bestimmt, Aufsehen in der Welt zu erregen.«

»Ich hatte mich auch einst mit dem Gedanken beschäftigt, ins öffentliche Leben zu treten,« bemerkte die Ente, »es gibt da so vieles, was reformbedürftig ist. Ich habe auch wirklich einmal den Vorsitz in einer Versammlung geführt, und wir faßten Resolutionen, die alles verurteilten, was wir nicht leiden mochten. Aber es scheint, daß sie nicht viel erreicht haben. Jetzt geh ich ganz in der Häuslichkeit auf und kümmere mich nur noch um meine Familie.«

»Ich bin für das öffentliche Leben geschaffen,« sagte die Rakete, »ich und alle meine Verwandten bis zu den geringsten von ihnen. Wann immer wir erscheinen, erregen wir Aufsehen. Ich bin selbst noch nicht öffentlich aufgetreten, aber wenn es dazu kommt, wird es ein ganz herrlicher Anblick sein. Was die Häuslichkeit angeht, macht einen die früh alt und lenkt einen von den höheren Dingen ab.«

»Ach ja, die höheren Dinge des Lebens, die sind schön!« sagte die Ente; »und das erinnert mich daran, wie hungrig ich bin.« Sie schwamm den Bach hinunter und machte »quak, quak, quak«.

»Komm doch zurück! Komm zurück!« schrie die Rakete, »ich hab dir noch eine ganze Menge zu sagen«; aber die Ente kümmerte sich gar nicht mehr um sie.

»Ich bin froh, daß sie fort ist,« sagte sich die Rakete, »sie hat entschieden was Kleinbürgerliches«, und sie sank noch ein bißchen tiefer in den Schlamm und begann über die Einsamkeit des Genies nachzudenken, als auf einmal zwei kleine Jungen in weißen Kitteln den Graben entlanggelaufen kamen, mit einem Kessel und einem Reisigbündel.

»Das muß die Deputation sein«, sagte die Rakete und versuchte, sehr würdig dreinzuschauen.
»Holla!« rief einer der Buben, »schau mal da den alten Stecken! Wie der wohl dahergekommen ist«, und er holte die Rakete aus dem Schlamm heraus.
»Alter Stecken?« sagte die Rakete, »Unsinn! Er sagte natürlich goldner Stock, und das ist ein großes Kompliment. Er hält mich wahrscheinlich für einen Hofwürdenträger.«
»Wir wollen ihn ins Feuer legen,« sagte der andere Junge, »dann kocht unser Topf schneller.«
Also richteten sie das Reisig, legten die Rakete oben drauf und zündeten ein Feuer an.
»Das ist herrlich!« rief die Rakete, »sie lassen mich bei hellem Tageslicht aufsteigen, damit mich jeder sehen kann.«
»Jetzt wollen wir ein wenig schlafen,« sagten die Jungen, »und wenn wir aufwachen, wird das Wasser kochen.« Und sie legten sich ins Gras und schlossen die Augen.
Die Rakete war sehr feucht, und es brauchte eine lange Weile, bis sie Feuer fing. Endlich kam sie doch ins Brennen.
»Jetzt steig ich auf«, rief die Rakete und machte sich ganz steif und gerade. »Ich weiß, daß ich viel höher steigen werde als die Sterne, viel höher als der Mond, viel höher als die Sonne. Ich werde so hoch steigen, daß –.«
»Fizz! Fizz! Fizz!« und sie stieg kerzengerade in die Luft.
»Herrlich!« rief sie, »Und so gehts nun weiter in alle Ewigkeit. Was ein Sukzeß!«
Aber niemand sah sie.
Da fühlte sie ein eigentümliches Prickeln im ganzen Leibe.
»Jetzt werde ich explodieren«, rief sie. »Ich werde die ganze Welt in Brand setzen und dabei einen sochen Lärm machen, daß ein ganzes Jahr lang kein Mensch von was anderem wird sprechen können.« Und sie explodierte wirklich. »Krach! Krach! Pffft!« machte das Schießpulver. Darüber gabs keinen Zweifel.

Aber niemand hörte sie, nicht einmal die zwei kleinen Jungen, denn die waren fest eingeschlafen.
»Um Gottes willen!« schrie die Gans auf, »es regnet Stöcke!« und sie schoß ins Wasser.
»Ich wußte doch, ich würde ein riesiges Aufsehen machen«, hauchte die Rakete und ging aus.

DAS GESPENST VON CANTERVILLE

Als Mr. Hiram B. Otis, der amerikanische Gesandte, Schloß Canterville kaufte, sagte ihm ein jeder, daß er sehr töricht daran täte, da dieses Schloß ohne Zweifel verwünscht sei.

Sogar Lord Canterville selbst, ein Mann von peinlichster Ehrlichkeit, hatte es als seine Pflicht betrachtet, diese Tatsache Mr. Otis mitzuteilen, bevor sie den Verkauf abschlossen.

»Wir haben selbst nicht in dem Schloß gewohnt,« sagte Lord Canterville, »seit meine Großtante, die Herzoginmutter von Bolton, einst vor Schreck in Krämpfe verfiel, von denen sie sich nie wieder erholte, weil ein Skelett seine beiden Hände ihr auf die Schultern legte, als sie gerade beim Ankleiden war. Ich fühle mich verpflichtet, es Ihnen zu sagen, Mr. Otis, daß der Geist noch jetzt von verschiedenen Mitgliedern der Familie Canterville gesehen worden ist, sowie auch vom Geistlichen unserer Gemeinde, Hochwürden Augustus Dampier, der in King's College, Cambridge, den Doktor gemacht hat. Nach dem Malheur mit der Herzogin wollte keiner unserer

Dienstboten mehr bei uns bleiben, und Lady Canterville konnte seitdem des Nachts häufig nicht mehr schlafen vor lauter unheimlichen Geräuschen, die vom Korridor und von der Bibliothek herkamen.«

»Mylord,« antwortete der Gesandte, »ich will die ganze Einrichtung und den Geist dazu kaufen. Ich komme aus einem modernen Lande, wo wir alles haben, was mit Geld zu bezahlen ist; und ich meine, mit all unsern smarten jungen Leuten, die Ihnen Ihre besten Tenöre und Primadonnen abspenstig machen, daß, gäbe es wirklich noch so etwas wie ein Gespenst in Europa, wir dieses in allerkürzester Zeit drüben haben würden, entweder bei Barnum oder auf dem Jahrmarkt.«

»Ich fürchte, das Gespenst existiert wirklich,« sagte Lord Canterville lächelnd, »wenn es auch bis jetzt Ihren Impresarios gegenüber sich ablehnend verhalten hat. Seit drei Jahrhunderten ist es wohlbekannt, genau gesprochen seit 1584, und es erscheint regelmäßig, kurz bevor ein Glied unserer Familie stirbt.«

»Nun, was das anbetrifft, das macht der Hausarzt gerade so, Lord Canterville. Aber es gibt ja doch gar keine Gespenster, und ich meine, daß die Gesetze der Natur sich nicht der britischen Aristokratie zuliebe aufheben lassen.«

»Sie sind jedenfalls sehr aufgeklärt in Amerika,« antwortete Lord Canterville, der Mr. Otis' letzte Bemerkung nicht ganz verstanden hatte, »und wenn das Gespenst im Hause Sie nicht weiter stört, so ist ja alles in Ordnung. Sie sollen nur nicht vergessen, daß ich Sie gewarnt habe.«

»Wenige Wochen später war der Kauf abgeschlossen, und gegen Ende der Saison bezog der Gesandte mit seiner Familie Schloß Canterville. Mrs. Otis, die als Miß Lucretia R. Tappan, W. 53. Straße, New York, für eine große Schönheit gegolten hatte, war jetzt eine sehr hübsche Frau in mittleren Jahren, mit schönen Augen und einem tadellosen Profil. Viele Amèrikanerinnen, die ihre Heimat verlassen, nehmen mit der Zeit das Gebaren einer chronischen Kränklichkeit an, da sie dies für ein Zeichen europäischer Kultur ansehen, aber Mrs. Otis war nie in diesen Irrtum verfallen. Sie besaß eine vortreffliche Konstitution und einen hervorragenden Unternehmungsgeist. So war sie wirklich in vieler Hinsicht völlig englisch und ein vorzügliches Beispiel für die Tatsache, daß wir heutzutage alles mit Amerika gemein haben, ausgenommen natürlich die Sprache. Ihr ältester Sohn, den die Eltern in einem heftigen Anfall von Patriotismus Washington genannt hatten, was er zeit seines Lebens beklagte, war ein blonder, hübscher junger Mann, der sich dadurch für den diplomatischen Dienst geeignet gezeigt hatte, daß er im Newport Casino während dreier Winter die Françaisen kommandierte und sogar in London als vorzüglicher Tänzer galt. Gardenien und der Gotha waren seine einzigen Schwächen. Im übrigen war er außerordentlich vernünftig. Miß Virginia E. Otis war ein kleines Fräulein von fünfzehn Jahren, graziös und lieblich wie ein junges Reh und mit schönen, klaren blauen Augen. Sie saß brillant zu Pferde und hatte einmal auf ihrem Pony mit dem alten Lord Bilton ein Wettrennen um den Park veranstaltet, wobei sie mit 1 1/2 Pferdelängen Siegerin geblieben war, gerade vor der Achillesstatue, zum ganz besonderen Entzücken des jungen Herzogs von Cheshire, der sofort um ihre Hand anhielt und noch denselben Abend unter Strömen von Tränen nach Eton in seine Schule zurückgeschickt wurde. Nach Virginia kamen die Zwillinge, entzükkende Buben, die in der Familie, mit Ausnahme des Herrn vom Hause natürlich, die einzigen wirklichen Republikaner waren. Da Schloß Canterville acht Meilen von der nächsten Eisenbahnstation Ascot entfernt liegt, hatte Mr. Otis den Wagen bestellt, sie da abzuholen, und die Familie befand sich in der heitersten Stimmung. Es war ein herrlicher Juliabend, und die Luft war voll vom frischen Duft der nahen Tannenwälder. Ab und zu ließ sich die süße Stimme der Holztaube in der Ferne hören, und ein buntglänzender Fasan raschelte durch die hohen Farnkräuter am Wege. Eichhörnchen blickten den Amerikanern von den hohen Buchen neugierig nach, als sie vorbeifuhren, und die wilden Kaninchen ergriffen die Flucht und schossen durch das Unterholz und die moosigen Hügelchen dahin, die weißen Schwänzchen hoch in der Luft. Als man in den Park von Schloß Canterville einbog, bedeckte sich der Himmel plötzlich mit dunklen Wolken; die Luft schien gleichsam stillzustehen; ein großer Schwarm Krähen flog lautlos über ihren Häuptern dahin, und ehe man noch das Haus erreichte, fiel der Regen in dicken, schweren Tropfen.

Auf der Freitreppe empfing sie eine alte Frau in schwarzer Seide mit weißer Haube und Schürze: das war Mrs. Umney, die Wirtschafterin, die Mrs. Otis auf Lady Cantervilles inständiges Bitten in ihrer bisherigen Stellung behalten wollte. Sie machte jedem einen tiefen Knicks, als sie nacheinander ausstiegen, und sagte in einer eigentümlich altmodischen Art: »Ich heiße Sie auf Schloß Canterville willkommen.« Man folgte ihr ins Haus, durch die schöne alte Tudorhalle in die Bibliothek, ein langes, niedriges Zimmer mit Täfelung von schwarzem Eichenholz und einem großen bunten Glasfenster. Hier war der Tee für die Herrschaften gerichtet, und nachdem sie sich ihrer Mäntel entledigt, setzten sie sich und sahen sich um, während Mrs. Umney sie bediente.

Da bemerkte Mrs. Otis plötzlich einen großen roten Fleck auf dem Fußboden, gerade vor dem Kamin, und in völliger Unkenntnis von dessen Bedeutung sagte sie zu Mrs. Umney: »Ich fürchte, da hat man aus Unvorsichtigkeit etwas verschüttet.«

»Ja, gnädige Frau,« erwiderte die alte Haushälterin leise, »auf jenem Fleck ist Blut geflossen.«

»Wie gräßlich!« rief Mrs. Otis. »Ich liebe durchaus nicht Blutflecke in einem Wohnzimmer. Er muß sofort entfernt werden.«

Die alte Frau lächelte und erwiderte mit derselben leisen, geheimnisvollen Stimme: »Es ist das Blut von Lady Eleanore de Canterville, welche hier auf dieser Stelle von ihrem eigenen Gemahl, Sir Simon de Canterville, im Jahre 1575 ermordet wurde. Sir Simon überlebte sie um neun Jahre und verschwand dann plötzlich unter ganz geheimnisvollen Umständen. Sein Leichnam ist nie gefunden worden, aber sein schuldbeladener Geist geht noch jetzt hier im Schlosse um. Der Blutfleck wurde schon oft von Reisenden bewundert und kann durch nichts entfernt werden.«

»Das ist alles Humbug,« rief Washington Otis, »Pinkertons Universal-Fleckenreiniger wird ihn im Nu beseitigen«, und ehe noch die erschrockene Haushälterin ihn davon zurückhalten konnte, lag er schon auf den Knien und scheuerte die Stelle am Boden mit einem kleinen Stumpf von etwas, das schwarzer Bartwichse ähnlich sah. In wenigen Augenblicken war keine Spur mehr von dem Blutfleck zu sehen.

»Na, ich wußte ja, daß Pinkerton das machen würde«, rief er triumphierend, während er sich zu seiner bewundernden Familie wandte; aber kaum hatte er diese Worte gesagt, da erleuchtete ein greller Blitz das düstere Zimmer, und ein tosender Donnerschlag ließ sie alle in die Höhe fahren, während Mrs. Umney in Ohnmacht fiel. »Was für ein schauderhaftes Klima!« sagte der amerikanische Gesandte ruhig, während er sich eine neue Zigarette ansteckte. »Wahrscheinlich ist dieses alte Land so übervölkert, daß sie nicht mehr genug anständiges Wetter für jeden haben. Meiner Ansicht nach ist Auswanderung das einzig Richtige für England.« »Mein lieber Hiram,« sprach Mrs. Otis, »was sollen wir bloß mit einer Frau anfangen, die ohnmächtig wird?«

»Rechne es ihr an, als ob sie etwas zerschlagen hätte, dann wird es nicht wieder vorkommen«, sagte der Gesandte, und in der Tat, schon nach wenigen Augenblicken kam Mrs. Umney wieder zu sich. Aber es war kein Zweifel, daß sie sehr aufgeregt war, und sie warnte Mr. Otis, es stände seinem Hause ein Unglück bevor. »Ich habe mit meinen eigenen Augen Dinge gesehen, Herr,« sagte sie, »daß jedem Christenmenschen die Haare davon zu Berge stehen würden, und manche Nacht habe ich kein Auge zugetan aus Furcht vor dem Schrecklichen, das hier geschehen ist.« Jedoch Herr und Frau Otis beruhigten die ehrliche Seele, erklärten, daß sie sich nicht vor Gespenstern fürchteten, und nachdem die alte Haushälterin noch den Segen der Vorsehung auf ihre neue Herrschaft herabgefleht und um Erhöhung ihres Gehaltes gebeten hatte, schlich sie zitternd auf ihre Stube.

II

Der Sturm wütete die ganze Nacht hindurch, aber sonst ereignete sich nichts von besonderer Bedeutung. Am nächsten Morgen jedoch, als die Familie zum Frühstück herunterkam, fanden sie den fürchterlichen Blutfleck wieder unverändert auf dem Fußboden. »Ich glaube nicht, daß die Schuld hiervon am Paragon-Fleckenreiniger liegt,« erklärte Washington, »denn den habe ich immer mit Erfolg angewendet – es muß also das Gespenst sein.« Er rieb nun zum zweitenmal den Fleck weg, aber am nächsten Morgen war er gleichwohl wieder da. Ebenso am dritten Morgen, obwohl Mr. Otis selbst die Bibliothek am Abend vorher zugeschlossen und den Schlüssel in die Tasche gesteckt hatte. Jetzt interessierte sich die ganze Familie für die Sache. Mr. Otis fing an zu glauben, daß es doch allzu skeptisch von ihm gewesen sei, die Existenz aller Gespenster zu leugnen. Mrs. Otis sprach die Absicht aus, der Psychologischen Gesellschaft beizutreten, und Washington schrieb einen langen Brief an die Herren Myers & Podmore über die Unvertilgbarkeit blutiger Flecken im Zusammenhang mit Verbrechen. In der darauffolgenden Nacht nun wurde jeder Zweifel an der Existenz von Gespenstern für immer endgültig beseitigt. Den Tag über war es heiß und sonnig gewesen, und in der Kühle des Abends fuhr die Familie spazieren. Man kehrte erst gegen neun Uhr zurück, worauf das Abendessen eingenommen wurde. Die Unterhaltung berührte in keiner Weise Gespenster, es war also nicht einmal die Grundbedingung jener erwartungsvollen Aufnahmefähigkeit gegeben, welche so oft dem Erscheinen solcher Phänomene vorangeht. Die Gesprächsthemata waren, wie mir Mrs. Otis seitdem mitgeteilt hat, lediglich solche, wie sie unter gebildeten Amerikanern der besseren Klasse üblich sind, wie z. B. die ungeheure Überlegenheit von Miß Fanny Davenport über Sarah Bernhard als Schauspielerin; die Schwierigkeit, Grünkern- und Buchweizenkuchen selbst in den besten englischen Häusern zu bekommen; die hohe Bedeutung von Boston in Hinsicht auf die Entwicklung der Weltseele; die Vorzüge des Freigepäcksystems beim Eisenbahnfahren; und die angenehme Weichheit des New Yorker Akzents im Gegensatz zum schleppenden Londoner Dialekt. In keiner Weise wurde weder das Übernatürliche berührt, noch von Sir Simon de Canterville gesprochen. Um elf Uhr trennte man sich, und eine halbe Stunde darauf war bereits alles dunkel. Da plötzlich wachte Mr. Otis von einem Geräusch auf dem Korridor vor seiner Tür auf. Es klang wie Rasseln von Metall und schien mit jedem Augenblick näher zu kommen. Der Gesandte stand sofort auf, zündete Licht an und sah nach der Uhr. Es war Punkt eins. Er war ganz ruhig und fühlte sich den Puls, der nicht im geringsten fieberhaft war. Das sonderbare Geräusch dauerte fort, und er hörte deutlich Schritte. Er zog die Pantoffeln an, nahm eine längliche Phiole von seinem Toilettentisch und öffnete die Tür. Da sah er, sich direkt gegenüber, im blassen Schein des Mondes, einen alten Mann von ganz greulichem Aussehen stehen. Des Alten Augen waren rot wie brennende Kohlen; langes graues Haar fiel in wirren Locken über seine Schultern; seine Kleidung, von altmodischem Schnitt, war beschmutzt und zerrissen, und schwere rostige Fesseln hingen ihm an Füßen und Händen. »Mein lieber Herr,« sagte Mr. Otis, »ich muß Sie schon bitten, Ihre Ketten etwas zu schmieren, und ich habe Ihnen zu dem Zweck hier eine kleine Flasche von Tammanys Rising Sun Lubricator mitgebracht. Man sagt, daß schon ein einmaliger Gebrauch genügt, und auf der Enveloppe finden Sie die glänzendsten Atteste hierüber von unsern hervorragendsten einheimischen Geistlichen. Ich werde es Ihnen hier neben das Licht stellen und bin mit Vergnügen bereit, Ihnen auf Wunsch mehr davon zu besorgen.« Mit diesen Worten stellte der Gesandte der Unionstaaten das Fläschchen auf einen Marmortisch, schloß die Tür und legte sich wieder zu Bett.

Für einen Augenblick war das Gespenst von Canterville ganz starr vor Entrüstung; dann schleuderte es die Flasche wütend auf den Boden und floh den Korridor hinab, indem es ein dumpfes Stöhnen ausstieß und ein gespenstisch grünes Licht um sich verbreitete. Als es gerade die große eichene Treppe erreichte, öffnete sich eine Tür, zwei kleine weißgekleidete Gestalten erschienen, und ein großes Kissen sauste an seinem Kopf vorbei. Da war augenscheinlich keine Zeit zu verlieren, und indem es hastig die vierte Dimension als Mittel zur Flucht benutzte, verschwand es durch die Täfelung; worauf das Haus ruhig wurde.

Als das Gespenst ein kleines geheimes Zimmer im linken Schloßflügel erreicht hatte, lehnte es sich erschöpft gegen einen Mondstrahl, um erst wieder zu Atem zu kommen, und versuchte sich seine Lage klarzumachen. Niemals war es in seiner glänzenden und ununterbrochenen Laufbahn von dreihundert Jahren so gröblich beleidigt worden. Es dachte an die Herzoginmutter, die bei seinem Anblick Krämpfe bekommen hatte, als sie in ihren Spitzen und Diamanten vor dem Spiegel stand; an die vier Hausmädchen, die hysterisch wurden, als es sie bloß durch die Vorhänge eines der unbewohnten Schlafzimmer hin-

durch anlächelte; an den Pfarrer der Gemeinde, dessen Licht es eines Nachts ausgeblasen, als derselbe einmal spät aus der Bibliothek kam, und der seitdem beständig bei Sir William Gull, geplagt von Nervenstörungen, in Behandlung war; an die alte Madame du Tremoullac, die, als sie eines Morgens früh aufwachte und in ihrem Lehnstuhl am Kamine ein Skelett sitzen sah, das ihr Tagebuch las, darauf sechs Wochen fest im Bett lag an der Gehirnentzündung und nach ihrer Genesung eine treue Anhängerin der Kirche wurde und jede Verbindung mit dem bekannten Freigeist Monsieur de Voltaire abbrach.
Es erinnerte sich der entsetzlichen Nacht, als der böse Lord Canterville in seinem Ankleidezimmer halb erstickt gefunden wurde mit dem Karobuben im Halse und gerade noch, ehe er starb, beichtete, daß er Charles James Fox vermittelst dieser Karte bei Crockfords um 50000 Pfund Sterling betrogen hatte und daß ihm nun das Gespenst die Karte in den Hals gesteckt habe.
Alle seine großen Taten kamen ihm ins Gedächtnis zurück, von dem Kammerdiener an, der sich in der Kirche erschoß, weil er eine grüne Hand hatte an die Scheiben klopfen sehen, bis zu der schönen Lady Stutfield, die immer ein schwarzes Samtband um den Hals tragen mußte, damit die Spur von fünf in ihre weiße Haut eingebrannten Fingern verdeckt wurde, und die sich schließlich in dem Karpfenteich am Ende der Königspromenade ertränkte. Mit dem begeisterten Egoismus des echten Künstlers versetzte es sich im Geiste wieder in seine hervorragendsten Rollen und lächelte bitter, als es an sein letztes Auftreten als »Roter Reuben oder das erwürgte Kind« dachte, oder sein Debüt als »Riese Gibeon, der Blutsauger von Beley Moor« und das Furore, das es eines schönen Juliabends gemacht hatte, als es ganz einfach auf dem Tennisplatz mit seinen eigenen Knochen Kegel spielte. Und nach alledem kommen solche elende moderne Amerikaner, bieten ihm Rising Sun-Öl an und wer-

fen ihm Kissen an den Kopf! Es war nicht auszuhalten. So war noch niemals in der Weltgeschichte ein Gespenst behandelt worden. Es schwur demgemäß Rache und blieb bis Tagesanbruch in tiefe Gedanken versunken.

III

Als am nächsten Morgen die Familie Otis zum Frühstück zusammenkam, wurde das Gespenst natürlich des längeren besprochen. Der Gesandte der Unionstaaten war selbstverständlich etwas ungehalten, daß sein Geschenk so mißachtet worden war. »Ich habe durchaus nicht die Absicht,« erklärte er, »dem Geist irgendeine persönliche Beleidigung zuzufügen, und ich muß sagen, daß es aus Rücksicht auf die lange Zeit, die er nun schon hier im Hause wohnt, nicht höflich ist, ihn mit Kissen zu bewerfen«, – eine sehr wohlangebrachte Bemerkung, bei welcher, wie ich leider gestehen muß, die Zwillinge in ein lautes Gelächter ausbrachen. »Andererseits,« fuhr Mr. Otis fort, »wenn er wirklich und durchaus den Rising Sun Lubricator nicht benutzen will, so werden wir ihm seine Ketten fortnehmen müssen; bei dem Lärm auf dem Korridor kann man ganz unmöglich schlafen.«

Die Schloßbewohner blieben jedoch die ganze Woche hindurch ungestört, und das einzige, was ihre Aufmerksamkeit erregte, war die beständige Erneuerung des Blutflecks auf dem Boden der Bibliothek. Das war jedenfalls sehr sonderbar, da die Tür und das Fenster des Nachts immer fest verschlossen und verriegelt waren. Auch die wechselnde Farbe des Flecks rief die verschiedensten Vermutungen hervor. Denn zuweilen war er ganz mattrot, dann wieder leuchtend, oder auch tiefes Purpur, und als einmal die Familie zur Vesper herunterkam, fand sie ihn hell smaragdgrün! Diese koloristischen Metamorphosen amüsierten natürlich die Gesellschaft sehr, und jeden

Abend wurden schon Wetten darüber geschlossen. Die einzige, welche nicht auf diesen und keinen andern Scherz einging, war die kleine Virginia, die aus irgendeinem unaufgeklärten Grunde immer sehr betrübt beim Anblick des Blutflecks war und an dem Morgen, an dem er smaragdgrün leuchtete, bitterlich zu weinen anfing.
Das zweite Auftreten des Gespenstes war am Sonntagabend. Kurz nachdem auch die männlichen Erwachsenen zu Bett gegangen waren, wurden sie plötzlich durch ein furchtbares Getöse in der Eingangshalle aufgeschreckt. Alle stürzten hinunter und fanden dort, daß eine alte Rüstung von ihrem Ständer auf den Steinboden gefallen war, während das Gespenst von Canterville in einem hochlehnigen Armstuhl saß und sich seine Knie mit einer Gebärde verzweifelten Schmerzes rieb. Die Zwillinge hatten ihre Flitzbogen mitgebracht und schossen zweimal nach ihm mit einer Treffsicherheit, die sie sich durch lange sorgfältige Übungen nach ihrem Schreiblehrer erworben hatten. Der Gesandte der Unionstaaten richtete unterdessen seinen Revolver auf den Geist und rief ihm nach kalifornischer Etikette zu: »Hände hoch!« Der Geist fuhr mit einem wilden Wutgeheul in die Höhe und mitten durch die Familie hin wie ein Rauch, indem er noch Washingtons Kerzenlicht ausblies und sie alle in völliger Dunkelheit zurückließ. Oben an der Treppe erholte sich das Gespenst wieder und beschloß, in sein berühmtes diabolisches Gelächter auszubrechen; das hatte sich ihm bei mehr als einer Gelegenheit schon als nützlich erwiesen. Es soll Lord Rakers Perücke in einer einzigen Nacht gebleicht haben und hat jedenfalls drei der französischen Gouvernanten von Lady Canterville so entsetzt, daß sie vor der Zeit und ohne Kündigung ihre Stellung aufgaben. So lachte er denn also jetzt dieses sein fürchterlichstes Lachen, bis das alte hochgewölbte Dach davon gellte; aber kaum war das letzte grausige Echo verhallt, da öffnete sich eine Tür, und Mrs. Otis kam heraus in einem hell-

blauen Morgenrock. »Ich fürchte, Ihnen ist nicht ganz wohl,« sagte sie, »und deshalb bringe ich Ihnen hier eine Flasche von Dr. Dobells Tropfen. Wenn es Verdauungsbeschwerden sind, so werden Sie finden, daß sie ein ganz vorzügliches Mittel sind.« Der Geist betrachtete sie zornrot und wollte sich auf der Stelle in einen großen schwarzen Hund verwandeln, ein Kunststück, wodurch er mit Recht berühmt war und dem der Hausarzt die Geistesgestörtheit von Lord Cantervilles Onkel, Herrn Thomas Horton, zuschrieb. Da hörte er aber Schritte, und das ließ ihn von seinem grausen Vorhaben abstehen; er begnügte sich damit, phosphoreszierend zu werden und verschwand mit einem dumpfen Kirchhofswimmern gerade in dem Moment, als die Zwillinge auf ihn zukamen.
Als der Geist sein Zimmer erreicht hatte, brach er völlig zusammen und verfiel in einen Zustand heftiger Gemütsbewegung. Die Roheit der Zwillinge und der krasse Materialismus von Mrs. Otis waren natürlich außerordentlich verstimmend, aber was ihn am meisten betrübte, war doch, daß er die alte Rüstung nicht mehr hatte tragen können. Er hatte gehofft, daß sogar moderne Amerikaner erschüttert sein würden beim Anblick eines Gespenstes in Waffenrüstung, wenn auch aus keinem andern vernünftigen Grunde, so doch aus Achtung vor ihrem Nationalpoeten Longfellow, bei dessen graziöser und anziehender Poesie er selbst so manche Stunde hingebracht hatte, während die Cantervilles in London waren. Und dabei war es noch seine eigene Rüstung! Er hatte sie mit großem Erfolg auf dem Turnier in Kenilworth getragen und darüber von niemand Geringerem als der jungfräulichen Königin selber viel Schmeichelhaftes gesagt bekommen. Und als er die Rüstung heute anlegen wollte, hatte ihn das Gewicht des alten Panzers und Stahlhelmes so erdrückt, daß er darunter zu Boden gestürzt war, sich beide Knie heftig zerschlagen und die rechte Hand verstaucht hatte.

Mehrere Tage lang fühlte er sich nach diesem Vorfall ernstlich krank und verließ sein Zimmer nur, um den Blutfleck in Ordnung zu halten. Da er sich sonst jedoch sehr schonte, erholte er sich bald wieder und beschloß, noch einen dritten Versuch zu machen, den Gesandten und seine Familie in Schrecken zu jagen. Er wählte zu diesem seinem Auftreten Freitag, den 13. August, und beschäftigte sich den ganzen Tag damit, seine Kleidervorräte zu prüfen, bis er schließlich einen großen weichen Hut mit roter Feder, ein Laken mit Rüschen an Hals und Armen und einen rostigen Dolch wählte. Gegen Abend kam ein heftiger Regenschauer, und der Sturm rüttelte gewaltig an allen Türen und Fenstern des alten Hauses. Das war gerade das Wetter, wie er es liebte. Sein Plan war folgender: er wollte sich ganz leise nach Washingtons Zimmer schleichen, ihm vom Fußende des Bettes aus wirres Zeug vorschwatzen und sich dann beim Klange leiser geisterhafter Musik dreimal den Dolch ins Herz stoßen. Er war auf Washington ganz besonders böse, weil er wußte, daß dieser es war, der immer wieder den Blutfleck mit Pinkertons Fleckenreiniger entfernte. Wenn er dann den frivolen und tollkühnen Jüngling in den namenlosen Schrecken versetzt hatte, so wollte er sich nach dem Schlafzimmer von Herrn und Frau Otis begeben und dort eine eiskalte Hand Mrs. Otis auf die Stirn legen, während er ihrem zitternden Mann die entsetzlichen Geheimnisse des Beinhauses ins Ohr zischelte. Was die kleine Virginia anbetraf, so war er über sie noch nicht ganz im reinen. Sie hatte ihn nie in irgendeiner Weise beleidigt und war hübsch und sanft. Einige tiefe Seufzer aus dem Kleiderschrank würden mehr als genug für sie sein, dachte er, und wenn sie davon noch nicht aufwachte, so könnte er ja mit zitternden Fingern an ihrem Bettuch zerren. In bezug auf die Zwillinge war er aber fest entschlossen, ihnen eine ordentliche Lektion zu erteilen. Das erste war natürlich, daß er sich ihnen auf die Brust setzte, um das erstickende Gefühl eines

Alpdrückens hervorzurufen. Dann würde er, da ihre Betten dicht nebeneinanderstanden, in der Gestalt eines grünen, eiskalten Leichnams zwischen ihnen stehen, bis sie vor Schrecken gelähmt waren, und zum Schluß wollte er mit weißgebleichten Knochen und einem rollenden Augapfel ums Zimmer herumkriechen als ›Stummer Daniel oder das Skelett des Selbstmörders‹. Diese Rolle hatte bei mehr als einer Gelegenheit den allergrößten Effekt gemacht und schien ihm fast so gut zu sein wie seine berühmte Darstellung des ›Martin, des Verrückten, oder das verhüllte Geheimnis‹.

Um halb elf Uhr hörte er die Familie zu Bette gehen. Er wurde noch einige Zeit durch das Lachgebrüll der Zwillinge gestört, die mit der leichtfertigen Heiterkeit von Schuljungen sich augenscheinlich herrlich amüsierten, ehe sie zu Bett gingen; aber um ein Viertel zwölf Uhr war alles still; und als es Mitternacht schlug, machte er sich auf den Weg. Die Eule schlug mit den Flügeln gegen die Fensterscheiben, der Rabe krächzte von dem altun Eichbaum, und der Wind ächzte durch das Haus wie eine verlorene Seele, aber die Familie Otis schlief, unbekümmert um das nahende Verhängnis, und durch und trotz Regen und Sturm hörte man das regelmäßige Schnarchen des Gesandten der Union. Da trat der Geist leise aus der Vertäfelung hervor, mit einem bösen Lächeln um den grausamen, faltigen Mund, so daß sogar der Mond sein Gesicht verbarg, als er an dem hohen Fenster vorüberglitt, auf dem das Wappen des Gespenstes und das seiner ermordeten Frau in Gold und Hellblau gemalt waren. Leise schlürfte er weiter, wie ein böser Schatten; die Dunkelheit selber schien sich vor ihm zu grausen, wie er vorbeihuschte. Einmal kam es ihm vor, als hörte er jemand rufen; er stand still; aber es war nur das Bellen eines Hundes auf dem nahen Bauernhof, und so schlich er weiter, während er wunderliche Flüche aus dem sechzehnten Jahrhundert vor sich hin murmelte und dann und wann mit dem rostigen Dolch in

der Luft herumstach. Nun hatte er die Ecke des Korridors erreicht, der zu des unglücklichen Washington Zimmer führte. Einen Augenblick blieb er da stehen, und der Wind blies ihm seine langen grauen Locken um den Kopf und spielte ein phantastisches und groteskes Spiel mit den unheimlichen Falten des Leichentuchs. Da schlug die Uhr ein Viertel, und er fühlte, jetzt sei die Zeit gekommen. Er lächelte zufrieden vor sich hin und machte einen Schritt um die Ecke; aber kaum tat er das, da fuhr er mit einem jammervollen Schreckenslaut zurück und verbarg sein erblaßtes Gesicht in den langen knochigen Händen: gerade vor ihm stand ein entsetzliches Gespenst, bewegungslos wie eine gemeißelte Statue und fürchterlich wie der Traum eines Wahnsinnigen! Der Kopf war kahl und glänzend, das Gesicht rund und fett und weiß, und gräßliches Lachen schien seine Züge in ein ewiges Grinsen verzerrt zu haben. Aus den Augen kamen rote Lichtstrahlen, der Mund war eine weite Feuerhöhle, und ein scheußliches Gewand, seinem eigenen ähnlich, verhüllte mit seinem schneeigen Weiß die Gestalt des Riesen. Auf seiner Brust war ein Plakat befestigt mit einer sonderbaren Schrift in alten ungewöhnlichen Buchstaben, wohl irgendein Bericht wilder Missetaten, ein schmähliches Verzeichnis schauerlicher Verbrechen, und in seiner rechten Hand hielt das Ungeheuer eine Keule von blitzendem Stahl.
Da der Geist noch nie in seinem Leben ein Gespenst gesehen hatte, so war er natürlich furchtbar erschrocken, und nachdem er noch einen zweiten hastigen Blick auf die entsetzliche Erscheinung geworfen hatte, floh er nach seinem Zimmer zurück, stolperte über sein langes Laken, als er den Korridor hinunterraste und ließ schließlich noch seinen Dolch in die hohen Jagdstiefel des Gesandten fallen, wo ihn der Kammerdiener am nächsten Morgen fand. In seinem Zimmer angekommen, warf er sich auf das schmale Feldbett und verbarg sein Gesicht unter der Decke. Nach einer Weile jedoch rührte sich der tapfere alte

Cantervillecharakter doch wieder, und der Geist beschloß, sobald der Tag graute, zu dem andern Geist zu gehen und ihn anzureden. Kaum begann es zu dämmern, da machte er sich auf und ging zur Stelle, wo seine Augen zuerst das gräßliche Phantom erblickt hatten, denn er fühlte, es sei doch schließlich angenehmer, zwei Gespenster zusammen zu sein als eines allein, und daß er mit Hilfe dieses neuen Freundes erfolgreich gegen die Zwillinge zu Felde ziehen könne. Als er jedoch an die Stelle kam, bot sich ihm ein fürchterlicher Anblick. Dem Gespenst war jedenfalls ein Unglück passiert, denn in seinen hohlen Augen war das Licht erloschen, die glänzende Keule war seiner Hand entfallen und es selber lehnte in einer höchst unbequemen gezwungenen Stellung an der Wand. Er stürzte vorwärts und zog es am Arme, da fiel zu seinem Entsetzen der Kopf ab, rollte auf den Boden, der Körper fiel in sich zusammen, und er hielt in seinen Händen eine weiße Bettgardine mit einem Besenstiel und einem Küchenbeil, während zu seinen Füßen ein hohler Kürbis lag! Unfähig, diese wunderbare Veränderung zu begreifen, packte er mit wilder Hast das Plakat, und da las er im grauen Licht des Morgens die fürchterlichen Worte:

Das Otis-Gespenst.
Der einzig wahre und originale Spuk.
Vor Nachahmung wird gewarnt.
Alle andern sind unecht.

Jetzt war ihm alles klar. Man hatte ihn zum besten gehabt, und er war hineingefallen! Der alte wilde Cantervilleblick kam in seine Augen; er kniff den zahnlosen Mund zusammen, und indem er seine knochigen Hände hoch in die Höhe warf, schwur er in der pittoresken Phraseologie des alten Stiles: wenn Chanticleer zum zweitenmal in sein lustiges Horn stieße, würden entsetzliche Bluttaten geschehen, und Mord würde auf leisen Sohlen durchs Haus schleichen.

Kaum hatte er diesen furchtbaren Schwur zu Ende geschworen, als vom roten Ziegeldach eines Bauernhofes der Hahn krähte. Das Gespenst lachte ein langes, dumpfes, bitteres Lachen und wartete. Stunde auf Stunde vorrann, aber der Hahn krähte aus irgendeinem Grunde nicht wieder. Endlich ließ ihn um halb acht das Kommen der Hausmädchen seine grausige Nachtwache aufgeben, und er ging nach seinem Zimmer, in tiefen Gedanken über seinen vergeblichen Schwur und sein vereiteltes Vorhaben. Er schlug in verschiedenen alten Ritterbüchern nach, was er außerordentlich liebte, und fand, daß noch jedesmal, wo dieser Schwur getan, Chanticleer ein zweites Mal gekräht hatte. »Zum Teufel mit dem faulen Hahn,« brummte er, »hätte ich doch den Tag erlebt, wo ich mit meinem sicheren Speer ihm durch die Gurgel gefahren wäre, und da würde er, wenn auch schon im Sterben, für mich zweimal haben krähen müssen!« Hierauf legte er sich in einem bequemen bleiernen Sarg zur Ruhe und blieb da bis zum späten Abend.

IV

Am folgenden Tage war der Geist sehr schwach und müde. Die furchtbaren Aufregungen der letzten vier Wochen fingen an, ihn doch anzugreifen. Seine Nerven waren völlig kaputt, und beim geringsten Geräusch fuhr er erschreckt in die Höhe. Fünf Tage lang blieb er still auf seinem Zimmer und fand sich darein, die ewige Sorge um den Blutfleck in der Bibliothek aufzugeben. Wenn die Familie Otis den Fleck nicht zu haben wünsche, so war sie ihn auch nicht wert. Das waren überhaupt augenscheinlich Leute von ganz niederer Bildung und völlig unfähig, den symbolischen Wert eines Hausgespenstes zu würdigen. Die Frage nach überirdischen Erscheinungen und der Entwicklung der Himmelskörper war natürlich eine ganz andere Sache, aber die ging ihn nichts an. Seine heilige Pflicht war es, einmal in der Woche auf dem Korridor zu spuken und jeden ersten und dritten Mittwoch im Monat von dem großen bunten Glasfenster aus in die Halle hinab wirres Zeug zu schwatzen: von diesen beiden Verpflichtungen konnte er sich ehrenhalber nicht frei machen. Gewiß war ja sein Leben ein äußerst böses gewesen, aber anderseits mußte man zugeben, daß er in allen Dingen, die mit dem Übernatürlichen zusammenhingen, außerordentlich gewissenhaft war. Mit dieser Gewissenhaftigkeit wanderte er also an den folgenden drei Freitagen wie gewöhnlich zwischen zwölf und drei Uhr die Korridore auf und ab, gab aber schrecklich darauf acht, daß er weder gehört noch gesehen wurde. Er zog die Stiefel aus und trat so leise wie möglich auf die alten wurmstichigen Böden, er trug einen weiten schwarzen Samtmantel und gebrauchte den Rising Sun Lubricator gewissenhaft, um seine Ketten damit zu schmieren. Dies letzte Vorsichtsmittel benutzte er, wie ich zugeben muß, erst nach vielen Schwierigkeiten. Eines Abends jedoch, während die Familie gerade beim Essen saß, schlich er sich in Mr. Otis' Schlafzimmer und holte sich die Flasche. Zuerst fühlte er sich wohl ein wenig gedemütigt, aber schließlich war er doch vernünftig genug einzusehen, daß diese Erfindung etwas für sich hatte, und jedenfalls diente sie bis zu einem gewissen Grade seinen Zwecken. Aber trotz alledem ließ man ihn noch immer nicht ganz unbelästigt. Beständig waren Stricke über den Korridor gespannt, über die er im Dunkeln natürlich fiel, und eines Abends, als er gerade als ›Schwarzer Isaak oder der Jäger vom Hogleywald‹ angezogen war, stürzte er plötzlich heftig zu Boden, weil er auf einer Schleifbahn von Butter, welche die Zwillinge vom Tapetenzimmer bis zur Eichentreppe hergerichtet hatten, ausgeglitten war. Diese letzte Beleidigung brachte ihn so in Wut, daß er beschloß, noch eine letzte Anstrengung zu machen, um seine

Würde und seine gesellschaftliche Stellung zu sichern, und dies sollte damit geschehen, daß er den frechen jungen Etonschülern die nächste Nacht in seiner berühmten Rolle als ›Kühner Ruprecht oder der Graf ohne Kopf‹ erscheinen wollte.
Seit mehr als siebenzig Jahren war er nicht in dieser Rolle aufgetreten, seit er damals die hübsche Lady Barbara Modish so damit erschreckt hatte, daß sie plötzlich ihre Verlobung mit dem Großvater des jetzigen Lord Canterville auflöste und statt dessen mit dem schönen Jack Castletown nach Gretna Green floh, indem sie erklärte, um keinen Preis der Welt in eine Familie hineinheiraten zu wollen, die einem abscheulichen Gespenst erlaube, in der Dämmerung auf der Terrasse spazierenzugehen. Der arme Jack wurde später vom Lord Canterville im Duell am Wandsworthgehölz erschossen, und Lady Barbara starb, noch ehe das Jahr vergangen war, in Tunbridge Wells an gebrochenem Herzen; so war also damals sein Erscheinen von größtem Erfolge gewesen. Aber es war mit dieser Rolle sehr viel Mühe verbunden, wenn ich so sagen darf in Hinsicht auf eines der größten Geheimnisse des Übernatürlichen, und er brauchte volle drei Stunden zu den Vorbereitungen. Endlich war alles fertig, und er war sehr zufrieden mit seinem Aussehen. Die großen ledernen Reitstiefel, die zum Kostüme gehörten, waren ihm zwar ein bißchen zu weit, und er konnte nur eine der beiden großen Pistolen finden, aber im ganzen genommen war er doch befriedigt von sich, und um ein Viertel nach ein Uhr glitt er aus der Wandtäfelung hervor und schlich den Korridor hinab. Als er das Zimmer der Zwillinge erreicht hatte, das, wie ich erwähnen muß, wegen seiner Vorhänge auch das blaue Schlafzimmer genannt wurde, fand er die Tür nur angelehnt. Da er nun einen effektvollen Eintritt wünschte, so stieß er sie weit auf – schwupp! da fiel ein schwerer Wasserkrug gerade auf ihn herunter und durchnäßte ihn bis auf die Haut. Im gleichen Augenblick hörte er unterdrücktes Gelächter vom

Bett herkommen. Der Choc, den sein Nervensystem erlitt, war so stark, daß er, so schnell er nur konnte, nach seinem Zimmer lief; den nächsten Tag lag er an einer heftigen Erkältung fest im Bett. Sein einziger Trost bei der Sache war, daß er seinen Kopf nicht bei sich gehabt hatte, denn wäre dies der Fall gewesen, so hätten die Folgen doch sehr ernste sein können. Jetzt gab er alle Hoffnung auf, diese ordinären Amerikaner überhaupt noch zu erschrecken, und begnügte sich in der Regel damit, in Pantoffeln über den Korridor zu schleichen, mit einem dicken rotwollenen Tuche um den Hals, aus Angst vor Zugluft, und einer kleinen Armbrust, im Fall ihn die Zwillinge angreifen sollten. Aber der Hauptschlag, der gegen ihn geführt wurde, geschah am 19. September. Er war in die große Eingangshalle gegangen, da er sich dort noch am unbehelligtsten wußte, und unterhielt sich damit, spöttische Bemerkungen über die lebensgroßen Platinphotographien des Gesandten und seiner Frau zu machen, welche jetzt an Stelle der Cantervilleahnenbilder hingen. Er war einfach, aber ordentlich gekleidet, und zwar in ein langes Laken, das da und dort bräunliche Flecken von Kirchhofserde aufwies, hatte seine untere Kinnlade mit einem Stück gelber Leinwand hochgebunden und trug eine kleine Laterne und den Spaten eines Totengräbers. Eigentlich war es das Kostüm von ›Jonas, dem Grablosen, oder der Leichenräuber von Chertsey Barn‹, eine seiner hervorragendsten Rollen, welche die Cantervilles allen Grund hatten zu kennen, weil durch sie der ewige Streit mit ihrem Nachbarn Lord Rufford verursacht worden war. Es ging so gegen ein Viertel auf drei Uhr morgens, und allem Anschein nach rührte sich nichts. Als er jedoch langsam nach der Bibliothek schlenderte, um doch mal wieder nach den etwaigen Spuren des Blutflecks zu sehen, da sprangen aus einer dunklen Ecke plötzlich zwei Gestalten hervor, welche ihre Arme wild emporwarfen und ihm »buh!« in die Ohren brüllten.

Von panischem Schrecken ergriffen, der unter solchen Umständen nur selbstverständlich erscheinen muß, raste er nach der Treppe, wo aber schon Washington mit der großen Gartenspritze auf ihn wartete; da er sich nun von seinen Feinden so umzingelt und fast zur Verzweiflung getrieben sah, verschwand er schleunigst in den großen eisernen Ofen, der zu seinem Glück nicht angesteckt war, und mußte nun auf einem höchst beschwerlichen Weg durch Ofenrohre und Kamine nach seinem Zimmer zurück, wo er völlig erschöpft, beschmutzt und verzweifelt ankam. Nach diesem Erlebnis wurde er nie mehr auf einer solchen nächtlichen Expedition betroffen. Die Zwillinge warteten bei den verschiedensten Gelegenheiten auf sein Erscheinen und streuten jede Nacht den Korridor ganz voll Nußschalen, zum großen Ärger ihrer Eltern und der Dienerschaft, aber es war alles vergebens. Augenscheinlich waren die Gefühle des armen Gespenstes derart verletzt, daß es sich nicht wieder zeigen wollte. In der Folge nahm dann Mr. Otis sein großes Werk über die Geschichte der Demokratischen Partei wieder auf, das ihn schon seit Jahren beschäftigte; Mrs. Otis organisierte ein wunderbares Preiskuchenbacken, das die ganze Grafschaft aufregte; die Jungen gaben sich dem Vergnügen von Lacrosse, Euchre, Poker und andern amerikanischen Nationalspielen hin; und Virginia ritt auf ihrem hübschen Pony im Park spazieren, begleitet von dem jungen Herzog von Cheshire, der die letzten Wochen der großen Ferien auf Schloß Canterville verleben durfte. Man nahm allgemein an, daß der Geist das Schloß verlassen habe, ja, Mr. Otis schrieb sogar einen Brief in diesem Sinn an Lord Canterville, der in Erwiderung desselben seine große Freude über diese Nachricht aussprach und sich der werten Frau Gemahlin auf das angelegentlichste empfehlen ließ.
Die Familie Otis hatte sich aber getäuscht, denn der Geist war noch im Hause, und obgleich fast ein Schwerkranker, so war er doch keinesfalls entschlossen, die Sache ruhen zu lassen, beson-

ders als er hörte, daß unter den Gästen auch der junge Herzog von Cheshire sich befinde, dessen Großonkel Lord Francis Stilton einst um 1000 Guineen mit Oberst Carbury gewettet hatte, daß er mit dem Geist Würfel spielen wollte, und der am nächsten Morgen im Spielzimmer auf dem Boden liegend in einem Zustand hilfloser Lähmung gefunden wurde. Obgleich er noch ein hohes Alter erreichte, so war er niemals wieder imstande gewesen, etwas anderes als »zwei Atout« zu sagen. Die Geschichte war seinerzeit allgemein bekannt, obgleich natürlich aus Rücksicht auf die beiden vornehmen Familien die größten Anstrengungen gemacht wurden, sie zu vertuschen, aber der ausführliche Bericht mit allen näheren Umständen ist in dem dritten Band von Lord Tattles ›Erinnerungen an den Prinzregenten und seine Freunde‹ zu finden. Der Geist war natürlich sehr besorgt, zu zeigen, daß er seine Macht über die Stiltons noch nicht verloren hätte, mit denen er ja noch dazu entfernt verwandt war, da seine rechte Cousine in zweiter Ehe mit dem Sieur de Bulkeley vermählt war, von dem, wie allgemein bekannt, die Herzöge von Cheshire abstammen. Demgemäß traf er Vorkehrungen, Virginias kleinem Liebhaber in seiner berühmten Rolle als ›Vampirmönch oder der blutlose Benediktiner‹ zu erscheinen. Dies war eine so fürchterliche Pantomime, daß Lady Startup an jenem verhängnisvollen Neujahrsabend 1764 vor Schreck von einem Gehirnschlag getroffen wurde, an dem sie nach drei Tagen starb, nachdem sie noch schnell die Cantervilles, ihre nächsten Verwandten, enterbt und ihren ganzen Besitz ihrem Londoner Apotheker vermacht hatte. Im letzten Moment aber verhinderte den Geist die Angst vor den Zwillingen, sein Zimmer zu verlassen, und der kleine Herzog schlief friedlich in seinem hohen Himmelbett im königlichen Schlafzimmer und träumte von Virginia.

V

Wenige Tage später ritten Virginia und ihr goldlockiger junger Ritter über die Brockleywiesen spazieren, wo sie beim Springen über eine Hecke ihr Reitkleid derart zerriß, daß sie, zu Hause angekommen, es vorzog, die Hintertreppe hinaufzugehen, um nicht gesehen zu werden. Als sie an dem alten Gobelinzimmer vorüberkam, dessen Tür zufällig halb offenstand, meinte sie jemanden drinnen zu sehen, und da sie ihre Mama Kammermädchen darin vermutete, die dort zuweilen arbeitete, so ging sie hinein, um gleich ihr Kleid ausbessern zu lassen. Zu ihrer ungeheuren Überraschung war es jedoch das Gespenst von Canterville selber! Es saß am Fenster und beobachtete, wie das matte Gold des vergilbten Laubes durch die Luft flog und die roten Blätter einen wilden Reigen in der langen Allee tanzten. Es hatte den Kopf in die Hand gestützt, und seine ganze Haltung drückte tiefe Niedergeschlagenheit aus. Ja, so verlassen und verfallen sah es aus, daß die kleine Virginia, deren erster Gedanke gewesen war, zu fliehen und sich in ihr Zimmer einzuschließen, von Mitleid erfüllt, sich entschloß zu bleiben, um das arme Gespenst zu trösten. Ihr Schritt war so leicht und seine Melancholie so tief, daß es ihre Gegenwart erst bemerkte, als sie zu ihm sprach. »Sie tun mir so leid,« sagte sie, »aber morgen müssen meine Brüder nach Eton zurück, und wenn Sie sich dann wie ein gebildeter Mensch betragen wollen, so wird Sie niemand mehr ärgern.«

»Das ist ein einfältiges und ganz unsinniges Verlangen einem Geist gegenüber«, antwortete er, indem er erstaunt das hübsche kleine Mädchen ansah, das ihn anzureden wagte. »Ich muß mit meinen Ketten rasseln und durch Schlüssellöcher stöhnen und des Nachts herumwandeln, wenn es das ist, was Sie meinen. Das ist ja mein einziger Lebenszweck.«

»Das ist überhaupt kein Lebenszweck, und Sie wissen sehr gut, daß Sie ein böser, schlechter Mensch gewesen sind. Mrs. Umney hat uns am ersten Tag unseres Hierseins gesagt, daß Sie Ihre Frau getötet haben.« »Nun ja, das gebe ich zu«, sagte das Gespenst geärgert, »aber das war doch eine reine Familienangelegenheit und ging niemand anderen etwas an.«

»Es ist sehr unrecht, jemand umzubringen«, sagte Virginia, die zeitweise einen ungemein lieblichen puritanischen Ernst besaß, mit dem sie von irgendeinem Vorfahren aus Neuengland belastet war.

»O wie ich die billige Strenge abstrakter Moral hasse! Meine Frau war sehr häßlich, hat mir niemals die Manschetten ordentlich stärken lassen und verstand nichts vom Kochen. Denken Sie nur, einst hatte ich einen Kapitalbock im Hogleywald geschossen, und wissen Sie, wie sie ihn auf den Tisch brachte? Aber das ist ja jetzt ganz gleichgültig, denn es ist lange her, und ich kann nicht finden, daß es nett von ihren Brüdern war, mich zu Tode hungern zu lassen, bloß weil ich sie getötet hatte.«

»Sie zu Tode hungern? O lieber Herr Geist, ich meine Sir Simon, sind Sie hungrig? Ich habe ein Butterbrot bei mir, möchten Sie das haben?« »Nein, ich danke Ihnen sehr, ich nehme jetzt nie mehr etwas zu mir; aber trotzdem ist es sehr freundlich von Ihnen, und Sie sind überhaupt viel netter als alle anderen Ihrer abscheulich groben, vulgären, unehrlichen Familie.«

»Schweigen Sie!« rief Virginia und stampfte mit dem Fuß, »Sie sind es, der grob, abscheulich und gewöhnlich ist, und was die Unehrlichkeit betrifft, so wissen Sie sehr wohl, daß Sie mir alle Farben aus meinem Malkasten gestohlen haben, um den lächerlichen Blutfleck in der Bibliothek stets frisch zu machen! Erst nahmen Sie alle die roten, sogar Vermillon, und ich konnte gar keine Sonnenuntergänge mehr malen, dann nahmen Sie Smaragdgrün und Chromgelb, und schließlich blieb mir nichts mehr als Indigo und Chinesisch-Weiß, da konnte ich nur noch

Mondscheinlandschaften malen, die immer solchen melancholischen Eindruck machen und gar nicht leicht zu malen sind. Ich habe Sie nie verraten, obgleich ich sehr ärgerlich war, und die ganze Sache war ja überhaupt lächerlich; denn wer hat je im Leben von grünen Blutflecken gehört.«

»Ja, aber was sollte ich tun«, sagte der Geist kleinlaut, »heutzutage ist es schwer, wirkliches Blut zu bekommen, und als Ihr Bruder nun mit seinem Paragon-Fleckenreiniger anfing, da sah ich wirklich nicht ein, warum ich nicht Ihre Farben nehmen sollte. Was nun die besondere Färbung betrifft, so ist das lediglich Geschmackssache; die Cantervilles z. B. haben blaues Blut, das allerblaueste in England: aber ich weiß, ihr Amerikaner macht euch aus dergleichen nichts.« »Darüber wissen Sie gar nichts, und das beste wäre, Sie wanderten aus und vervollkommneten drüben Ihre Bildung. Mein Vater wird nur zu glücklich sein, Ihnen freie Überfahrt zu verschaffen, und wenn auch ein hoher Zoll auf Geistiges jeder Art liegt, so wird es doch auf dem Zollamt keine Schwierigkeiten geben, denn die Beamten sind alle Demokraten. Wenn Sie erst mal in New York sind, so garantiere ich Ihnen einen großen Erfolg. Ich kenne eine Menge Leute, die 1000 Dollar dafür geben würden, einen Großvater zu haben, und noch unendlich viel mehr für ein Familiengespenst.«

»Ich glaube, mir würde Amerika nicht gefallen.«

»Wahrscheinlich, weil wir keine Ruinen und Altertümer haben«, sagte Virginia spöttisch.

»Keine Ruinen? Keine Altertümer?« erwiderte der Geist, »Sie haben doch Ihre Marine und Ihre Umgangsformen!«

»Guten Abend; ich gehe jetzt und will Papa bitten, den Zwillingen noch extra acht Tage länger Ferien zu geben.«

»Bitte, gehen Sie nicht, Miß Virginia«, rief das Gespenst; »ich bin so einsam und unglücklich und weiß nicht mehr, was ich tun soll. Ich möchte nur schlafen und kann es doch nicht.«

»Das ist töricht! Sie brauchen doch nur zu Bett zu gehen und das Licht auszublasen. Manchmal ist es so schwer, wach zu bleiben, besonders in der Kirche, aber beim Einschlafen gibt es doch gar keine Schwierigkeiten. Sogar die kleinen Kinder können das und sind doch gar nicht klug.«
»Seit dreihundert Jahren habe ich nicht mehr geschlafen«, sagte das Gespenst traurig, und Virginias schöne blaue Augen öffneten sich weit in grenzenlosem Erstaunen, »seit dreihundert Jahren habe ich nicht mehr geschlafen, und ich bin so müde.«
Virginia wurde auf einmal ganz ernst, und ihre kleinen Lippen zitterten wie Rosenblätter. Sie trat näher zu ihm, kniete sich an seiner Seite und sah zu seinem alten gefurchten Gesicht auf.
»Armer, armer Geist«, sprach sie leise, »haben Sie denn kein Fleckchen, wo Sie mal schlafen können?«
»Weit hinter jenen Wäldern liegt ein kleiner Garten«, sagte der Geist mit verträumter ferner Stimme. »Da wächst langes Gras, da blühen die großen weißen Sterne des Schierlings, und die Nachtigallen singen die ganze Nacht hindurch. Die ganze lange Nacht singen sie, und der kalte, kristallne Mond schaut nieder, und die Trauerweide breitet ihre Riesenarme über die Schläfer aus.«
Virginias Augen füllten sich mit Tränen, und sie verbarg das Gesicht in den Händen.
»Sie meinen den Garten des Todes«, flüsterte sie.
»Ja, Tod. Der Tod muß so schön sein. In der weichen braunen Erde zu liegen, während das lange Gras über einem hin und her schwankt, und der Stille zu lauschen. Kein Gestern, kein Morgen haben. Die Zeit und das Leben vergessen, im Frieden sein. Sie können mir helfen. Sie können mir die Tore des Todes öffnen, denn auf Ihrer Seite ist stets die Liebe, und die Liebe ist stärker als der Tod.«
Virginia zitterte, und ein kalter Schauer durchlief sie, und

einige Minuten lang war es still. Es schien ihr wie ein angstvoller Traum.
Dann sprach der Geist wieder und seine Stimme klang wie das Seufzen des Windes.
»Haben Sie je die alte Prophezeiung an dem Fenster in der Bibliothek gelesen?«
»O wie oft«, rief das junge Mädchen aufblickend, »ich kenne sie sehr gut. Sie ist mit verschnörkelten schwarzen Buchstaben geschrieben und schwer zu lesen; es sind nur sechs Zeilen:

Wenn ein goldenes Mädchen es dahin bringt,
daß es sündige Lippen zum Beten zwingt,
Wenn die dürre Mandel unter Blüten sich senkt,
ein unschuldiges Kind seine Tränen verschenkt,
Dann wird dies Haus wieder ruhig und still,
und Friede kehrt ein auf Schloß Canterville.

Aber ich weiß nicht, was das heißen soll.«
»Das heißt: daß Sie für mich über meine Sünden weinen müssen, da ich keine Tränen habe, und für mich für meine Seele beten müssen, da ich keinen Glauben habe, und dann, wenn Sie immer gut und sanft gewesen sind, dann wird der Engel des Todes Erbarmen mit mir haben. Sie werden entsetzliche Gestalten im Dunkeln sehen, Schauriges wird Ihr Ohr vernehmen, aber es wird Ihnen kein Leid geschehen, denn gegen die Reinheit eines Kindes sind die Gewalten der Hölle ohne Macht.«
Virginia antwortete nicht, und der Geist rang verzweifelt die Hände, während er auf ihr gesenktes Köpfchen herabsah. Plötzlich erhob sie sich, ganz blaß, aber ihre Augen leuchteten. »Ich fürchte mich nicht«, sagte sie bestimmt, »ich will den Engel bitten, Erbarmen mit Ihnen zu haben.«
Mit einem leisen Freundenausruf stand der Geist auf, ergriff mit altmodischer Galanterie ihre Hand und küßte sie. Seine Finger waren kalt wie Eis, und seine Lippen brannten wie

Feuer, aber Virginia zauderte nicht, als er sie durch das dämmerdunkle Zimmer führte. In den verblaßten grünen Gobelin waren kleine Jäger gewirkt, die bliesen auf ihren Hörnern und winkten ihr mit den winzigen Händen umzukehren. »Kehre um, kleine Virginia«, riefen sie, »kehre um!« Aber der Geist faßte ihre Hand fester, und sie schloß die Augen. Greuliche Tiere mit Eidechsenschwänzen und feurigen Augen sahen sie vom Kaminsims an und grinsten: »Nimm dich in acht, Virginia, nimm dich in acht! Vielleicht sieht man dich nie wieder!« Aber der Geist ging noch schneller voran, und Virginia hörte nicht auf die Stimmen. Am Ende des Zimmers hielt das Gespenst an und murmelte einige Worte, die sie nicht verstand. Sie schlug die Augen auf und sah die Wand vor sich verschwinden wie im Nebel, und eine große schwarze Höhle tat sich auf. Es wurde ihr eisig kalt, und sie fühlte etwas an ihrem Kleide zerren. »Schnell, schnell«, rief der Geist, »sonst ist es zu spät«, und schon hatte sich die Wand hinter ihnen wieder geschlossen, und das Gobelinzimmer war leer.

VI

Ungefähr zehn Minuten später tönte der Gong zum Tee, und da Virginia nicht herunterkam, schickte Mrs. Otis einen Diener hinauf, sie zu rufen. Nach kurzer Zeit kam er wieder und sagte, daß er Miß Virginia nirgends habe finden können. Da sie um diese Zeit gewöhnlich in den Garten ging, um Blumen für den Mittagstisch zu pflücken, so war Mrs. Otis zuerst gar nicht weiter besorgt, aber als es sechs Uhr schlug und Virginia immer noch nicht da war, wurde sie doch unruhig und schickte die Jungen aus, sie zu suchen, während sie und Mr. Otis das ganze Haus abgingen. Um halb sieben kamen die Jungen wieder und berichteten, sie hätten nirgends auch nur eine Spur von ihrer Schwester entdecken können. Jetzt waren alle auf das äußerste beunruhigt und wußten nicht mehr, was sie tun sollten, als Mr. Otis sich plötzlich darauf besann, daß er vor einigen Tagen einer Zigeunerbande erlaubt habe, im Park zu übernachten. So machte er sich denn sofort auf nach Blackfell Hollow, wo sich die Bande, wie er wußte, jetzt aufhielt, und sein ältester Sohn und zwei Bauernburschen begleiteten ihn. Der kleine Herzog von Cheshire, der vor Angst ganz außer sich war, bat inständigst, sich anschließen zu dürfen, aber Mr. Otis wollte es ihm nicht erlauben, da er fürchtete, der junge Herr würde in seiner Aufregung nur stören. Als sie jedoch an die gesuchte Stelle kamen, waren die Zigeuner fort, und zwar war ihr Abschied augenscheinlich ein sehr rascher gewesen, wie das noch brennende Feuer und einige auf dem Grase liegenden Teller anzeigten. Nachdem er Washington weiter auf die Suche geschickt hatte, eilte Mr. Otis heim und sandte Depeschen an alle Polizeiposten der Grafschaft, in denen er sie ersuchte, nach einem kleinen Mädchen zu forschen, das von Landstreichern oder Zigeunern entführt worden sei. Dann ließ er sein Pferd satteln, und nachdem er darauf bestanden hatte, daß seine Frau und die beiden Jungen sich zu Tisch setzten, ritt er mit einem Groom nach Ascot. Aber kaum hatte er ein paar Meilen zurückgelegt, als er jemand hinter sich her galoppieren hörte; es war der junge Herzog, der auf seinem Pony mit erhitztem Gesichte und ohne Hut hinter ihm herkam. »Ich bitte um Verzeihung, Mr. Otis«, sagte er atemlos, »aber ich kann nicht zu Abend essen, solange Virginia nicht gefunden ist. Bitte seien Sie mir nicht böse; wenn Sie voriges Jahr Ihre Einwilligung zu unserer Verlobung gegeben hätten, so würde all diese Sorge uns erspart geblieben sein. Sie schicken mich nicht zurück, nicht wahr? Ich gehe auf jeden Fall mit Ihnen!«

Der Gesandte mußte lächeln über den hübschen Jungen und war wirklich gerührt über seine Liebe zu Virginia; so lehnte er sich denn zu ihm hinüber, klopfte ihm freundlich auf die Schulter und sagte: »Nun gut, Cecil, wenn Sie nicht umkehren wollen, so müssen Sie mit mir kommen, aber dann muß ich Ihnen in Ascot erst einen Hut kaufen.«

»Ach, zum Teufel mit meinem Hut! Ich will Virginia wiederhaben!« rief der kleine Herzog lachend, und sie ritten weiter nach der Bahnstation. Dort erkundigte sich Mr. Otis bei dem Stationsvorstand, ob nicht eine junge Dame auf dem Perron gesehen worden sei, auf welche die Beschreibung von Virginia passe, aber er konnte nichts über sie erfahren. Der Stationsvorstand telegraphierte auf der Strecke hinauf und hinunter und versicherte Mr. Otis, daß man auf das gewissenhafteste recherchieren werde; und nachdem Mr. Otis noch bei einem Schnittwarenhändler, der eben seinen Laden schließen wollte, dem jungen Herzog einen Hut gekauft hatte, ritten sie nach Bexley weiter, einem Dorf, das ungefähr vier Meilen entfernt lag und bei dem die Zigeuner besonders gern ihr Lager aufschlugen, weil es bei einer großen Wiese lag. Hier weckten sie den Gendarmen, konnten aber nichts von ihm in Erfahrung bringen; und nachdem sie die ganze Gegend abgesucht hatten, mußten sie sich schließlich unverrichteterdinge auf den Heimweg machen und erreichten todmüde und gebrochenen Herzens um elf Uhr wieder das Schloß. Sie fanden Washington und die Zwillinge am Tor, wo sie mit Laternen gewartet hatten, weil die Allee so dunkel war. Nicht die geringste Spur von Virginia hatte man bisher entdecken können. Man hatte die Zigeuner auf den Wiesen von Brockley eingeholt, aber sie war nicht bei ihnen, und die Zigeuner hatten ihre plötzliche Abreise damit erklärt, daß sie eiligst auf den Jahrmarkt von Chorton hätten müssen, um dort nicht zu spät anzukommen. Es hatte ihnen wirklich herzlich leid getan, von Virginias Verschwinden zu hören, und da sie Mr. Otis dankbar waren, weil er ihnen den Aufenthalt in seinem Park gestattet hatte, so waren vier von der Bande mit zurückgekommen, um sich an der Suche zu beteiligen. Man ließ den Karpfenteich ab und durchsuchte jeden Winkel im Schloß – alles ohne Erfolg. Es war kein Zweifel, Virginia war, wenigstens für diese Nacht, verloren. In tiefster Niedergeschlagenheit kehrten Mr. Otis und die Jungen in das Haus zurück, während der Groom mit den beiden Pferden und dem Pony folgte. In der Halle standen alle Dienstboten aufgeregt beieinander, und auf einem Sofa in der Bibliothek lag die arme Mrs. Otis, die vor Schrecken und Angst fast den Verstand verloren hatte und der die gute alte Haushälterin die Stirn mit Eau de Cologne wusch. Mr. Otis bestand darauf, daß sie etwas esse, und bestellte das Diner für die ganze Familie. Es war eine trübselige Mahlzeit, wo kaum einer ein Wort sprach; sogar die Zwillinge waren vor Schrekken stumm, denn sie liebten ihre Schwester sehr. Als man fertig war, schickte Mr. Otis trotz der dringenden Bitten des jungen Herzogs alle zu Bett, indem er erklärte, daß man jetzt in der Nacht ja doch nichts mehr tun könne, und am nächsten Morgen wolle er sofort nach Scotland Yard telegraphieren, daß man ihnen mehrere Detektive schicken solle. Gerade als man den Speisesaal verließ, schlug die große Turmuhr Mitternacht, und als der letzte Schlag verklungen war, hörte man plötzlich ein furchtbares Gepolter und einen durchdringenden Schrei; ein wilder Donner erschütterte das Haus in seinem Grunde, ein Strom von überirdischer Musik durchzog die Luft, die Wandtäfelung oben an der Treppe flog mit tosendem Lärm zur Seite, und in der Öffnung stand, blaß und weiß, mit einer kleinen Schatulle in der Hand – Virginia! Im Nu waren alle zu ihr hinaufgestürmt. Mrs. Otis preßte sie leidenschaftlich in ihre Arme, der Herzog erstickte sie fast mit seinen Küssen, und die Zwillinge vollführten einen wilden Indianertanz um die Gruppe herum.

»Mein Gott! Kind, wo bist du nur gewesen?« rief Mr. Otis fast etwas ärgerlich, da er glaubte, sie habe sich einen törichten Scherz mit ihnen erlaubt, »Cecil und ich sind meilenweit über Land geritten, dich zu suchen, und deine Mutter hat sich zu Tode geängstigt. Du mußt nie wieder solche dumme Streiche machen.«

»Nur das Gespenst darfst du foppen, nur das Gespenst!« schrien die Zwillinge und sprangen umher wie verrückt.

»Mein Liebling, Gott sei Dank, daß wir dich wiederhaben, du darfst nie wieder von meiner Seite«, sagte Mrs. Otis zärtlich, während sie die zitternde Virginia küßte und ihr die langen zerzausten Locken glattstrich.

»Papa,« sagte Virginia ruhig, »ich war bei dem Gespenst. Es ist tot, und du mußt kommen, es zu sehen. Es ist in seinem Leben ein schlechter Mensch gewesen, aber es hat alle seine Sünden bereut, und ehe es starb, gab es mir diese Schatulle mit sehr kostbaren Juwelen.«

Die ganze Familie starrte sie lautlos verwundert an, aber sie sprach in vollem Ernst, wandte sich um und führte sie durch die Öffnung in der Wandtäfelung einen engen geheimen Korridor entlang; Washington folgte mit einem Licht, das er vom Tisch genommen hatte. Endlich gelangten sie zu einer schweren eichenen Tür, die ganz mit rostigen Nägeln beschlagen war. Als Virginia sie berührte, flog sie in ihren schweren Angeln zurück, und man befand sich in einem kleinen niedrigen Zimmer mit gewölbter Decke und einem vergitterten Fenster; ein schwerer eiserner Ring war in die Wand eingelassen und daran angekettet lag ein riesiges Skelett, das der Länge nach auf dem steinernen Boden ausgestreckt war und mit seinen langen fleischlosen Fingern nach einem altmodischen Krug und Teller zu greifen versuchte, die man aber gerade so weit gestellt hatte, daß die Hand sie nicht erreichen konnte. Der Krug war wohl einmal mit Wasser gefüllt gewesen, denn innen war er ganz mit grünem Schimmel überzogen. Auf dem Zinnteller lag nur ein Häufchen Staub. Virginia kniete neben dem Skelett nieder, faltete ihre kleinen Hände und betete still, während die übrigen mit Staunen die grausige Tragödie betrachteten, deren Geheimnis ihnen nun enthüllt war.

»Schaut doch!« rief plötzlich einer der Zwillinge, der aus dem Fenster gesehen hatte, um sich über die Lage des Zimmers zu orientieren. »Schaut doch! Der alte verdorrte Mandelbaum blüht ja! Ich kann die Blüten ganz deutlich im Mondlicht sehn.«

»Gott hat ihm vergeben!« sagte Virginia ernst, als sie sich erhob, und ihr Gesicht strahlte in unschuldiger Freude.

»Du bist ein Engel!« rief der junge Herzog, schloß sie in seine Arme und küßte sie.

VII

Vier Tage nach diesen höchst wunderbaren Ereignissen verließ ein Trauerzug nachts um elf Uhr Schloß Canterville. Den Leichenwagen zogen acht schwarze Pferde, von denen jedes einen großen Panaché von nickenden Straußenfedern auf dem Kopfe trug, und der bleierne Sarg war mit einer kostbaren purpurnen Decke verhangen, auf welcher das Wappen derer von Canterville in Gold gestickt war. Neben dem Wagen her schritten die Diener mit brennenden Fackeln, und der ganze Zug machte einen äußerst feierlichen Eindruck. Lord Canterville als der Hauptleidtragende war zu diesem Begräbnis extra von Wales gekommen und saß im ersten Wagen neben der kleinen Virginia. Dann kam der Gesandte der Vereinigten Staaten und seine Gemahlin, danach Washington und die zwei Jungen, und im letzten Wagen saß Mrs. Umney, die alte Wirtschafterin, ganz allein. Man hatte die Empfindung gehabt, daß sie, nachdem sie mehr als fünfzig Jahre ihres Lebens durch das Gespenst erschreckt worden war, nun auch ein Recht hätte, seiner Beerdigung beizuwohnen. In der Ecke des Friedhofes war ein tiefes

Grab gegraben, gerade unter der Trauerweide, und Hochwürden Augustus Dampier hielt eine höchst eindrucksvolle Grabrede. Als die Zeremonie vorüber war, löschten die Diener, einer alten Familiensitte der Canterville gemäß, ihre Fackeln aus, und während der Sarg in das Grab hinuntergelassen wurde, trat Virginia vor und legte ein großes Kreuz aus weißen und rosafarbenen Mandelblüten darauf nieder. Inzwischen kam der Mond hinter einer Wolke hervor und übersilberte den kleinen Friedhof, und im Gebüsch flötete eine Nachtigall. Virginia dachte an des Gespenstes Beschreibung vom Garten des Todes, ihre Augen füllten sich mit Tränen, und sie sprach auf der Rückfahrt nicht ein Wort.

Am nächsten Morgen hatte Mr. Otis mit Lord Canterville vor dessen Rückkehr nach London eine Unterredung wegen der Juwelen, welche das Gespenst Virginia gegeben hatte. Sie waren von ganz hervorragender Schönheit, besonders ein Halsschmuck von Rubinen in altvenezianischer Fassung, ein Meisterwerk der Kunst des sechzehnten Jahrhunderts, und so wertvoll, daß Mr. Otis zögerte, seiner Tochter zu erlauben, sie anzunehmen. »Mylord,« sagte er, »ich weiß sehr wohl, daß sich in diesem Lande die Erbfolge ebensowohl auf den Familienschmuck wie auf den Grundbesitz erstreckt, und ich bin dessen ganz sicher, daß diese Juwelen ein Erbstück Ihrer Familie sind oder doch sein sollten. Ich muß Sie demgemäß bitten, die Pretiosen mit nach London zu nehmen und sie lediglich als einen Teil Ihres Eigentums zu betrachten, der unter allerdings höchst wunderbaren Umständen wieder in Ihren Besitz zurückgelangt ist. Was meine Tochter betrifft, so ist diese ja noch ein Kind und hat, wie ich mich freue sagen zu können, nur wenig Interesse an solchen Luxusgegenständen. Mrs. Otis, die, wie man wohl sagen kann, eine Autorität in Kunstsachen ist – da sie den großen Vorzug genossen hat, als junges Mädchen mehrere Winter in Boston zu verleben –, Mrs. Otis sagte mir, daß diese Juwelen einen sehr bedeutenden Wert repräsentieren und sich ganz vorzüglich verkaufen würden. Unter diesen Umständen bin ich überzeugt, Lord Canterville, daß Sie einsehen werden, wie unmöglich es für mich ist, einem Mitglied meiner Familie zu erlauben, in dem Besitz der Juwelen zu bleiben, und endlich ist dieser eitle Putz und Tand und dieses glänzende Spielzeug, so passend und notwendig es auch zur Würde der britischen Aristokratie zu gehören scheint, doch unter jenen niemals recht am Platze, die in den strengen und, wie ich bestimmt glaube, unsterblichen Grundsätzen republikanischer Einfachheit erzogen sind. Vielleicht sollte ich noch erwähnen, daß Virginia sehr gern die Schatulle selbst behalten möchte, als Erinnerung an Ihren unglücklichen, irregeleiteten Vorfahren. Da selbe sehr alt und in einem Zustande großer Reparaturbedürftigkeit zu sein scheint, so werden Sie es vielleicht angemessen finden, der Bitte meiner Kleinen zu willfahren. Ich für mein Teil muß allerdings gestehen, daß ich außerordentlich erstaunt bin, eins von meinen Kindern Sympathie für das Mittelalter in irgendeiner Gestalt empfinden zu sehen, und ich kann mir das nicht anders als dadurch erklären, daß Virginia in einer Ihrer Londoner Vorstädte geboren wurde, kurz nachdem Mrs. Otis von einer Reise nach Athen zurückgekehrt war.«

Lord Canterville hörte der langen Rede des würdigen Gesandten aufmerksam zu, während er sich ab und zu den langen grauen Schnurrbart strich, um ein unwillkürliches Lächeln zu verbergen; und als Mr. Otis schwieg, schüttelte er ihm herzlich die Hand und sagte: »Mein lieber Mr. Otis, Ihre entzückende kleine Tochter hat meinem unglücklichen Vorfahren, Sir Simon, einen höchst wichtigen Dienst geleistet, und meine Familie und ich sind ihr für den bewiesenen erstaunlichen Mut zu sehr großem Dank verpflichtet. Ganz zweifellos sind die Juwelen Miß Virginias Eigentum und wahrhaftig, ich glaube, wäre ich herzlos genug, sie ihr fortzunehmen, der böse alte Bursche würde noch diese Woche wieder aus seinem Grabe aufstehen und mir das Leben hier zur Hölle machen. Und was den Begriff Erbstück anbelangt, so ist nichts ein Erbstück, was nicht mit diesem Ausdruck in einem Testament oder sonst einem rechtskräftigen Schriftstück also bezeichnet ist, und von der Existenz dieser Juwelen ist nichts bekannt gewesen. Ich versichere Ihnen, daß ich nicht mehr Anspruch auf sie habe als Ihr Kammerdiener, und wenn Miß Virginia erwachsen ist, so wird sie, meine ich, doch ganz gern solche hübsche Sachen tragen. Außerdem vergessen Sie ganz, Mr. Otis, daß Sie ja damals die ganze Einrichtung und das Gespenst mit dazu übernommen haben, und alles, was zu dem Besitztum des Gespenstes gehörte, wurde damit Ihr Eigentum, und was auch Sir Simon für eine merkwürdige Tätigkeit nachts auf dem Korridor entfaltet haben mag, vom Standpunkt des Gesetzes aus war er absolut tot, und somit erwarben Sie durch Kauf sein Eigentum.«

Mr. Otis war anfangs wirklich verstimmt, daß Lord Canterville auf sein Verlangen nicht eingehen wollte, und bat ihn, seine Entscheidung nochmals zu überlegen, aber der gutmütige Lord war fest entschlossen und überredete schließlich den Gesandten, seiner Tochter doch zu erlauben, das Geschenk des Gespenstes zu behalten, und als im Frühjahr 1890 die junge Herzogin von Cheshire bei Gelegenheit ihrer Hochzeit bei Hofe vorgestellt wurde, erregten ihre Juwelen die allgemeine Bewunderung. Denn Virginia bekam wirklich und tatsächlich eine Krone in ihr Wappen, was die Belohnung für alle braven kleinen Amerikanerinnen ist, und heiratete ihren jugendlichen Bewerber, sobald sie mündig geworden war. Sie waren ein so entzückendes Paar und liebten einander so sehr, daß jeder sich über die Heirat freute, jeder außer der Herzogin von Dumbleton – die den jungen Herzog gern für eine ihrer sieben unverheirateten Töchter gekapert hätte und nicht weniger als drei sehr teure Diners zu dem Zweck gegeben hatte – und wunder-

barerweise auch außer Mr. Otis selber. Mr. Otis hatte den jungen Herzog persönlich sehr gern, aber in der Theorie waren ihm alle Titel zuwider und »er war«, um seine eigenen Worte zu gebrauchen, »nicht ohne Besorgnis, daß inmitten der entnervenden Einflüsse der vergnügungssüchtigen englischen Aristokratie die einzig wahren Grundsätze republikanischer Einfachheit vergessen werden würden«. Sein Widerstand wurde jedoch völlig besiegt, und ich glaube, daß es, als er in St. Georges Hanover Square mit seiner Tochter am Arm durch die Kirche schritt, keinen stolzeren Mann in ganz England gab als ihn. Der Herzog und seine junge Frau kamen nach den Flitterwochen auf Schloß Canterville, und am Tage nach ihrer Ankunft gingen sie des Nachmittags zu dem kleinen einsamen Friedhof unter den Tannen. Man hatte sich erst über die Inschrift auf Sir Simons Grabstein nicht schlüssig werden können, und nach vielen Schwierigkeiten war dann entschieden worden, nur die Initialen seines Namens und den Vers vom Fenster der Bibliothek eingravieren zu lassen. Die Herzogin hatte wundervolle Rosen mitgebracht, die sie auf das Grab streute, und nachdem sie eine Zeitlang still gestanden hatten, schlenderten sie weiter zu der halbverfallenen Kanzel in der alten Abtei. Dort setzte sich Virginia auf eine der umgestürzten Säulen; ihr Mann legte sich ihr zu Füßen in das Gras, rauchte eine Zigarette und blickte ihr verliebt und glücklich in die schönen Augen. Plötzlich warf er seine Zigarette fort, ergriff ihre Hand und sagte: »Virginia, eine Frau sollte keine Geheimnisse vor ihrem Mann haben!«
»Aber lieber Cecil! Ich habe doch keine Geheimnisse vor dir.«
»Doch, das hast du,« antwortete er lächelnd, »du hast mir nie gesagt, was dir begegnet ist, als du mit dem Gespenst verschwunden warst.« »Das habe ich niemandem gesagt«, sagte Virginia ernst.
»Daß weiß ich, aber du könntest es mir jetzt doch sagen.«
»Bitte, verlange das nicht von mir, Cecil, denn ich kann es dir

nicht sagen ... Der arme Sir Simon! Ich bin ihm zu so großem Danke verpflichtet. Ja, da brauchst du nicht zu lachen, Cecil, es ist wirklich wahr. Er hat mich einsehen gelehrt, was das Leben ist und was der Tod bedeutet und warum die Liebe stärker ist als beide zusammen.«

Der Herzog stand auf und küßte seine junge Frau sehr zärtlich.

»Du kannst dein Geheimnis behalten, solange mir nur dein Herz gehört«, sagte er leise.

»Das Herz hat dir schon immer gehört, Cecil.«

»Aber unsern Kindern wirst du einst dein Geheimnis sagen, nicht wahr?«

Virginia errötete...

KLEINERE ERZÄHLUNGEN

DIE SPHINX OHNE RÄTSEL

Eine Radierung

Eines Nachmittags saß ich vor dem Café de la Paix, sah auf den Glanz und die Schäbigkeit des Pariser Lebens und verwunderte mich bei meinem Wermut über das sonderbare Diorama von Pracht und Armut, das an mir vorbeizog. Da hörte ich jemand meinen Namen rufen. Ich schaute mich um und sah Lord Murchison. Wir waren einander nicht mehr begegnet seit unsern gemeinsamen Collegetagen, zehn Jahre war's fast her, und so freute ich mich, ihn wiederzusehen, und wir begrüßten uns herzlich. Auf Oxford waren wir dicke Freunde gewesen. Ich hatte ihn riesig gern – er war so hübsch, so lebhaft und so hochanständig. Wir sagten damals immer von ihm, er wäre der allerbeste Kerl, wenn er nicht immer die Wahrheit spräche, aber ich glaube, wir bewunderten ihn eigentlich deswegen um so mehr. Ich fand ihn ziemlich verändert. Er sah bekümmert und verlegen aus und schien mir über irgendwas unsicher. Der moderne Skeptizismus konnte es nicht sein, denn Murchison war durchaus überzeugter Tory und glaubte an den Pentateuch so fest wie an das House of Peers. Also schloß ich, daß es ein Weib war, und fragte ihn, ob er jetzt verheiratet sei.
»Ich versteh mich nicht genug auf Frauen«, gab er zur Antwort.
»Mein lieber Gerald,« sagte ich, »Frauen sind dazu da, daß man sie liebt, nicht, daß man sie versteht.«
»Ich kann nicht lieben, wo ich nicht trauen kann«, meinte er.
»Ich glaube, Sie haben ein Erlebnis in diesen Affären. Gerald, erzählen Sie mirs doch.«
»Wir wollen eine Wagenfahrt machen,« sagte Murchison, »hier sind zu viel Menschen. Nein, nicht einen gelben Wagen, jede andere Farbe, nur nicht – da, der dunkelgrüne«; und ein paar Minuten später rollten wir den Boulevard hinunter in der Richtung auf die Madelaine.
»Wohin wollen wir?« fragte ich.

»Wohin Sie wollen, meinetwegen in das Restaurant des Bois; wir können da dinieren, und Sie erzählen mir Ihr Leben.«
»Erst möchte ich das Ihre hören«, sagte ich. »Erzählen Sie mir doch die mysteriöse Geschichte.«
Er zog aus seiner Tasche ein kleines silberbeschlagenes Lederportefeuille und reichte es mir. Ich schlug es auf. Es enthielt die Photographie einer Frau. Ein schöner, abweisender Kopf und sonderbar pittoresk mit den großen, vagen Augen und dem losen Haar. Wie eine Hellseherin sah sie aus und trug reiches Pelzwerk.
»Was sagen Sie zu dem Gesicht? Ist es aufrichtig?« Ich studierte es eingehend. Es schien mir das Gesicht eines Menschen, der ein Geheimnis bewahrt, ob ein gutes oder ein schlimmes, konnte ich nicht sagen. Seine Schönheit war eine Schönheit wie aus vielen Geheimnissen gebildet, eine psychologische Schönheit, keine plastische, und das vergehende Lächeln auf den Lippen war zu fein, um wirklich lieb und süß zu sein.
»Nun, was sagen Sie?«
»Sie ist die Gioconda in Zobel,« antwortete ich, »erzählen Sie mir doch, was Sie über sie wissen.«
»Nicht jetzt, nach dem Diner«, und er begann von was anderem zu reden.
Als der Kellner den Kaffee und Zigaretten brachte, erinnerte ich Gerald an sein Versprechen. Er stand auf, schritt ein paarmal durchs Zimmer, ließ sich in einen Lehnstuhl fallen und erzählte mir die folgende Geschichte:
»Eines Abends ging ich so gegen fünf die Bond Street hinunter. Es war ein schreckliches Gewirr von Wagen und Menschen, man kam kaum vorwärts. Ganz hart gegen das Trottoir stand ein kleiner gelber Zweisitzer, der aus irgendeinem Grund meine Aufmerksamkeit erregte. Als ich daran vorbeiging, da sah dieses Gesicht heraus, das ich Ihnen vorhin zeigte. Es faszinierte mich sofort. Die ganze Nacht mußte ich daran denken und den

nächsten Tag. Auf und nieder wanderte ich die verdammte Straße, guckte in jeden Wagen und wartete auf den gelben Zweisitzer; aber ich konnte ma belle inconue nicht finden und dachte schließlich, daß ich sie bloß geträumt hatte. Eine Woche später dinierte ich bei Madame de Rostail. Das Diner war auf acht Uhr angesagt, aber um halb neun warteten wir noch immer im Salon. Endlich meldete der Diener Lady Alroy. Es war die Frau, die ich so gesucht hatte. Sie trat ganz langsam ein, sah aus wie ein Mondstrahl in grauen Spitzen, und zu meiner großen Freude sollte ich sie zu Tisch führen. Nachdem wir uns gesetzt hatten, bemerkte ich ganz harmlos: ›Ich glaube, ich habe Sie schon einmal flüchtig gesehen, Lady Alroy, vor einiger Zeit in Bond Street.‹ Sie wurde ganz blaß und sagte leise: ›Bitte, sprechen Sie nicht so laut, man könnte Sie hören.‹ Mein verunglücktes Debüt verstimmte mich nicht wenig, und ich stürzte mich mit Todesverachtung in eine Unterhaltung über französische Possen. Sie sprach sehr wenig, immer mit der gleichen weichen, musikalischen Stimme und schien wie in Angst, jemand könnte lauschen. Ich verliebte mich leidenschaftlich, sinnlos, und die undefinierbare Atmosphäre des Mysteriösen, die sie umgab, erregte heftig meine Neugierde. Beim Abschied – sie ging sehr bald nach dem Diner – fragte ich sie, ob ich sie besuchen dürfe. Sie zauderte einen Augenblick, sah leicht herum, ob niemand in der Nähe wäre, und sagte dann: ›Ja; morgen ein Viertel vor fünf.‹ Ich bat Madame de Rostail, mir von ihr zu erzählen; aber alles, was ich erfahren konnte, war, daß sie eine Witwe mit einem schönen Hause in Park Lane sei, und als ein wissenschaftlicher Schwätzer eine Dissertation über Witwen begann, stand ich auf und ging heim.

Nächsten Tages war ich sehr pünktlich in Park Lane, wo man mir sagte, Lady Alroy sei schon ausgegangen. Ich ging ganz unglücklich und ohne zu wissen, was darüber denken, in den Klub und schrieb ihr nach langem Überlegen einen Brief, ob sie mir erlauben möchte, ein andermal mein Glück zu versuchen. Ein paar Tage vergingen, da bekam ich ein paar Zeilen, sie würde sonntags um vier zu Hause sein, und dieses ungewöhnliche, merkwürdige Postskriptum:

›Bitte schreiben Sie mir nicht mehr; ich will es Ihnen erklären, wenn wir uns wiedersehen.‹

Am Sonntag empfing sie mich und war entzückend; aber als ich mich verabschiedete, bat sie mich, wenn ich ihr etwas zu schreiben hätte, meine Briefe zu adressieren: ›Mrs. Knox, p. A. Whitachers Buchhandlung, Green Street. Es sind Gründe da, weshalb ich in meinem Haus keine Briefe empfangen kann.‹

Ich besuchte sie die ganze Zeit über sehr oft, und nie verließ sie diese geheimnisvolle Atmosphäre. Manchmal dachte ich, sie wäre in der Gewalt eines Mannes, aber sie sah so unnahbar aus, daß ich es nicht glauben konnte. Es war wirklich sehr schwierig für mich, zu irgendeinem Schluß, zu einem Urteil zu kommen, denn sie war wie diese merkwürdigen Kristalle, die man in Museen sieht – einmal sind sie ganz klar, im nächsten Augenblick ganz wolkig.

Ich beschloß, um ihre Hand anzuhalten; ich war krank und war es müde, dieser unausgesetzten Qual des Heimlichen, das sie von allen meinen Besuchen verlangte, und von den paar Briefen, die ich ihr schrieb. Ich schrieb ihr also in die Buchhaltung, ob sie mich am nächsten Montag um sechs empfangen wolle. Sie sagte zu, und ich war im siebenten Himmel. Ich war einfach verblendet von ihr, trotz des Mysteriösen, wie ich dachte, infolge des Mysteriösen, wie ich jetzt weiß. Nein … Es war das Weib, das Weib allein, das ich liebte. Das Mysteriöse irritierte mich, machte mich verrückt. Warum brachte mich der Zufall auf seine Spur!«

»Sie entdeckten also das Geheimnis?« fragte ich.

»Ich fürchte: ja. Aber urteilen Sie selbst. Als der Montag kam,

ging ich mit meinem Onkel frühstücken und fand mich gegen vier Uhr auf Marylebone Road.
Mein Onkel wohnt, wie Sie wissen, Regents Park. Ich wollte Picadilly zu und schnitt den Weg ab durch eine Menge schmutziger kleiner Straßen. Plötzlich sah ich vor mir Lady Alroy, tief verschleiert; sie ging sehr schnell. Beim letzten Haus in der Gasse blieb sie stehen, stieg die paar Stufen hinauf, zog einen Schlüssel, sperrte auf und trat ein. ›Hier ist das Geheimnis‹, sagte ich mir, lief vor und musterte das Haus. Es sah aus wie eines, in dem Zimmer vermietet werden. An der Torschwelle lag ihr Taschentuch, das sie verloren hatte. Ich nahm es und steckte es ein. Dann dachte ich nach: Was tun? Ich kam zu dem Schluß, daß ich kein Recht hätte, sie auszuspionieren, und begab mich in den Klub. Um sechs Uhr war ich bei ihr. Sie lag auf einem Sofa, in einem Teagown von Silbergewebe, von ein paar sonderbaren Mondsteinen gehalten, die sie immer trug. Entzükkend sah sie aus. ›Ich freue mich so, daß Sie dasind,‹ sagte sie; ›ich war den ganzen Tag daheim.‹ Verblüfft starrte ich sie an, zog das Tuch aus meiner Tasche und überreichte es ihr. ›Sie haben das heute nachmittag in der Ammor Street verloren, Lady Alroy‹, sagte ich ganz ruhig. Sie sah mich voll Schrecken an, aber nahm das Taschentuch nicht. ›Was machten Sie denn da?‹ fragte ich. – ›Was für ein Recht haben Sie, mich danach zu fragen?‹ – ›Das Recht eines Mannes, der Sie liebt; ich kam heute, um um Ihre Hand zu bitten.‹ Sie verbarg ihr Gesicht in die Hände und brach in Tränen aus. ›Sie müssen mir es sagen‹, bestand ich. Sie erhob sich, sah mir ins Gesicht und sagte: ›Lord Murchison, da ist nichts zu sagen.‹ – ›Sie haben da jemanden getroffen, das ist Ihr Geheimnis!‹ Sie wurde ganz bleich: ›Ich habe da niemanden getroffen.‹ – ›Können Sie denn nicht die Wahrheit sagen?‹ rief ich. – ›Ich habe sie gesagt!‹ Ich war verrückt, toll; ich weiß nicht, was ich ihr sagte, aber es waren schreckliche Dinge. Schließlich stürzte ich davon. Am näch-

sten Tag kam ein Brief von ihr; ich schickte ihn uneröffnet zurück und reiste mit Alan Colville nach Norwegen. Als ich nach einem Monat zurückkam, war das erste, was ich in der Morning Post sah: die Todesanzeige von Lady Alroy. Sie hatte sich in der Oper eine Erkältung zugezogen und war fünf Tage darauf an einer Lungenentzündung gestorben. Ich gab jeden Verkehr auf. Ich hatte sie so wahnsinnig geliebt. Herr Gott, wie habe ich diese Frau geliebt!«

»Sie waren in der Straße, in dem Hause, nicht?« fragte ich.

»Ja. Eines Tages ging ich nach der Ammor Street. Ich mußte; Zweifel marterten mich. Ich klopfte, und eine respektabel aussehende Frau öffnete mir. Ich fragte, ob sie vielleicht Zimmer zu vermieten habe. ›Ja, mein Herr,‹ sagte sie, ›die Vorderräume sind zu vermieten; ich habe die Dame seit drei Monaten nicht gesehen, die sie gemietet hatte.‹ – ›Ist das die Dame?‹ fragte ich und zeigte ihr die Photographie. – Ja, das ist sie, und wann kommt sie wieder?‹ – ›Die Dame ist tot‹, antwortete ich. – ›Nicht möglich!‹ rief die Alte. ›Sie war meine beste Mieterin. Drei Guineen zahlte sie die Woche, bloß dafür, manchmal in dem Zimmer zu sitzen. – ›Sie traf hier mit jemandem zusammen?‹ fragte ich; aber die Frau versicherte mir, daß sie immer allein war, nie mit jemandem kam und nie mit jemandem zusammen war. ›Aber was tat sie denn da?‹ rief ich. – ›Sie saß ganz einfach in ihrem Zimmer und las Bücher; manchmal nahm sie den Tee hier.‹ – Ich wußte nicht, was darauf sagen: ich gab der Alten ein Geldstück und ging. Und nun: was sagen Sie dazu? Glauben Sie, daß sie die Wahrheit gesagt hat?«

»Sicher.«

»Aber wozu ging denn Lady Alroy dahin?«

»Mein lieber Gerald, Lady Alroy war ganz einfach eine Frau mit einer Manie für das Mysteriöse. Sie mietete das Zimmer, um das Vergnügen zu haben, tiefverschleiert hinzugehen und sich für die Heldin eines Abenteuers zu halten. Sie hatte eine

Passion für das Geheimnisvolle, und sie selbst war nichts weiter als eine Sphinx ohne Geheimnis.«

»Glauben Sie wirklich?«

»Es ist meine feste Überzeugung.«

Lord Murchison zog sein Lederportefeuille heraus, öffnete es und schaute die Photographie an. »Merkwürdig«, sagte er schließlich.

DER MODELLMILLIONÄR

Solange einer nicht wohlhabend ist, hat es keinen Sinn, ein liebenswürdiger Junge zu sein. Poesie und Romantik sind das Privilegium der Reichen, nicht der Beruf des Unbemittelten. Der Arme soll praktisch und prosaisch sein. Es ist besser, ein sicheres Einkommen zu haben als faszinierend zu sein. Dies sind die großen Wahrheiten modernen Lebens, die Hughie Erskine niemals realisierte. Armer Hughie! Intellektuell war er, das müssen wir zugeben, von nicht großer Bedeutung. Niemals in seinem Leben sagte er etwas Glänzendes, nicht einmal etwas Bösartiges. Aber er sah wundervoll gut aus mit seinem gewellten braunen Haar, seinem scharfgeschnittenen Profil und seinen grauen Augen. Er war bei Männern so beliebt wie bei Frauen und hatte alle Fähigkeiten außer der, Geld zu machen. Sein Vater vererbte ihm seinen Kavalleriesäbel und eine Geschichte des Penninsular War in fünfzehn Bänden. Hughie hing den ersteren über seinen Operngucker, stellte die letzteren auf ein Regal zwischen Russ' Führer durch London und Baileys Magazine und lebte von 200 Pfund im Jahr, die ihm eine alte Tante bewilligte. Er hatte alles und jedes versucht. Er war alle Monate an die Börse gegangen; aber was sollte ein Schmetterling unter Stieren und Bären? Er war etwas länger ein Teehändler gewesen, aber bekam Peking- und Souchungmischung bald über. Dann versuchte er es mit einem Handel mit trockenem Sherry. Das Geschäft war nichts; der Sherry war etwas zu trocken. Schließlich wurde er gar nichts – ein niedlicher, harmloser junger Mann mit einem vollendeten Profil und ohne Beruf.

Um die Sache noch schlimmer zu machen, war er verliebt. Laura Merton hieß das Mädchen, das er liebte, die Tochter eines Obersten a. D., der sowohl Temperament als auch Verdauung in Indien verloren und keines von beiden mehr wiedergefunden hatte. Laura betete ihn an, und er war bereit, ihre Schuhbänder zu küssen. Waren das hübscheste Paar in London und hatten zwischen sich nicht einen Pfennig. Der Oberst hatte Hughie sehr gern, wollte aber von einer Heirat nichts wissen.

»Komm zu mir, Junge, wenn du eigene zehntausend Pfund hast, und wir wollen sehen«, pflegte er zu sagen; und Hughie sah an solchen Tagen recht verdrießlich aus und mußte zu Laura aus Trost gehen.

Als er eines Morgens nach Holland Park, wo die Mertons wohnten, unterwegs war, suchte er einen Freund auf, Allan Trevor. Trevor war Maler. Dem entgehen ja nun heutigentags wenige. Aber Trevor war auch ein Künstler, und Künstler sind schon seltener. Dem Ansehen nach ein merkwürdiger, grober Bursche, mit einem sommersprossigen Gesicht und einem roten, zerfetzten Bart. Hughie hatte ihn anfangs sehr angezogen, doch bloß, wie gesagt werden muß, wegen seines persönlichen Charmes. »Die einzigen Menschen, die ein Maler kennen sollte,« pflegte er zu sagen, »sind solche, die blöd und schön sind, schön zum Anschauen, geistig erholend, wenn man mit ihnen redet. Dandys und hübsche Weiber regieren die Welt – oder sollten es wenigstens.« Was nicht hinderte, daß er Hughie, da er ihn besser kannte, nicht weniger gern mochte wegen seines hellen, offenen Verstandes und seiner generösen, noblen Natur – so konnte Hughie ihn besuchen, wann er wollte.

Trevor beendete gerade das lebensgroße Bildnis eines Bettlers, als Hughie eintrat. Der Bettler selber stand auf einem niederen Postament in einer Ecke des Ateliers. Ein weißhaariger Alter, mit einem Gesicht wie zerknittertes Pergament und einem höchst mitleidenswerten Ausdruck. Über die Schultern hing ihm ein brauner Mantel, alles Lumpen und Löcher; die derben Stiefel ausgetreten und erbärmlich, und eine Hand stützte sich auf einen derben Stecken, die andere streckte den zerlumpten Hut für ein Almosen.

»Ein wundervolles Modell!« sagte Hughie leise, als er seinem Freund die Hand gab.

»Das glaub ich!« schrie Trevor. »Solche Bettelkerle findet man nicht alle Tage. Une trouvaille, mon cher, ein lebender Velasquez! Was für eine Radierung würde Rembrandt daraus gemacht haben!« »Armer Kerl!« sagte Hughie, »wie elend er aussieht! Aber für euch Maler ist sein Gesicht sein Vermögen, nicht?«

»Natürlich,« sagte Trevor, »du willst doch nicht, daß ein Bettler glücklich dreinschauen soll?«

»Was kriegt ein Modell für die Sitzung?« fragte Hughie, nachdem er es sich auf einem Diwan bequem gemacht hatte.

»Einen Shilling für die Stunde.«

»Und wieviel kriegst du für dein Bild, Allan?«

»Für dieses da? Zweitausend.«

»Pfund?«

»Guineen. Maler, Dichter und Ärzte bekommen immer Guineen.« »Davon sollte das Modell Prozente bekommen, meine ich,« rief Hughie lachend; »er arbeitet nicht weniger schwer als du.«

»Ach Unsinn! Schau doch die Mühe, die man allein mit dem Malen hat, und den ganzen Tag so stehen. Du hast leicht reden, Hughie, aber glaub mir, es gibt Momente in der Kunst, wo sie die Würde schwerer Handarbeit bekommt. Aber sprich jetzt nichts; ich muß fertig werden. Rauch eine Zigarette und sei still.«

Nach einer Weile kam der Diener herein und meldete Trevor, der Rahmenmacher wünsche ihn zu sprechen.
»Geh nicht fort, Hughie,« sagte er im Hinausgehen, »ich bin gleich wieder da.«
Der alte Bettler benutzte Trevors Abwesenheit, sich für einen Augenblick an einen Balken zu lehnen. Er sah so verloren und elend aus, daß Hughie sich des Mitleids nicht erwehren konnte und in die Tasche griff. Ein Sovereign und ein paar Kupfermünzen war alles, was er fand. »Armer alter Knabe,« dachte er, »er brauchts nötiger als ich, aber vierzehn Tage gibts dann kein Hansom.« Und er ging auf den Bettler zu und drückte ihm den Sovereign in die Hand.
Der alte Mann stutzte, und ein kleines Lächeln flog über seine dünnen Lippen. »Danke, Herr,« sagte er, »danke.«
Da trat Trevor ein, und Hughie setzte sich nieder, leicht errötend über das, was er getan hatte. Er verbrachte den Tag mit Laura, wurde reizend wegen seiner Extravaganz ausgescholten und mußte zu Fuß nach Hause.
Des Nachts gegen elf Uhr ging er in den Palette-Klub und fand da Trevor allein im Smokingroom bei Hock und Selzer.
»Bist du mit dem Bild fertig geworden, Allan?« fragte er, als er sich die Zigarette anzündete.
»Beendet und gerahmt, Junge, und nebenbei, du hast eine Eroberung gemacht. Das alte Modell ist ganz entzückt von dir. Ich mußte ihm alles über dich erzählen, wer du bist, wo du wohnst, was du verdienst, was für Aussichten du hast...«
»Mein lieber Allan, ich werde ihn wahrscheinlich auf meinem Heimwege wartend treffen. Aber du machst natürlich nur Spaß. Armer Kerl! Ich wollte, ich könnte für ihn was tun. Es ist doch scheußlich, daß einer so leben soll. Ich habe so alte Kleider daheim. Glaubst du, daß er sich was daraus macht? Seine zerfielen ja in Lumpen.«
»Aber er schaut wundervoll darin aus«, sagte Trevor. »Für nichts

in der Welt möchte ich ihn im Frack malen. Was du Lumpen nennst, nenne ich Romantik. Seine Armut ist für mich Pittoreskheit. Übrigens will ich ihm dein Anerbieten mitteilen.«
»Ihr Maler seid doch eine herzlose Bande«, sagte Hughie ernst.
»Eines Künstlers Herz ist sein Kopf, Hughie, und außerdem ist es unsere Aufgabe, die Welt wahr zu machen, wie wir sie sehen, nicht sie zu reformieren, wie wir sie kennen. A chacun son métier. Und jetzt erzähle mir, wie Laura ist. Das alte Modell interessierte sich sehr für sie.«
»Du hast doch dem Alten nicht von Laura erzählt?«
»Aber natürlich habe ich. Er weiß alles über den eigensinnigen Oberst, über die liebe Laura und die 10000 Pfund.«
»Du hast dem alten Bettler alle meine Privatangelegenheiten erzählt?« rief Hughie und bekam einen roten Kopf.
»Mein Lieber,« sagte Trevor lächelnd, »dieser alte Bettler, wie du ihn nennst, ist einer der reichsten Männer in Europa. Er könnte morgen ganz London kaufen, ohne sich zu übernehmen. Hat ein Haus in jeder Hauptstadt, diniert von goldenen Schüsseln und kann, wenn er will, Rußland einen Krieg verbieten.«
»Was meinst du damit?«
»Ja, ebendas«, sagte Trevor. »Der alte Mann im Atelier war Baron Hausberg. Ein guter Freund von mir, kauft alle meine Bilder und gab mir vor einem Monat den Auftrag, ihn als Bettler zu malen. Que voulez-vous? La fantaisie d'un millionaire! Und er machte sichtlich eine glänzende Figur in seinen Lumpen, oder vielmehr in meinen, denn ich brachte das Zeug aus Spanien mit.« »Baron Hausberg! Und ich hab ihm einen Sovereign gegeben!« Und Hughie fiel, ein Bild der Bestürzung, in seinen Armstuhl zurück.
»Was? Du hast ihm ...«, und Trevor brüllte vor Lachen. »Mein Junge, den Sovereign siehst du nie wieder. Son affaire c'est l'argent des autres.«
»Aber du hättest mir das doch wirklich sagen können und hin-

dern, daß ich mich so zum Narren mache«, sagte Hughie vorwurfsvoll.
»Erstens, mein lieber Hughie, kam es mir nie in den Sinn, daß du auf solche großartige Weise almosenspendend dahinwandelst. Ich kann verstehen, daß du ein hübsches Modell küßt, aber daß du einem häßlichen einen Sovereign gibst, nein, das versteh ich nicht. Und dann war ich an dem Tag für niemanden zu Hause. Und als du kamst, wußte ich nicht, ob es Hausberg recht wäre, ihn mit seinem Namen – er war doch schließlich nicht in full dress.«
»Für was für einen Trottel muß er mich halten«, sagte Hughie.
»Aber durchaus nicht. Er war höchst vergnügt, als du gingst, redete so mit sich selber, rieb seine runzligen Hände. Ich konnte nicht herauskriegen, weshalb er sich so für deine Angelegenheiten interessierte; aber jetzt ists mir klar. Er will deinen Sovereign für dich anlegen, Hughie, zahlt dir alle halben Jahre die Zinsen und hat eine hübsche Geschichte nach dem Diner zu erzählen.« »Ich habe kein Glück«, brummte Hughie. »Das beste ist, ich geh schlafen. Und, lieber Allan, erzähls nicht weiter. Es ist doch zu lächerlich für mich.«
»Ach Unsinn! Verschafft deinem philanthropischen Sinn den höchsten Kredit. Und lauf nicht davon. Zünd dir eine neue Zigarette an, und du kannst mir von Laura erzählen, soviel du willst.« Aber Hughie wollte nicht. Er verließ den lachenden Trevor und ging heim mit recht unglücklichen Gefühlen.
Als er am andern Morgen beim Frühstück war, wurde ihm eine Karte hereingebracht: ›Monsieur Gustave Naudin, de la part de M. le Baron Hausberg‹.
Er kommt wohl, damit ich mich entschuldige! dachte Hughie und ließ bitten.
Ein alter Herr mit goldenen Augengläsern trat ein und sagte mit südfranzösischem Akzent: »Habe ich die Ehre, mit Herrn Erskine zu sprechen?«

Hughie verneigte sich.
»Ich komme von Baron Hausberg«, fuhr der Herr fort. »Der Baron...«
»Ich bitte Sie, dem Herrn Baron meine aufrichtigste Entschuldigung zu überbringen«, stotterte Hughie.
»Der Baron«, sagte der alte Herr lächelnd, »hat mich beauftragt, Ihnen diesen Brief zu überbringen«, und er überreichte ihm einen versiegelten Umschlag.
Darauf stand: ›Ein Hochzeitsgeschenk für Hughie Erskine und Laura Merton, von einem alten Bettler‹; darin lag ein Scheck auf 10000 Pfund.
Bei der Hochzeit war Allan Trevor der Brautführer, und der Baron hielt beim Hochzeitsfrühstück eine Rede.
»Millionärmodelle«, meinte Allan, »sind ja selten, aber, beim Zeus, Modellmillionäre sind noch seltener.«

GEDICHTE IN PROSA

DER LEHRER DER WEISHEIT

Doch ein Kind, war er voller Erkenntnis Gottes, und da er noch ein Knabe war, waren heilige Männer und Frauen, die in seiner freien Geburtsstadt wohnten, zu Staunen bewegt von der tiefen Weisheit seiner Rede.

Als ihm seine Eltern das Kleid und den Ring der Mannbarkeit gegeben hatten, küßte er sie und verließ sie, um in die Welt zu gehen, der Welt von Gott zu reden. Denn in jener Zeit gab es viele, die Gott nicht kannten oder schlecht kannten, oder die falsche Götter anbeteten, die in Hainen wohnen und sich um ihre Verehrer nicht kümmern.

Er wandte sich gegen die Sonne und schritt dahin, ohne Sandalen an den Füßen, wie er die Heiligen hatte gehen sehen, und an seinem Gürtel trug er einen kleinen Sack und eine tönerne Kürbisflasche.

Er zog die Landstraße dahin voller Freude, die aus der vollkommenen Kenntnis Gottes wird, und ohne Aufhören sang er sein Lob; nach einer Zeit kam er in ein fremdes, städtereiches Land.

Durch elf Städte kam er. Einige davon waren in Tälern, andere auf dem Ufer großer Flüsse, und wieder welche auf Bergen. In jeder Stadt fand er einen Schüler, der ihn liebte und ihm folgte, und so folgte ihm auch aus jeder Stadt eine große Menge Volkes, und die Erkenntnis Gottes breitete sich aus im ganzen Lande; viele Hauptstädte bekehrten sich, und die Priester der Götzentempel sahen die Hälfte ihrer Einkünfte verloren, und wenn sie des Mittags auf ihre Trommeln schlugen, kamen nur ganz wenige Gläubige mit Steuern und Gaben aller Art.

Und doch: je mehr Volk ihm nachfolgte und je größer die Zahl seiner Schüler wurde, desto größer wuchs sein Schmerz. Und er wußte nicht, weshalb sein Schmerz so groß war. Denn immer sprach er von Gott und entzündete sich an der völligen Erkenntnis Gottes, die Gott ihm gegeben hatte.

Eines Abends ging er aus der elften Stadt, die eine armenische Stadt war, und seine Schüler und eine große Menge Leute folgten ihm; er stieg auf einen Berg, ließ sich auf einen Felsen nieder, der auf dem Berge war, und seine Schüler scharten sich um ihn, und die Menge kniete im Tal.
Er legte sein Haupt in seine Hände und weinte; und er sagte zu seiner Seele: »Warum bin ich voll von Schmerz und Kummer, und warum ist jeder meiner Schüler ein Feind, der im Lichte wandelt?«
Und seine Seele antwortete: »Gott hat dich mit seiner vollkommenen Erkenntnis erfüllt, und die hast du andern gegeben. Die preislose Perle hast du geteilt, und das Kleid ohne Naht hast du zerschnitten. Der die Weisheit gibt, die er besitzt, der entäußert sich selbst. Er gleicht jenem, der einem Diebe seine Schätze gibt. Ist Gott nicht weiser als du? Wer bist du, daß du das Geheimnis preisgibst, das Gott dir anvertraut hat? Einstmals war ich reich, und du hast mich arm gemacht. Einstmals sah ich Gott, nun hast du ihn mir verborgen.« Und er weinte von neuem, denn er wußte, daß seine Seele die Wahrheit gesprochen hatte und daß er die vollkommene Erkenntnis Gottes den andern preisgegeben hatte und daß er wie einer war, der sich an das Kleid Gottes klammert, und daß sein Glaube ihn verließ, weil andere an ihn glaubten.
Er sagte zu sich: »Ich will nicht mehr von Gott reden. Der, der seine Weisheit gibt, beraubt sich selbst.«
Nach einigen Stunden kamen seine Schüler zu ihm, fielen vor ihm nieder und sagten: »Herr, sprich uns von Gott, denn du hast die vollkommene Kenntnis Gottes, und keiner sonst als du besitzt sie.«
Er antwortete ihnen: »Von allem will ich zu euch reden, was im Himmel und auf Erden ist, aber ich werde euch nicht von Gott reden.«
Da wurden sie unwillig gegen ihn und sagten: »Du hast uns in

die Wüste geführt, damit wir dich hören; und schickst uns und die Menge, die du dir folgen machtest, heim in Hunger?«
Er antwortete ihnen: »Ich werde euch nicht von Gott sprechen.«
Da murrte die Menge gegen ihn und sprach: »Du hast uns in die Wüste geführt und hast uns keine Nahrung gegeben. Sprich uns von Gott, und es wird uns genug sein.«
Aber er sagte darauf kein Wort mehr. Denn er wußte, er beraubte sich seines Schatzes, wenn er von Gott redete.
Und seine Schüler gingen traurig von dannen, und die Menge zog heim. Viele starben auf dem Weg.
Als er allein war, erhob er sich, wandte sein Antlitz gegen den Mond – und wanderte sieben Monde lang, sprach zu keinem und gab keinem Antwort. Am Ende des siebenten Mondes erreichte er die Wüste, welche die Wüste des großen Stromes ist. Er fand eine Höhle, die ehemals ein Zentaur bewohnt hatte, nahm sie zu seinem Wohnort und machte sich darin aus Schilf ein Lager. Er wurde ein Eremit. Und zu jeder Stunde lobte der Eremit den Herrn, daß er ihm erlaubt habe, noch einige Erkenntnis von ihm zu behalten, von ihm und seiner unendlichen Größe.
Da der Eremit eines Abends vor seiner Höhle saß, sah er einen jungen, schönen Menschen, der ein schlechtes Leben führte, vorübergehen, scheu und mit leeren Händen. Jeden Abend ging der junge Mensch, die Hände leer, vorüber, und jeden Morgen kam er zurück, die Hände gefüllt mit Purpur und Perlen. Denn er war ein Räuber, der die Karawanen der Kaufleute plünderte.
Der Eremit blickte ihn an und hatte Mitleid mit ihm. Aber er sprach kein Wort, denn er wußte, daß der seinen Glauben verliert, der spricht.
Eines Morgens, da der junge Mensch, die Hände voll Purpur und Perlen, wieder vorbeikam, blieb er stehen, zog die Brauen, stieß mit dem Fuß auf den Sand und sagte zum Eremiten: »Warum siehst du mich so an, wenn ich vorübergehe? Was ist das,

was ich in deinen Augen sehe? Nie hat mich ein Mensch so angesehen, und es ist ein Dorn für mich und eine Qual.«
Der Eremit sagte darauf: »Was du in meinen Augen siehst, ist das Mitleid. Es ist das Mitleid, das dich mit meinen Augen ansieht.« Der junge Mensch schlug ein verachtendes Gelächter auf und sagte: »Ich habe Purpur und Perlen in meinen Händen, und du hast nichts als eine Streu von Schilf zum Lager. Was für ein Mitleid kannst du mit mir haben? und weshalb hast du dieses Mitleid?«
»Ich habe Mitleid mit dir,« sprach der Eremit, »weil du nicht die Erkenntnis Gottes besitzest.«
»Ist diese Erkenntnis Gottes etwas Kostbares?« fragte der junge Mensch und kam ganz nahe an die Höhle heran.
»Sie ist viel kostbarer als aller Purpur und alle Perlen der Welt«, sagte der Eremit.
»Und du besitzest sie?« sagte der Räuber und trat noch näher.
»Einmal ja«, antwortete der Eremit, »besaß ich die vollkommene Erkenntnis Gottes. Aber in meiner Torheit habe ich sie weggegeben und an die anderen verteilt. Doch was mir davon noch blieb, auch dies ist mir wertvoller als der Purpur und die Perlen.«
Als der junge Räuber das hörte, warf er den Purpur und die Perlen hin, die er in seinen Händen trug, zog ein spitzes, krummes Schwert und rief: »Gib mir auf der Stelle diese Erkenntnis Gottes, die du besitzest, oder ich töte dich. Weshalb soll ich den nicht töten, der einen Schatz bewahrt, größer als der meine?«
Der Eremit öffnete die Arme und sprach: »Ist es nicht besser für mich, ich gehe bis ans äußerste Ende des Reiches Gottes und lobe ihn, statt in einer Welt zu leben, die ihn nicht kennt? Töte mich, wenn du es willst. Aber ich werde dir nicht meine Erkenntnis Gottes geben.«
Der junge Räuber kniete nieder und bat, aber der Eremit wollte ihm nicht von Gott reden, wollte ihm nicht seinen Schatz geben; der junge Räuber stand auf und sagte zum Eremiten:

»Sei es, wie du wünschest. Ich aber will in die Stadt der Sieben Sünden gehen, die drei Tagereisen von hier ist, und für meinen Purpur wird man mir da Vergnügen geben, und für meine Perlen verkaufen sie mir Freude.« Und er raffte Purpur und Perlen zusammen und eilte davon.
Der Eremit rief ihn, eilte ihm nach und beschwor ihn. Drei Tage lang folgte er dem jungen Räuber, bat ihn umzukehren und nicht in die Stadt der Sieben Sünden zu gehen.
Von Zeit zu Zeit wandte sich der junge Räuber um und sagte: »Willst du mir diese Erkenntnis Gottes geben, die wertvoller ist als Purpur und Perlen? Wenn du mir sie geben willst, dann gehe ich nicht in die Stadt.«
Und jedesmal antwortete der Eremit: »Alles was ich habe, will ich dir geben, nur dieses einzige nicht. Denn dies dir zu geben, ist mir nicht erlaubt.« –
Und im Morgendämmern des dritten Tages kamen sie an die scharlachnen Tore der Stadt der Sieben Sünden.
Und aus der Stadt kam der Lärm großer Freude, dem der junge Räuber mit seiner Freude antwortete, und er hob die Hände, um ans Tor zu schlagen. Da lief der Eremit auf ihn zu, zog ihn bei seinem Gewand und sagte: »Breite die Hände aus und lege die Arme um meinen Nacken; drücke dein Ohr fest an meine Lippen: ich will dir geben, was ich noch von der Erkenntnis Gottes habe.« Der junge Räuber blieb stehen. Und nachdem der Eremit seine Erkenntnis Gottes gegeben hatte, sank er zu Boden und weinte, und eine große Finsternis verbarg ihm Stadt und Räuber, daß er sie nicht mehr sah.
Und da er weinend lag, wußte er, daß einer neben ihm stand. Und der neben ihm stand, hatte eherne Füße, und sein Haar war wie von feiner Wolle. Und er hob den Eremiten auf und sagte zu ihm: »Bis heute hattest du die vollkommene Erkenntnis Gottes. Nun hast du die vollkommene Liebe Gottes. Weshalb weinst du also?« – Und er küßte ihn.

DAS HAUS DES GERICHTS

Das Schweigen herrschte im Haus des Gerichts, und der Mensch trat, nackt, vor Gott.

Und Gott öffnete das Lebensbuch des Menschen.

Gott sprach zu dem Menschen: »Dein Leben ist ein schlechtes gewesen, du zeigtest dich grausam gegen jene, die der Hilfe bedurften, und gegen jene, die eines Führers bedurften, hattest du ein bitteres und hartes Herz. Die Armen riefen dir zu, und du hast sie nicht gehört, und dein Ohr war verschlossen dem Schrei meiner Heimgesuchten. Du hast für dich das Erbe der Waisen genommen und hast Füchse in den Weinberg deines Nachbars geschickt. Du hast das Brot der Kinder genommen und gabst es den Hunden zu essen, und meine Aussätzigen, die in den Sümpfen wohnten, in Frieden lebten und mich lobten, du hast sie auf die Landstraßen gejagt, und auf meine Erde, aus der du geformt bist, hast du unschuldiges Blut vergossen.«

Der Mensch antwortete: »Alles das habe ich getan.«

Und abermals schlug Gott das Lebensbuch des Menschen auf.

Und Gott sprach zu dem Menschen: »Dein Leben ist ein schlechtes gewesen, und die Schönheit, die ich den schauenden Augen geschenkt, der hast du nachgeforscht, und das Gute, das ich verborgen hatte, du hast es nicht beachtet. Die Wände deines Gemaches waren mit Bildern bemalt, und vom Bett deiner Schandtaten erhobst du sich beim Klang der Flöten. Du hast sieben Altäre errichtet für die Sünden, um die ich gestorben bin, und du hast gegessen, was nicht gegessen werden darf, und der Purpur deines Gewandes war bestickt mit den drei Zeichen der Schande. Deine Götzen waren nicht aus Gold und nicht aus Silber, die dauern, sie waren aus Fleisch, das stirbt. Du hast ihre Haare in Düfte getaucht und gabst Geruchäpfel in ihre Hände. Du badetest ihre Füße in Safran und breitetest Teppiche vor ihnen aus. Mit Antimon hast du ihre Brauen gefärbt, und ihre Körper bestrichest du mit Myrrhe. Du fielst vor ihnen nieder, und die Throne deiner Götzen waren errichtet in der Sonne. Du zeigtest der Sonne deine Schande und dem Monde deine Narrheit.«

Der Mensch antwortete: »Alles das habe ich getan.«

Und zum drittenmal schlug Gott das Lebensbuch des Menschen auf. Und Gott sprach zu dem Menschen: »Das Böse war dein Leben. Du hast das Gute mit Bösem vergolten und warst denen schädlich, die gut zu dir waren. Die Hände, die dich nährten, du hast sie verstümmelt, die Brüste, die dich stillten, du hast sie verhöhnt. Der zu dir mit Wasser gekommen ist, ging durstig von dir, und die Vogelfreien, die sich in ihren Zelten verbargen zur Nacht, du hast sie vor Tagesanbruch verraten. Dein Feind, der dich schonte, du hast ihn in einen Hinterhalt gelockt, und den Freund, der mit dir wanderte, hast du um Geld verkauft, und die dir die Liebe brachten, denen gabest du dafür die Ausschweifung.«

Der Mensch antwortete: »Alles das habe ich getan.«

Gott schloß das Lebensbuch des Menschen und sagte: »Ich will dich sicher zur Hölle schicken; ja, zur Hölle will ich dich schikken.« Der Mensch rief: »Du kannst nicht!« Gott sprach zu dem Menschen: »Weshalb kann ich dich nicht zur Hölle schicken?«

»Weil ich in der Hölle mein Leben verbracht habe«, antwortete der Mensch.

Und das Schweigen herrschte im Hause des Gerichts.

Dann sprach Gott und sagte zu dem Menschen: »Da ich dich nicht zur Hölle senden kann, so will ich dich in den Himmel weisen; ja, in den Himmel will ich dich weisen.«

Der Mensch rief: »Du kannst nicht!«

Und Gott sprach zu dem Menschen: »Weshalb kann ich dich nicht in den Himmel senden?«

»Weil ich nie und nirgends mir den Himmel denken konnte«, antwortete der Mensch.

Und das Schweigen herrschte im Hause des Gerichts.

DER KÜNSTLER

Eines Abends da kam in seine Seele das Verlangen, ein Bildnis zu machen: »Die Lust des Augenblicks«. Und er ging in die Welt, nach Bronze zu suchen. Denn er konnte nur in Bronze denken.

Doch alle Bronze der ganzen Welt war verschwunden, und keine andere war in der ganzen Welt zu finden als die des Bildnisses: Ewig lastende Sorge.

Und dieses Bildnis hatte er selbst gefertigt mit seinen eigenen Händen und es auf das Grab des einzigen, das er im Leben liebte, gesetzt. Auf das Grab des einzigen, das er vor allem und allein in der Welt liebte, hatte er dies Bildnis gesetzt, daß es für ein Zeichen nie endender Menschenliebe diene und für ein Symbol der Menschensorge, die nie endet. Und es war in der ganzen Welt keine andere Bronze als diese.

Und er nahm das Bildnis, das er gemacht hatte, setzte es in einen großen Tiegel und gab es dem Feuer.

DER MITTLER

Es war Nacht und Er war allein.

Und Er sah weit in der Ferne die Mauern einer runden Stadt, und Er ging der Stadt zu.

Und da Er näher kam, hörte Er in der Stadt die Fußschritte der Freude und das Lachen vom Munde der Fröhlichkeit und den lauten Lärm vieler Flöten. Und Er klopfte an das Tor, das ihm die Wächter öffneten.

Da nahm Er ein Haus wahr, das war von Marmor, und Marmorsäulen standen davor, über die hingen Blumengewinde, und innen und außen leuchteten Fackeln aus Zedernholz. In dieses Haus ging Er hinein.

Und da Er durch die Halle aus Chalzedon und die Halle aus

Jaspis geschritten war, kam Er in ein großes festliches Gemach und sah hier auf einem purpurnen Lager einen, dessen Haar rote Rosen kränzten und dessen Lippen von Wein rot waren. Und Er trat hinter ihn, berührte seine Schulter und sprach zu ihm: »Weshalb lebst du so?«

Und der junge Mann wandte sich um, erkannte Ihn und gab zur Antwort: »Ich war ein Aussätziger, und Du heiltest mich – wie sonst soll ich leben?«

Und Er verließ das Haus und ging wieder auf die Straße. Und nach einer kleinen Weile sah Er eine, deren Gesicht und Kleider waren bemalt und deren Füße beschuht mit Perlen. Und hinter ihr kam ein junger Mensch, langsam, leise wie ein Jäger, und sein Kleid war zwiefarben. Das Gesicht des Weibes aber war wie das liebliche Gesicht einer Gottheit, und die Augen des Jünglings leuchteten vor Lust.

Und Er folgte schnell, berührte die Hand des Jünglings und sagte ihm: »Warum siehst du auf diese Frau und mit solchen Blicken?« Und der Jüngling wandte sich um, erkannte Ihn und sprach: »Ich war blind, und Du gabst mir das Gesicht. Auf was sonst soll ich schauen?«

Und Er lief vor und berührte das gemalte Kleid der Frau und sprach zu ihr: »Ist kein anderer sicherer Weg als der Weg der Sünde?«

Und die Frau wandte sich um, erkannte Ihn und sagte: »Doch Du vergabst mir meine Sünden, und der Weg ist ein lustiger Weg.« Da ging Er die Stadt hinaus.

Und da Er vor der Stadt war, erblickte Er einen jungen Menschen, der saß am Wegrand und weinte.

Und Er ging auf ihn zu, berührte die langen Locken seines Haares und sagte zu ihm: »Warum weinest du?«

Und der junge Mensch sah auf, erkannte Ihn und antwortete: »Ich war gestorben, und Du wecktest mich vom Tode auf. Was sonst soll ich tun als weinen?«

DER MEISTER

Nun, als Dunkelheit über die Erde kam, entzündete Joseph von Arimathia eine Fackel aus Fichtenholz und stieg den Hügel hinab ins Tal, denn er hatte im eigenen Hause zu tun. Und im Tale der Betrübnis sah er auf den spitzen Steinen einen Jüngling knien, der war nackt und weinte. Sein Haar war honigfarben, und sein Leib war eine weiße Blume, doch hatte er seinen Leib mit Dornen verwundet und auf sein Haar Asche gesetzt als eine Krone.

Und der Reiche sagte zu dem Jüngling, der nackt war und weinte: »Ich bin nicht verwundert, daß dein Kummer so groß ist, denn sicher war Er ein gerechter Mann.«

Und der Jüngling gab die Antwort: »Nicht um Ihn weine ich, ich weine um mich selber. Auch ich habe Wasser in Wein verwandelt und heilte die Aussätzigen und gab den Blinden das Gesicht wieder. Ich bin über den Wassern gewandelt, und aus den Grabhöhlen vertrieb ich die Teufel. Ich habe die Hungrigen in der Wüste gespeist, da keine Nahrung war, und weckte die Toten aus ihren engen Häusern auf, und auf mein Gebet und vor einer großen Menge Volkes vertrocknete ein fruchtbeladener Feigenbaum. Alles, was dieser Mensch getan hat, habe auch ich getan. Und doch haben sie mich nicht gekreuzigt.«

DER SCHÜLER

Als Narziß starb, da wandelte sich der Teich seiner Freude aus einem Becher süßen Wassers in einen Becher salziger Tränen, und die Oreaden kamen weinend den Wald daher, um dem Teiche zu singen und ihn zu trösten.

Und als sie sahen, daß sich der Teich aus einem Becher süßen Wassers in einen Becher salziger Tränen verwandelt hatte, da lösten sie die grünen Flechten ihres Haares, schrien weinend auf

und sagten: »Wir sind nicht verwundert, daß du in solcher Weise über Narziß trauerst, so schön war er.«
»War denn Narziß schön?« sagte der Teich.
»Wer wüßte das besser als du«, antworteten die Oreaden. »An uns ging er immer vorüber, aber dich suchte er auf, um an deinem Ufer zu liegen, auf dich hinabzuschauen und in dem Spiegel deines Wassers seine eigene Schönheit zu spiegeln.«
Und der Teich antwortete: »Ich aber liebte den Narziß, wenn er an meinem Ufer lag und auf mich niederschaute, denn in dem Spiegel seiner Augen sah ich immer meine eigene Schönheit.«

ZEITTAFEL

1856 Oscar Fingal O'Flahertie Wills Wilde am 15. Oktober in Dublin geboren
1873 Besuch des Trinity College in Dublin
1874 Auszeichnung mit der goldenen Berkeley-Medaille für Griechisch; Stipendium und Studium in Oxford
1876 Tod des Vaters. Erbschaft. Reise mit John Pentland Mahaffy nach
1877 Griechenland und Italien
1878 Oxforder Newdigate-Preis für das Gedicht ›Ravenna‹
1880 ›Vera, or the Nihilists‹
1881 ›Poems‹
1882 Reise in die USA
1883 ›The Duchess of Padua‹
1884 Heirat mit Constance Lloyd
1885 Geburt des Sohnes Cyril
›The Hariots House‹
1886 Geburt des Sohnes Vyvyan
1887 ›The Canterville Ghost‹; Redaktion der Gesellschafts- und Modezeitschrift ›The Woman's World‹ (bis 1889)
1888 ›The Happy Prince‹
1890 Bekanntschaft mit Lord Alfred Douglas
1891 ›Lord Arthur Savile's Crime and Other Stories‹; ›The Picture of Dorian Gray‹; ›Intentions‹; ›A House of Pomegranates‹
1893 ›Lady Windermere's Fan‹; ›Salomé‹
1894 ›A Woman of no Importance‹; ›Love of the King‹; ›The Sphinx‹
1895 ›The Ideal Husband‹; ›A Florentine Tragedy‹; ›The Importance of Being Earnest‹
Anklage wegen sexueller Perversität. Verurteilung zu zwei Jahren Zuchthaus in Reading
1897 Ende der Strafzeit.
1898 ›The Ballad of Reading Gaol‹
1900 20. November Tod in Paris
1905 ›De Profundis‹

Oscar Wilde, Die Erzählungen und Märchen
Fünfte Auflage 1995 in der Insel-Bibliothek

Satz: Gesetzt in Bembo auf Monophoto
Druck: Nomos Verlagsgesellschaft, Baden-Baden
Papier: 70g Werkdruckpapier
von der Papierfabrik Schoeller & Hoesch, Gernsbach
Die beiden Einbandarten:
Fadengeheftet und flexibel gebunden in Feincanvas
der Vereinigten Kaliko, Bamberg
und in rotem Ziegenleder
von der Buchbinderei Lachenmaier, Reutlingen
Printed in Germany